Marguerite Duras

Détruire dit-elle

L'Eden Cinéma

Le Navire Night

Agatha

Savannah Bay

Œuvres complètes

09

目录

毁灭，她说

马振骋　译

致迪奥尼斯·马斯科洛

天空多云。

观景窗关闭。

他在餐厅里；从他的一边看不到花园。

她，是的，她看得见，她在看。她的桌子挨着窗台。

由于光线刺目，她眯起眼睛。目光忽左忽右。其他客人也在看这几场网球，而他看不到。

他没有要求换桌子。

她不知道有人看着她。

早晨将近五点钟时，下过一场雨。

今天，球是在闷热的天气中，拍过来拍过去。她穿一件夏季长裙。

她面前放了那本书。自从他来了之后开始的？还是以前？

书的旁边有两瓶白色药丸。她每顿饭都要服几粒。偶尔她打开书。然后又立刻合上。她看网球。

其他的桌子上有其他的药瓶，其他的书。

头发有黑的，灰黑的，光滑的。头发不漂亮，发干。眼睛不知道是什么颜色的，当她转过脸，窗边的光线直接照射，还是使眼睛感到疲劳。微笑时，眼睛四周的皮肤微微打皱。她很苍白。

旅馆的客人没有一个在玩网球。玩网球的是附近的青少年。没有人抱怨。

"很可爱，这种青春朝气。他们也很知趣。"

除了他也没有别人注意过她。

"这种噪音大家也习惯了。"

六天前他到时，她已经在那里，面前放了书和药丸，穿一件长上衣和一条黑裤子。天气凉爽。

他注意到她的雅致，体态，然后动作，然后每天在花园里午睡，然后她的手。

有人打来电话。

第一次她是在花园里。他没有去听名字。第二次他没有听清楚。

电话在午睡以后打来。无疑是有约在先的。

阳光。第七天。

她又在那里，网球场边，坐在一张白色长椅上。还有其他白色长椅，大部分是空的，空的，面对面东倒西歪，围成一圈，孤零零。

午睡以后他就看不到她的踪影了。

他从阳台上瞧着她。她在睡觉。她身材高，也像死了似的，腰际有点弯。她苗条。

这个时刻网球场空无一人。午睡时间不允许打球。将近四点钟才有人玩起来，直至黄昏。

第七天。正当午睡昏昏沉沉时，响起一个男人的声音，急躁，还带点粗暴。

没有人回答。那个人独自在说话。

没有人醒来。

只有她离网球场那么近。其他人都比较远，或者在篱笆后面，或者在草地上晒太阳。

刚才说话的声音在花园里发出回声。

这是第八天。阳光。天热了起来。

当他中午走进餐厅时，她很遵时却没有在。

她到的时候餐厅已经开饭，她面带笑容，平静，不那么苍白。他知道她没有走，因为书和药丸还在，刀叉也安放好了，早晨旅馆走廊里也没有动静。没有人进店，没有人离店。他从情理上推测她没有走。

她到时，经过他的桌旁。

她面对窗子露出侧脸。这倒方便了他对她的窥视。

她很美。是内在的。

她自己知道吗？

"不。不。"

声音消失在靠森林的那扇门边。

没有人回答。还是那个急躁、几乎粗暴的声音。

今天天空没有云。热气升高，持久不散，渗入森林和花园。

"有点闷热，您不觉得吗？"

观景窗的蓝窗帘已经放下。桌子也笼罩在帘子的蓝光中。她的头发成了黑的。她的眼睛成了蓝的。

今天网球的拍声都打在太阳穴上，打在心上。

旅馆里暮色沉沉。她又出现在餐厅的霓虹灯光下，苍白，老了。

突然，她以一个神经质的动作，往杯子里倒水，打开瓶子，取出药丸，吞服。

她第一次把剂量增加一倍。

花园里还有亮光。人几乎走空了。窗前的硬遮篷卷了起来，透过一点风。

她镇静下来。

他取起书，他自己的书，打开。他没有读。

从花园传来人声。

她往外走。

她刚走出门。

他合上书。

九点钟，黄昏，旅馆和森林暮色沉沉。

"您允许吗？"

他抬起头，把他认了出来。从第一天起他就在这家旅馆了。他一直看到他，不论在花园里，在餐厅里，在走廊里，是的，一直看到，在旅馆前的公路上，在网球场四周，白天，黑夜，在这个空间里转悠，转悠，一个人。他的外表显不出他的年龄，但是他的眼睛显得出来。

他坐下，取一支烟，也敬了他一支。

"我没有打扰您吧？"

"没有，没有。"

"我在这家旅馆也是一个人。您明白。"

"是的。"

她站起身。走过去。

他闭上嘴。

"每天晚上总是我们留到最后，您看，没有人了。"

他的声音急躁，几乎粗暴。

"您是一位作家？"

"不。您为什么今天跟我说话啦？"

"我睡眠不好。我怕回到房间里去。翻来覆去想那些伤神的事。"

他们不说话。

"您没有回答我的问题。为什么今天？"

他终于看着他。

"您早等着了？"

"是的。"

他站起身，做个姿势邀请他。

"我们到窗前去坐坐，怎么样？"

"不用了。"

"好吧。"

他没有听见她上楼梯的脚步声。她大约到花园里去了，等待黑夜完全来临。这不一定。

"这里住的都是身心疲惫的人，您原来知道吗？您看，没有孩子，没有狗，没有报纸，没有电视。"

"您就是因为这个来的？"

"不。我可以到这里来，也可以到其他地方去。我每年都来这里。我跟您一样，都不是病人。不是，我对这家旅馆有一些回忆。您不会感兴趣的。我在这里遇到过一位女士。"

"她没有再来？"

"她大约死了。"

他说起这一切声调不变，语速也是单一的。

"还有其他假设，"他接着说，"我保留的是这个假设。"

"然而您还是为要找到她又来了？"

"不不，我没这个意思，不要认为这是一……不，不……但是她整个夏天都吸引着我的注意力。仅此而已。"

"为什么？"

他回答以前停了一会。他很少望着对方的眼睛。

"我不知道怎么对您说。这在于我，在于我到了她面前。您明白吗？我们到窗子那边去吧？"

他们站起身，穿过空的餐厅。他们在窗前站着，面对着花园。她在那里，是的。她沿着网球场的栅栏散步，今天穿黑的。她吸烟。所有的客人都在外面。他不看花园。

"我叫施泰因，"他说，"我是犹太人。"

这时她从门廊旁边经过。她过去了。

"您听见我的名字了吗？"

"听见了。施泰因。天气一定很温和。我以为他们都睡了。您看他们都在外面。"

"今天网球的拍声就像打在太阳穴上，心上，您不觉得吗？"

"我也觉得是这样。"

静默。

"我妻子几天后来找我，我们一起去度假。"

他光润的脸更无表情了。他悲哀吗？

"嗨，我没想过这件事。"

"您想过什么别的事呢？"

"没什么事。您明白吗？我什么事都没想。"

晚上这个时刻，总有四个人开始玩槌球，可以听到他们的笑声。

"闹得很，"他说。

"不要转移话题吧。"

"我妻子很年轻。她可以做我的孩子。"

"她叫什么？"

"阿丽莎。"

"我原来以为您跟旅馆以外的事毫无牵连，"他笑了，"从来看不见有人叫您接电话。您也从来不收到信件。现在突然阿丽莎来了。"

她站立在一条小路前——往森林去的小路——犹豫不决，然后又朝旅馆的门廊走去。

"三天后过来。阿丽莎此刻在她娘家。我们结婚有两年了。她每年要去娘家。她在那里已经待十来天了。她的面孔我看来很模糊了。"

她回来了。这是她的脚步声。她穿过走廊。

"我和不同的女人生活过，"施泰因说，"我们差不多都同岁，那时我有时间跟女人过，但是没有跟其中一人结过婚，虽然我也曾准备演一出婚姻喜剧，要接受时心里就响起一种拒绝的叫声。不行。"

她现在走在楼梯上。

"您呢？您是一位作家吗？"

"我正要当个作家，"施泰因说，"您明白吗？"

"明白。大概一直想当？"

"是的。您凭什么猜着的？"

现在什么噪声都消失了。她大约已经到了自己的房里。

"凭什么？"施泰因又问。

"凭您追问不舍的劲头，最终又没有什么结果。"

他们相互瞧着，相互一笑。

施泰因指着面前的花园和更远的地方。

"这座花园过去那一边，"他说，"大约离旅馆十来公里，有一座大平台，很出名。看得到一大片丘陵，那里才是这个地方的风景点。"

"下午旅馆都空了，他们就是往那儿去的？"

"是的。他们总是到了黄昏时刻回来，您注意到了吗？"

静默。

"除了这座大平台呢？"

"我没听说还有什么值得一看的。没什么了。没有……其他，没了。要么是那座森林。这四周都是。"

树梢也沾上了夜色。一点色彩都留不下来。

"我只认识花园，"马克斯·托尔说，"我一直待在这里。"

静默。

"中间那条道路尽头，"马克斯·托尔说，"有一扇门。"

"啊，您注意到了？"

"是的。"

"他们不去森林。"

"啊，您也知道？"施泰因说。

"不。不。我原来不知道。"

静默。

然后施泰因走了，像来时一样，不犹豫，不事前说一声。他跨着不知疲劳的大步子离开餐厅。一进入花园，他放慢了步子。他混在其他人中间散步。他放肆地瞧他们。他从不跟他们说话。

花园里阳光和热气。

她在长椅上扭动。她翻了个身，又睡熟了，两条腿伸直分开，头遮在手臂下面。今天以前他都避免从她面前走过。今天从花园角落走回来时他这样做了，他经过她的面前。他走在砾石路上的脚步声，惊醒了这个沉睡的身体，她颤动一下，手臂稍稍抬起，下面两只眼睛睁开看见了他，目光茫茫的。他走过去了。身体又恢复静止状态。眼睛又闭上。

施泰因在旅馆的台阶上，神情恍惚。他们交错而过。

"我总是颤抖，"施泰因说，"心神不宁地颤抖。"

黑夜。除了花园深处掠过几道光，是黑夜。

施泰因现在差不多每晚都在他身边。他在晚餐后过来。她还在桌旁。在她右边桌子还有最后一对男女，迟迟不走。她，又在等。等什么呢？

突然最后一道光红了一下，又灭了。

他们——施泰因和他——离开桌子。他们在靠椅上伸直了身子，就在她待的地方对面。一盏灯亮了。两面镜子映出日落般的光。

"请伊丽莎白·阿里奥纳太太接电话。"

一个清楚、响亮、似机场里发出的声音在叫唤，施泰因没有动。

她站起身。穿过餐厅。步子轻盈。她经过靠椅时机械地微笑。她消失在门里。

最后一对男女走了出去。电话间在旅馆另一侧翼楼的办公室后面，在静默中声音也传不过来。

施泰因站起身，走到窗子那边。

有人把餐厅角落的灯熄了。

那人大约不知道里面还有人。

"她今晚不会再来了，"施泰因说。

"您知道这个名字吗？"

"我原来知道的，应该知道的，后来忘了。这个名字没什么叫我奇怪的。"

他十分注意地朝花园方向看。

"他们都在外面，"他说，"除了她。还有我们。她不喜欢晚上。"

"您错了，她晚餐后都去花园的。"

"去一会儿。她只是遛一遛。"

他步子平静地走回来，坐在他旁边。他瞧着他好一会儿，毫无表情。

"昨夜，"施泰因说，"我在花园里时，看到您在您的桌上写什么，很慢很困难。您的手放在纸上很久。然后又写了起来。然后突然又不写了。您站起身，走到阳台上。"

"我睡眠不好。跟您一样。"

"我们都睡眠不好。"

"是的。我在听。狗。墙壁响。还有头脑昏眩。这时我写东西。"

"是这样么……一封信？"

"可能。但是写给谁？写给谁？在这寂静的黑夜中，在这家空空的旅馆里，写给谁呢，不是吗？"

"什么样的激情，"施泰因说，"在黑夜里找上我们，是的，找上您，找上我。我在花园里散步。偶尔听到自己的声音。"

"偶尔我看见您。还在日出以前就听到您的声音。"

"是这样。这是我。我在跟远处的狗说话。"

他们在静默中看着对方。

"带在身上吗？"施泰因问。

"带着。"

他从口袋掏出白信封，交给施泰因。施泰因打开信封，摊开纸，不说话了，念信。

"夫人，"施泰因念，"我看着您已有十天了，您身上有些什么叫我迷惑，叫我心乱，而我又说不出来，说不出是什么道理。"

施泰因停顿一下，又念。

"夫人，我愿意认识您，绝不抱非分之想。"

施泰因把信插进信封，放在桌上。

"多么安静，"施泰因说，"怎么叫人相信我们的夜晚是这么难过？"

施泰因在椅子上身子一仰。他们两人都是同样姿势。"您什么也不知道？"施泰因说。

"不知道。除了这张面孔。除了这种午睡。"

施泰因开亮两张椅子之间的落地灯，看他。

静默。

"她也没有信件，"施泰因又说，"但是有人打电话来。一般在午睡以后。她戴着婚戒。还没有人来过。"

静默。

施泰因慢慢站起身，走了出去。

趁施泰因不在，他站起身，走向伊丽莎白·阿里奥纳的桌子，向合着的书伸出手。又缩了回去。他没有翻书。

施泰因拿了旅客登记册回来。他们坐在灯下。

"这个时间他们从来不在办公室，"他说，"很方便。"

他翻阅登记册，停下。

"她在这里，"施泰因说。

"阿里奥纳，"施泰因说得很清楚——他压低了声音慢慢辨认，"阿里奥纳。本姓：维尔纳夫。一九三一年三月十日生于格勒诺布尔。没有职业。法国人。地址格勒诺布尔市马尚泰路五号。七月二日住店。"

施泰因翻阅登记册，又停下。

"这里是您，"施泰因说，"紧挨在她后面。托尔。马克斯·托尔，一九二九年六月二十日生于巴黎。教授。法国人。地址巴黎卡米耶-杜布瓦路四号。七月四日住店。"

他合上登记册。他走出去，又立刻回来。他在一直横着身子的马克斯·托尔旁边坐下。

"我们知道了一些事情，"他说，"我们渐渐有进展。我们知道在格勒诺布尔。这些词：维尔纳夫，伊丽莎白，十八岁时叫维尔纳夫。"

施泰因好像在听什么。二楼有人在走路。

"他们上楼睡觉去了，"他说，"现在您要是愿意，我们到花园去走走？房间的窗子还亮着。"

马克斯·托尔没有动。

"阿丽莎，"马克斯·托尔说，"阿丽莎。我心急地等着她。"

"来吧，"施泰因轻轻说。

他站起身，他们走开了。到门口之前，施泰因指指桌子，上面是那封信。

"我们让信留在桌上？"他问。

"这里从来不会有人来的，"马克斯·托尔说，"上面也没有名字。"

"您是留给阿丽莎的？"

"啊……可能是留给阿丽莎的，是的，"马克斯·托尔说。

他指指伊丽莎白·阿里奥纳的位子——她的桌子。

"她拿同一部小说看了一个星期，"他说，"同一个开本，同一个封面。她大约读了忘，忘了读，没完没了。这个您知道吗？"

"知道。"

"是本什么书？"

施泰因想了想。

"您要是想知道我可以看。我可以做一些您不会做的事，您懂吧。"

"您爱怎么做就怎么做。"

施泰因朝伊丽莎白·阿里奥纳的桌子走去，翻开扉页，又回来了。

"没什么，"施泰因说，"没什么。一部火车上看的小说，没什么。"

"我本来也是这么想的，"马克斯·托尔说，"没什么。"

天空明亮。早晨下过雨。星期日。

"我兄弟带了老婆孩子都来了，"阿丽莎说，"家里住得满满的。"

伊丽莎白·阿里奥纳打开书。马克斯·托尔听阿丽莎说话。

"说实在的，很开心，尤其晚上。妈妈依然十分年轻。"

伊丽莎白·阿里奥纳合上书。她的桌上有三副餐具。她看餐厅门的方向。她穿一身黑衣。窗子是关的。

"你没有改变主意吧？我们还是圣诞节去？"

"是的，我会很高兴去那里过上几天。"

"我在想你为什么跟他们在一起会觉得无聊，"阿丽莎笑着说，"他们不见得比别人更讨厌……我不觉得。"

"我在那里感到有点别扭。我比你母亲年轻不了多少。"

"我以前有时想我是太年轻了。"

马克斯·托尔显得惊讶。

"我从来没这样想过，"他说，"除非到了晚年，晚年必定是很孤独的。但是你看，我从第一天起就接受被人遗弃。"

"我也是。"

他们笑了起来。当施泰因穿过餐厅时，伊丽莎白·阿里奥纳站起身，也朝门的方向笑：一个男人和一个女孩刚走进来。阿丽莎看那个男人。

"外省的一个美男子，"阿丽莎说。

"阿妮塔，"伊丽莎白·阿里奥纳说。

声音从远处传来，温柔，有所预料。他们相互拥抱。

他们坐下。

"哪些人住在这家旅馆？"

"一些病人，"他微笑，带嘲讽的口气，"我是上星期日突然发现的：一家人都是上午来晚上走。没有小孩。"

阿丽莎转过身看。

"这是真的……那么，你不愿立刻就走吧？"

"我跟你说过吗？"

"我到的时候在房间里说过。"

"哦，有好几天了，不过也可以照原来说好的明天上午再走。"

静默。

"今年你大概不想出去玩吧？"阿丽莎隔了一会问。她笑了。"你已经玩得太多了……"

"这倒不是。"

他们相互看着。

"我在这里觉得很好，觉得幸福。"

阿妮塔该有十四岁了。

伊丽莎白·阿里奥纳可能没有她丈夫年轻。

"觉得幸福？"阿丽莎问。

"我的意思是：很自在。"

施泰因又过来了，向马克斯·托尔简单打招呼。阿丽莎非常注意看施泰因。

"他叫施泰因，偶尔我们聊聊。"

最初的几对男女开始走出门。阿丽莎没有看见他们。

"施泰因，"马克斯·托尔说，"也是犹太人。"

"施泰因。"

"是的。"

阿丽莎朝窗子看。

"这家旅馆真的很舒服，"她说，"尤其有了这座花园。"

她在听。"网球场在哪儿？"

"在下面，几乎挨着旅馆。"

阿丽莎身子不动了。

"那里有森林。"

她看森林，一下子只看森林。

"是的。"

"森林里危险吗？"她问。

"是的。你怎么知道？"

"我看着，"她说，"看出来了。"

她在思考，眼睛始终越过花园朝森林看。

"为什么危险？"她问。

"我也跟你一样不知道。为什么？"

"因为他们害怕，"阿丽莎说。

她往椅子上一靠，看着他，看着他。

"我不饿了，"她说。

声音突然起了变化。变得发哑了。

"你在这里我衷心感到高兴。"

她转过身。她的目光又回来了。缓慢地。

"毁灭，"她说。

他对她微笑。

"是的。我们先到房间里，然后再去花园。"

"是的。"

伊丽莎白·阿里奥纳在静默中流眼泪。这不是吵架。那个男人轻轻拍桌子。没有人能够看见她哭。除了他，他没在看她。

"我一个人也不认识，除了这位施泰因。"

"'幸福'这个词刚才你是无意说出来的吧？"

"不……我相信不是。"

"在这家旅馆幸福。幸福，这倒少见。"

"我自己也有点惊讶。"

伊丽莎白·阿里奥纳因为想离开这家旅馆在哭。他不愿意。女孩已经站起来，去了花园。

"那个女人为什么哭？"阿丽莎轻轻问，"我身后那个女人？"

"你怎么知道的？"马克斯·托尔叫道。

没有人转身。

阿丽莎想了想。她向他示意她不知道。马克斯·托尔又平静了。

"有人来看望时经常发生这种事，"他说。

她看他。

"你累了。"

他微笑。

"我睡不着。"

她不奇怪。声音还是哑了。

"有时候安静也叫人睡不着，这个森林，这么安静？"

"可能是的。"

"旅馆房间呢？"

"也是，是的。"

现在声音几乎听不清。阿丽莎的眼睛睁得很大，蓝得很深。

"再待上几天，这也是个主意，"她说。

她站起来，她摇摇晃晃。餐厅里只有伊丽莎白和她丈夫。施泰因回来了。

"我到花园里去，"阿丽莎喃喃说。

马克斯·托尔站起身。他在旅馆门口遇见施泰因。他幸福得容光焕发。

"您没有跟我说过阿丽莎是疯子,"施泰因说。

"我以前不知道,"马克斯·托尔说。

花园。白天。星期日。

伊丽莎白·阿里奥纳一家人走近阿丽莎和马克斯·托尔。他们走过他俩面前。他们朝门廊的方向走去。听到—— 一个男人声音:

"医生明令,你应该多睡。"

伊丽莎白搂住阿妮塔的腰。她微笑。

"最后再来一次——"女孩的声音。

阿丽莎在看吗?是的。

他们在树荫下。伊丽莎白慢慢走回来。阿丽莎闭上眼睛。伊丽莎白在长椅上伸直身子。她也闭上眼睛。在她的脸上,即将动身的微笑渐渐消失,最后没有一点表情。

"她是个病人?"阿丽莎问。

她说话声音很低,有气无力。

"肯定是。她每天下午睡觉。"

"只听到鸟的声音,"阿丽莎说。她呻吟一声。

她也闭上眼睛。

静默。风。

伊丽莎白·阿里奥纳睁开眼睛,拉过一条白色格子毛毯盖在身上。

静默。

"不要着急,"马克斯·托尔说。

"发生什么事了，是吗？"

"我不知道。"

施泰因在那里，他走出旅馆。

"我能懂吗？"

"能懂。"

施泰因没有在他们面前停下，但是看了他们。他们眼睛闭着。他们同样苍白。施泰因朝花园的角落走去，步子大而犹豫。

"这家旅馆里有些东西叫我心乱，叫我神往。我认不出是什么。我不求知道得更清楚。别人会说这是很早以前的欲望，童年时代的梦想……"

阿丽莎没有动。

"写作，可能是这个，"马克斯·托尔说。"因为这里发生的一切，仿佛我懂得大家可以……"他闭着眼睛微笑，"自从我在这家旅馆住下后，每夜我准备开始……我没有写，永远不会写……是的，要是写的话，每夜会改变我写好的东西。"

"夜里就是会发生这种事。"

"是的。"

静默。他的眼睛还是闭着。

"你看起来幸福，"她说。

静默。

"我对你说过。"

"是的。我不理解。我还不理解，"她说。

他不回答。

施泰因又回来了。

马克斯·托尔没有看见他。

施泰因朝他们走来。

"施泰因在那里，"阿丽莎说。

"让他去，叫他过来吧，"马克斯·托尔喊。他喊他："施泰因，我们在这里呢。"

"他来了。"

施泰因在这里了。

"我回来得太早了，"阿丽莎向他喊叫。

施泰因不回答。他看花园，看睡着的人。从刚才起没有人动。施泰因居高临下看着阿丽莎。

"我不懂，我还是不懂，"阿丽莎向他喊叫。

施泰因，在阿丽莎面前居高临下，看着她，看着她。

"阿丽莎，"他说，"他一直在等您，在算日子。"

"是啊，"阿丽莎喊。

施泰因不回答。自从施泰因来了后，马克斯·托尔好像神思困顿。

"可能我们彼此太相爱了？"阿丽莎问，"爱情太伟大了，"她喊，"在他与我之间太强烈了，太强烈了？"

"在他与我之间？"阿丽莎继续喊叫。"只是在他与我之间，会有太多的爱情吗？"

施泰因不回答。

她停止喊叫，她开始看施泰因。

"我今后不再喊叫了，"阿丽莎说。

她向他微笑，她的眼睛睁得很大，蓝得很深。

"施泰因，"她悄声说。

"是。"

"施泰因，黑夜，在房间里，他不和我在一起。一切早在没有我的时候就开始存在了，黑夜也是。"

"不，"马克斯·托尔说，"黑夜从今以后没有你而存在，那是不可能的。"

"但是我不在那里，"阿丽莎微弱地喊叫，"不在房间里，也不在花园里。"

静默。霎时间，静默。

"在花园里，"施泰因说，"那不会错。您早已在花园里了。"

她指着他，他眼睛始终闭着。

"可能他不知道吧？"她问施泰因，"他不知道自己有了什么事吧？"

"他不知道，"施泰因说。

"那就不一定遇到你了，"马克斯·托尔说。

他睁开眼睛，看着他们。他们没有看他。

"这个我知道，"他说。

"阿丽莎，没有必要难过，"施泰因说，"没有必要。"

施泰因在砾石路上坐下，看着阿丽莎的身体，出了神。那边，伊丽莎白·阿里奥纳朝旅馆的门廊转过身去。她又睡着了。

静默。静默笼罩阿丽莎。

"施泰因，"阿丽莎问，"您是睡在这座花园里吗？"

"是的，就睡在花园里不同的地方。"

马克斯·托尔伸出手，抓住阿丽莎冰凉的手，他的妻子四肢张开，眼珠蓝蓝的。

"阿丽莎，不要再难过了，"施泰因说。

施泰因走近来，把头放在阿丽莎赤裸的大腿上。他抚摸她的腿，他吻她的腿。

"我多么想要你，"马克斯·托尔说。

"他多么想要您，"施泰因说，"他多么爱您。"

黄昏。灰色的。

日色够亮，还可以打网球。网球在灰色黄昏中啪啪响。

窗子附近也有光。而在餐厅角落里已经点上了灯。

窗子是开的。热气没有退。伊丽莎白·阿里奥纳站起身，向窗口走去。她看网球场，然后又看花园。

"我还不认识你，"阿丽莎说，"大家一句话也没有说过。我坐在这张桌子。你，在另一张桌子，一个人，跟我一样——"她停一停，"没有施泰因，不是吗？还没有？"

"还没有。施泰因后来才来的。"

阿丽莎盯住餐厅里的黑影看，用手一指。

"那里，"她说，"你在那里。你，那里。我，这里。大家不在一起。中间隔着桌子，隔着房间的墙壁，"她张开捏紧的拳头，转声叫，"还不在一起。"

静默。

"我们最初说上几句话，"马克斯·托尔说。

"没有，"阿丽莎叫道。

"最初总看上几眼，"马克斯·托尔说。

"可能，没有，没有。"

静默。她的手又放到桌上。

"我努力要弄明白，"她说。

静默。伊丽莎白·阿里奥纳在窗口，身子弯到吊窗下灰色气孔里。

"那里会有什么？"马克斯·托尔问。

她想，想了又想。

"灰色黄昏，"她终于说。她指着灰色黄昏。"我看着网球场，你过来了。我什么也没听见，你突然就在旁边，你也是在看。"

她没有指正在看着的伊丽莎白·阿里奥纳。

静默笼罩旅馆。网球不打了吗？

"你努力要弄明白，"她说，"你也是。"

"是的。可能会有一封信？"

"是的。一封信，可能。"

"'我看着您已有十天了，'"马克斯·托尔说。

"是的，没有地址，扔了。我会找到的。"

不，网球又打了起来。球在流动的黄昏里，灰色的湖面上溅跳。伊丽莎白·阿里奥纳拿了一把椅子，悄无声息地坐下。球打得很激烈。

"但是这结束了，不是吗？"

他犹豫。

"也许吧，"他说。

"这是真的。可能这还没准。"

她微笑，凑近他。

"每年夏天必须分开，"她说，"必须忘记，仿佛这是可能的？"

"这是可能的——"他叫她，"阿丽莎，阿丽莎。"

她没在听。她语速突然慢了下来，但清楚。

"当你在这里时我能够忘记你，"她说。"书写到哪儿啦？你在想那本书吗？"

"不。我在跟你说话。"

她不说了。

"这本书的人物是谁呢？"

"马克斯·托尔。"

"他干什么的？"

"不干什么。有人在看。"

她朝伊丽莎白·阿里奥纳转过身，伊丽莎白侧面对着网球场看，身子挺直的。

"比如说一个女人？"阿丽莎问。

"比如说，当然可以。比如说你——假定我不认识你——或者这个在看的女人。"

"看什么？"

"网球场，我想。"

可以说阿丽莎并不明白指的是伊丽莎白·阿里奥纳。

"网球场老是有人在看的。即使场子空的时候，天下雨的时候，这成了一种机械性工作。"

"在我没有写的那本书里只有你，"阿丽莎说。

"这需要多大的力量，"马克斯·托尔笑着说，"有时候，需要多大的力量迫使你这样做，不去写。我就决不会去写书。"

"怎么能这么说呢？"

"是的，是有意这么说的。"

"施泰因就是要写，"阿丽莎说，"而我们没有必要写。"

"是的。"

伊丽莎白·阿里奥纳步子悄悄地离开窗前的明处。她掠过空桌子，也掠过他们的桌子。她低垂眼睛。马克斯·托尔目光稍微斜向阿丽莎，阿丽莎看着她，好像并不十分注意。

她走出去了。他们没说话。

"那么，对网球场有什么说的吗？"阿丽莎问。

"有。目光注视下的网球场。"

"一个女人的目光？"

"是的。一个分心的女人。"

"被什么分心。"

"无聊。"

"夜里阒无一人的网球场上，"阿丽莎继续问，"也有东西可以说吗？"

"是的。"

"可以说是些笼子，"阿丽莎出神地想，"你在你的书里怎么编的呢？"

"我不编，我描写。"

"施泰因吗？"

"不。施泰因代我看。我描写施泰因看的东西。"

阿丽莎站起身，朝窗户走去，又走回来。马克斯·托尔看着她纤弱的身影。

"我要看她在看什么，"阿丽莎说。

"你那么年轻，"马克斯·托尔说，"当你走路时……"

她没有回答。

"你整个白天在做什么？夜里又做什么？"

"什么都不做。"

"你不读书？"

"不。我装装样。"

"那本书写到什么地方了？"

"没完没了的前言部分。"

他已经站起身。他们相互看着。她的眼睛光彩熠熠。

"这是一个好题材，"阿丽莎说，"最好的题材。"

"有时候我跟施泰因说话。这种状态只能维持几天。"

他把她搂在怀里。她推开他。

"你走进这座花园，"她说，"消失在这座花园里。让它把你吞了。"

当他们拥抱时，天色暗了，餐厅角落里的两个座位像指示牌似的亮了。

"我会来的，"阿丽莎说，"我会来花园找你的。"

马克斯·托尔往外走。阿丽莎朝椅子跑去，往里一坐，手捧着头。

　　天色全黑了。

　　花园里的灯亮着。餐厅的椅子上依然是阿丽莎的身影。施泰因出现了。他朝阿丽莎走去，在她旁边坐下，没有一句话，安静。白信封放在桌上。

　　"阿丽莎，"他终于喊了一声。"我是施泰因。"

　　"施泰因。"

　　"是的。我在这里。"

　　她没有动。施泰因身子滑到地上，把头放在阿丽莎的膝盖上。

　　"阿丽莎，我不认识您，"施泰因说。

　　"他不再用某种方式爱我了，可能吗？"

　　"到这时候他明白了他不可能想象他的生活中没有你。"

　　他们不说话。他把手放在阿丽莎的身上。

　　"你是我的一部分，阿丽莎。你纤弱的身子是我身子的一部分。然而我不知道你。"

　　一个响亮清楚的声音，似机场上的通知传至花园：

　　"有人请伊丽莎白·阿里奥纳接电话。"

　　"这个女人的名字多么漂亮，"阿丽莎说，"这个陌生女人在你来以前就看着网球场了。伊丽莎白·阿里奥纳，这是一个意大利名字。"

　　"他来的时候她就在这里了。"

　　"总是一个人？"

　　"差不多总是一个人。她丈夫有时候也来。"

　　"昨天跟她坐一张桌子的那个蠢人？"

　　"是的。"

"她哭了。要不，她就是整天睡不醒的样子。她服镇静剂。我看见过。她大约服药过量。"

"大家这么说。"

"是的。她乍一看不是很显眼，然后愈来愈引人注目……奇怪……她走路很美。她的睡眠很浅，几乎像孩子似的睡一下……"

她又站起身，双手捧着施泰因的头。

"你不能跟我说，是吗？"

"不能。"

"那么这是他与我之间我们第一次不能交谈。他瞒了我一些事情……"

"是的。"

"他不太清楚是什么，是吗？"

"他只知道一切都随着你消失了。"

她动作缓慢地拿起信，打开信封。

"施泰因，跟我一起看。"

他们肩并肩，身子几乎合在一起，念：

"阿丽莎知道，"施泰因念。"但是她知道什么？"

阿丽莎又把信放进信封，非常平静地把全部都撕了。

"我是为你写的，"施泰因说，"那时候我并不知道你什么都猜着了。"

他们搂在一起走向窗边。

"她打了电话回来？"阿丽莎问。

"是的。"

"他离她不远吗？他没有跟谁说话吗？施泰因，你看看，你替我看看。"

"没有，没跟谁说话。他从来不跟谁说话。必须逼着他才说几句。有人跟他说话他才回答。他这个人就是这样，哑巴一个。他坐着，等。"

"我们做爱，"阿丽莎说，"我们天天夜里做爱。"

"我知道，"施泰因说，"你们让窗子开着，我看见你们了。"

"他是因为你才让窗子开着的。好看见我们。"

"是的。"

阿丽莎把她娇嫩的嘴放到了施泰因结实的嘴上。他就这样说话。

"你看见我们了？"阿丽莎说。

"是的。你们相互没说话。每天夜里我等着。你们一声不出趴在床上。灯也不再熄了。有一天早晨人家会发现你们，身子佝偻，在一起成了一堆枯骨，人家不会懂的，只有我知道。"

花园里亮了。阳光。

阿丽莎和伊丽莎白·阿里奥纳相隔十米，两个人伸长身子躺着。阿丽莎的眼睛半开半闭地看着伊丽莎白·阿里奥纳。

伊丽莎白·阿里奥纳睡着，赤裸的脸微微向肩膀倾斜。树荫中透过的光斑都洒落在她身上。太阳滞留不动。空气完全平静。在光线连续照射下，阿丽莎先后发现连衣裙下的身体：女田径运动员的细长的小腿，浑圆的大腿，在胳膊下沉睡垂落的双手表现出极大的柔软性，腰肢，一堆干头发，眼眶。

马克斯·托尔在餐厅的窗子后朝花园看。阿丽莎没有看见他，她的身子侧向伊丽莎白·阿里奥纳。马克斯·托尔看到阿丽莎的只是她的假寐、头发和长椅上的腿。

马克斯·托尔对着花园待了一会儿。当他转过身，施泰因在他旁边。

"他们都去散步了，"施泰因说，"只剩下我们了。"

静默。

窗子朝着花园敞开。

"多么安静，"施泰因说，"听得到她们呼吸。"

静默。

"阿丽莎知道了，"马克斯·托尔说，"但是她知道什么？"

施泰因没有回答。

阿丽莎站起身。她赤脚走在小径上。她走在了伊丽莎白·阿里奥纳前面。好像有点犹豫。是的。她往回走，走到伊丽莎白·阿里奥纳跟前，面对着她有几秒钟。然后她朝长椅走去，把它挪了几米，更靠近伊丽莎白·阿里奥纳。

马克斯·托尔的脸像悬在空中，突然转了过来。

施泰因没有动。

伊丽莎白·阿里奥纳慢慢醒来。是长椅擦在砾石地上的咯嗒声把她弄醒的。

她们相互微笑。

马克斯·托尔缩在后面，还没有看。他身子僵直，眼睛半闭。

"太阳照到您身上了，"阿丽莎说。

"我在大太阳下也能睡。"

"我不行。"

"这是一种习惯。我在沙滩上照样睡得很香。"

"她说话了,"施泰因说。
马克斯·托尔走近施泰因。他看着。
"她跟阿妮塔说话也是这个声音,"他说。

"照样睡得很香?"阿丽莎问。
"我住在一个寒冷的国家,"伊丽莎白·阿里奥纳说,"我从来晒不到足够的阳光。"
暗影中,阿丽莎的蓝眼睛表示疑惑。
"您刚到不久。"
"不,我来了三天了。"
"哦……"
"我们在餐厅的位子相隔不远。"
"我视力很差,"伊丽莎白·阿里奥纳说,她微笑,"我看不清楚。平时要戴眼镜。"
"在这里不戴?"
她轻轻嘟一下嘴。
"不戴。我在这里疗养。这样眼睛也得到休息。"

"您在哪儿遇见阿丽莎的?"施泰因问。
"在我的课堂上,"马克斯·托尔说,"她睡着了。"
"不错,"施泰因说,"不错。"
"我的学生大多数都这样。我忘了是什么道理。"
"啊,不错,不错。"

"疗养?"阿丽莎问。

伊丽莎白·阿里奥纳眯缝眼睛，要看清这个听话这么仔细的女人。

"我来这里是因为经过了一次难产。孩子生下就死了。是个女孩。"

她完全坐了起来，手撩头发，向阿丽莎艰难地一笑。

"我服药是为了睡觉。我什么时候都睡。"

阿丽莎也坐了下来。

"这对您的神经是个很沉重的打击吧？"

"是的，我再也睡不着了。"

声音慢了。

"此外我怀孕困难。"

"这下子谎言就来了，"马克斯·托尔说。

"那还远着呢。"

"是的，她还不知道。"

"怀孕困难？"阿丽莎问。

"是的，很困难。"

她们不说话。

"您对这件事还常想吗？"

这问题使她打了个寒颤，她两腮没那么苍白了。

"我不知道——"她更正说，"我的意思说，因为我不应该去想，不是么……此外我睡得很多……我本来也可以到南方去住在父母家里。但是医生说我应该单独一个人过。"

"致命的毁灭后来是由阿丽莎一手造成的，"施泰因说，"您同意这个看法吗？"

"同意。轮到您来同意这个看法了： 她不是没有危
险的？"

"同意，"施泰因说，"我同意对阿丽莎的这个看法。"

"单独一个人过？"阿丽莎问。

"是的。"

"多长时间了？"

"三星期。我是七月二号来的。"

旅馆与花园一时寂静无声。伊丽莎白·阿里奥纳身子一颤。

"有人经过——"她指一个地方，"花园角落里？"

阿丽莎环顾四周。

"要有人，那只能是施泰因，"阿丽莎说。

静默。

"可能是要求您自己振作起来，单独一个人，不要谁的帮助，"
阿丽莎说。

"可能，我没有提出疑问。"

她等待，可以说她专心地看着花园。

"那些人就要散步回来了，"她说。

"她看着空中，"施泰因说，"这就是她唯一看着的东
西。这样好。她对空中看得很仔细。"

"是这样，"马克斯·托尔说，"这种目光……"

"他们要回来了，"阿丽莎说，"要回来了。"

"哦……我该醒醒了，"她说。

她一下子站起，像哪儿感觉不舒服似的。阿丽莎没有动。

"有没有对您说每天要走走？"

"是的，半个小时。这个没有禁忌。"

伊丽莎白把长椅移近阿丽莎，又坐下。她们很近。伊丽莎白·阿里奥纳眼睛非常明亮。

很明显她在用力看阿丽莎，这时，伊丽莎白·阿里奥纳发现了阿丽莎的面孔。

"咱们一起走走怎么样……"她说。

"等一会儿吧，"阿丽莎说。

"您发现阿丽莎时愿不愿意要她？"施泰因问。

"不，"马克斯·托尔说，"我什么人都不要。您呢？"

"我，从她一走进旅馆的门时，"施泰因说。

"等一会儿吧，"阿丽莎说。"时间还早呢。"

"我看的第二位医生，"伊丽莎白·阿里奥纳说，"意见完全相反。他要我去一个很快乐的地方，跟大家在一起。我丈夫认为第一位医生更有道理。"

"您的想法呢？"

"哦……人家要什么我做什么……对我都是一个样……森林好像使人静得下心来。"

是打球的人。他们没有看见她们。

她们看网球场。

阿丽莎微微一笑，伊丽莎白没有注意到她笑。

"您不打网球吗？"

"我不会打……还有我曾经……分娩时……我不可以用力气。"

"撕裂，"马克斯·托尔说，"出血。"

"是的。"

"您到森林里去吗？"

"哦，不。一个人不去。您去过这座森林啦？"

"还没有。我才到。我来才三天。"

"这倒是的……您敢情是病了？"

"没有，"阿丽莎笑了，"我们是弄错了才来这里的。我们以为这里跟其他旅馆没两样，我记不起是谁向我们建议的……肯定是个大学里的同事。他跟我们说起森林，没别的。"

"啊。"

伊丽莎白·阿里奥纳突然身上发热，把头往后仰，呼吸空气。

"天气真闷，"她说，"但是到底几点钟啦？"

阿丽莎表示她不知道。

她们不说话。

　　"两年前有一天夜里，阿丽莎到我家里来，那时她十八岁，"马克斯·托尔说。

　　"在房间里，"施泰因慢慢说，"在房间里，阿丽莎就没有年纪了。"

"您很想要这个孩子？"阿丽莎问。

她犹豫。

"我相信是的……问题不在这里。"

　　"阿丽莎只相信罗森菲尔德理论，"施泰因说，"这个您知道吗？"

　　"知道。您肯定也是吧？"

　　"我不久前才听说的。"

"就是说……"伊丽莎白·阿里奥纳说,"主要是我丈夫想要……他想再要一个孩子。我很担心他会失望,您懂吧。我就有这样的担心……他会离开我,因为孩子……但是我不应该说这些话。医生要我避免谈……"

"您听他的话吗?"

"是的。怎么了?"

她目光中带着疑问。阿丽莎等着。

"您可以谁的话都不听,"阿丽莎轻声说,"照自己的意思去做。"

伊丽莎白·阿里奥纳微笑。

"我不想这样做。"

"您愿意到森林里去吗?"

霎时间,伊丽莎白·阿里奥纳目光中出现一种恐惧。

"我们让她跟阿丽莎到森林里去吗?"马克斯·托尔问。

"不,"施泰因说,"不。"

"我在这里,"阿丽莎说,"您不用害怕。"

"没必要去——"她看着森林,神情敌对,"不,没必要去。"

"您跟我在一起害怕?"

"不……但是为什么要去那儿呢?"

阿丽莎不坚持了。

"您怕我,"阿丽莎轻声说。

伊丽莎白·阿里奥纳微笑,神情惶惑。

"哦,不……不是这样……是……"

"什么?"

"我讨厌那个地方。"

"您又没有看见，"阿丽莎微笑着说。

"哦……相信是这样，"她说。

"不，"阿丽莎轻声说，"您以前怕过我。有一点点，但这还是害怕。"

伊丽莎白看着阿丽莎。

"您真不同一般，"她说，"您是谁？"

阿丽莎向施泰因和马克斯·托尔微笑。她心不在焉。

"您说呢？"

施泰因样子很幸福，伊丽莎白发现这两个男人在观景窗后面。

"哦。那里刚才有人，"她说。

"不。他们这会儿才到的。"

静默。

"您总是一个人，"阿丽莎说。

"这里谁都不跟谁说话。"

"您呢？假使我没有跟您说话，您会跟我说吗？"

"不会——"伊丽莎白微笑，"我这人怕羞。此外我不觉得无聊，我服药一多就不会无聊了……哦，很快就会过去的，再有几天……"

阿丽莎不说话。伊丽莎白·阿里奥纳朝窗子看，施泰因和马克斯·托尔刚离开那儿。他们走进了花园。

"几天？"

"八天……倒是我丈夫感到无聊……他星期日带了我女儿来看我。她昨天在这里。"

"我看见了。她已经长得很高。"

"十四岁半。她一点也不像我。"

"这话不对。她还是像您的。"

"您指什么？"

"至于像不像……那是说不清的。她走路像您。当您哭的时候，她也像您这样看着网球场。"

伊丽莎白看着地面。

"哦，"她说，"这没什么，孩子气。都是因为她，阿妮塔。我离开她很难过。"

"我还没有孩子，"阿丽莎说，"我结婚时间不长。"

"哦——"她偷偷看阿丽莎，"您来日方长，您丈夫也在这里？"

"是的。他一个人。他的桌子在餐厅左面的角落里。您看不见吗？"

"戴眼镜的那位，也不太年轻了，还有……"

"是他……我可以做他的女儿。"

伊丽莎白·阿里奥纳努力回忆。

"可是他早在这里了，不是吗？"

"九天。他应该是在您来后那么两天到的。"

"那是我弄混了……他的神情不是有点悲哀吗？"

"他不说话时是那样的。他是犹太人。犹太人您认得出来吗？"

"我认不太清楚。我丈夫行，只要一……"

她不说下去，意识到自己会有危险。

"是吗？另一个男人跟他一起，施泰因，也是犹太人，您大概把他们弄混了。"

阿丽莎向她微笑。她安心了。

"我刚从父母家里来，"阿丽莎解释，"我是来跟他会合的。我们过几天去度假。过来走走吧，来吧，上花园里去。"

她们站起身。

"你们到哪里去度假？"伊丽莎白·阿里奥纳问。

"我们还不知道，"阿丽莎说。

她们走近网球场。施泰因在她们前面走下旅馆的台阶。

"您为什么没有听第二位医生的话？"阿丽莎问。

伊丽莎白一惊，轻轻叫了一声。

"啊，您猜到了里面有点蹊跷，"她说。

她们朝门走去，施泰因在那里等她们。

"这位是施泰因，"阿丽莎说，"伊丽莎白·阿里奥纳。"

"我们找你们到森林里去散散步，"施泰因说。

马克斯·托尔也从台阶往下走。他不慌不忙。眼睛低垂。阿丽莎和施泰因看着他过来。

"我向您介绍我的丈夫，"阿丽莎说，"马克斯·托尔。伊丽莎白·阿里奥纳。"

她什么都没注意到——冰冷的手、苍白的脸色。她努力回忆，回忆不起来。

"我把你们弄混了，"她微笑着说。

"我们到森林里去吧，"阿丽莎说。

她跨出一步，施泰因跟在后面。马克斯·托尔好像没有听见。伊丽莎白·阿里奥纳等着。然后马克斯·托尔朝阿丽莎那边走一步，好像要阻止她。但是阿丽莎已经往前走了。

那时他们三人都朝伊丽莎白·阿里奥纳转过身，伊丽莎白还没有动。

"来吧，"阿丽莎说。

"这个……"

"阿里奥纳太太害怕森林，"阿丽莎说。

"这样的话我们可以待在花园里，"马克斯·托尔说。

阿丽莎又向伊丽莎白走过去，向她微笑。

"您选吧，"她说。

"我很愿意到森林里去，"她说。

她们开始走了起来，前面是施泰因和马克斯·托尔。

"我们就待在花园里吧，"伊丽莎白·阿里奥纳说。

静默。

"那就随您，"阿丽莎说。

静默。他们转身走。

"再回头说我们刚才说的事，"施泰因说，"致命的毁灭……"

花园里的夜色。清澈。

阿丽莎躺在草地上，马克斯·托尔立在她旁边。他们单独在一起。

"中等布尔乔亚家庭，"阿丽莎说，"丈夫大约有一家企业，她大约年纪轻轻就结了婚，立刻生了个女孩。他们一直住在多菲内。他继承了父亲的事业。她非常惊慌。"

阿丽莎站起身。

他们相互看着。

"她背书似的说，想到遗弃她非常惊慌。说到婴儿的死，也像背书似的。一定很严重。"

"咱们走吧，"马克斯·托尔说。

"不。"

"'我的书商给我出主意。他了解我，他知道我喜欢什么类型的书，我丈夫他读科学著作。他不喜欢小说，他读一些很难懂的东西……哦，这不是我不喜欢读书……而是现在……我需要睡眠……'"

他不说话。

"'我是个容易害怕的人，'"阿丽莎继续说，"'害怕被遗弃，害怕未来，害怕爱，害怕暴力、数字，害怕未知的事、饥饿、贫穷、真相。'"

"你疯了，阿丽莎，疯了。"

"我也觉得奇怪，"阿丽莎说。

静默。

"当她说：'我睡了，'"阿丽莎说，"我看到她睡着，而你，你在这个睡着的人面前。"

"只是我吗？"

"不。"

静默。

阿丽莎环顾四周。

"施泰因在哪里？"

"他快来了。你到房间里去吧。"

"我等施泰因。"

"我们明天离开吧，阿丽莎。"

"我们跟伊丽莎白·阿里奥纳在她午睡后有约会。这不可能。"

"我们到森林里去吗？"

"不。我们待在花园里。"

施泰因从花园角落走来。

"你的头发，"他说。

他摸摸她的头发。头发很短。

"以前很美，"施泰因说。

"太美了。"

他略一思索。

"他发现了吗？"他指马克斯·托尔。

"他还没有说起。是我自己剪的。留在浴室的地上。他大约踩了上去。"

"我叫了起来，"马克斯·托尔说。

"我听到他大叫。但是他什么也没说。我以为你大叫是为了另一件事。"

施泰因用胳臂搂着她。

"什么事？"马克斯·托尔问。

"不耐烦了，"阿丽莎说。

静默。

"到我身边来吧，阿丽莎，"施泰因说。

"好的。我们会怎样呢？"

"我不知道。"

"我们都不知道，"马克斯·托尔说。

阿丽莎·托尔的头埋在施泰因的胳臂里。

"她对我们的出现习惯了。她说：'施泰因先生是个让人信任的人。'"

他们笑了。

"那么他呢？"他指马克斯·托尔。

"没说什么。她说到离开。她不愿意走出花园，她说她在等丈夫的电话。"

他们绕着网球场走。他们房间的阳台亮了。

"我们可以约她一起去森林，"施泰因说。

"不，"马克斯·托尔叫。

"我们只剩下三个白天了，"阿丽莎说，"三个黑夜。"

他们停步。

"他要离开。施泰因，他是这样说的。"

"那是说说罢了，"施泰因说。

"我是走不了了，"阿丽莎说。

"到房间里去吧，"马克斯·托尔说。

白天，花园里。

伊丽莎白·阿里奥纳坐在花园里一张桌子旁。她身边是阿丽莎·托尔。

"两位医生都同意我到外地去，"伊丽莎白·阿里奥纳说，"我一刻不停地落眼泪。我不知道是什么原因。"

她对阿丽莎微笑。

"现在我又说起这件事……显然由不得我自己。"

"为什么要让您一个人过呢？您要不是个……坚强的人，不是有点危险吗？"

伊丽莎白低下眼睛，克制着自己。这还是第一次。

"我不是个坚强的人——"她看着她，"您看错了。"

"是您自己这样说？"

眼睛又看别处。语气中含有隐约的警告。

"我周围的人都这样说。我也就这样想了。"

"谁这样说？"

"哦……医生……我丈夫也是。"

"一个女人处于您的……精神和……健康情况，是很容易受伤害的，她会遇到一些正常时期不会遇到的事。没有人跟您说过这样的事吗？"

"我不明白，"伊丽莎白·阿里奥纳迟疑片刻说。

"其他女人，除您以外的其他女人，会贸然什么事都去干的……"

阿丽莎笑了。伊丽莎白也笑了。

"哦，这想法真怪，哦，不会的，我不会的。"

她们不说话。

"他们迟到了，"阿丽莎说，"我们说好五点钟的。"

"我妨碍了你们散步，"伊丽莎白·阿里奥纳表示歉意，"都怪我不好，再有我丈夫也没来电话。"

"总是您丈夫来电话吗？"

伊丽莎白脸红了。

"是的……只是起初……另有一个人来过电话，但是我挂断了没听。"

"也是桩事情啊，"阿丽莎微笑着说。

"现在结束了。"她朝阿丽莎转过身，"我们很不相同。"

"我也是，我跟丈夫一起很幸福，但是显然各有各的方式，事实如此。"

"怎么不一样？"

她们对看着。阿丽莎没有回答。

"马克斯·托尔是一位作家，不是吗？"

她注意到阿丽莎吃一惊吗？没有。

"是说他正要当作家……但是现在还不是……您为什么问这个问题？"

伊丽莎白微笑。

"我不知道……我本来以为是。"

"他是一位教授。我做过他的学生。"

"施泰因又是谁呢？"伊丽莎白·阿里奥纳腼腆地问。

"施泰因这人我不能谈，"阿丽莎说。

"我明白。"

"不。"

伊丽莎白开始颤抖。

"哦，原谅我，"阿丽莎说，"原谅我。"

"没什么。您很直爽。"

"是施泰因的想法，"阿丽莎说，"无非是施泰因对人生的想法。"

他们在那里。他们过来了，欠身致意。

"我们来晚了。"

"只一会儿。"

"那座大平台怎么样？"伊丽莎白·阿里奥纳问。

"我们没有找到，"马克斯·托尔说。

他们坐下，阿丽莎发牌。

"从施泰因开始，"她说。

施泰因发牌。

"有人打电话给您吗？"马克斯·托尔说。

"没有。我很失望。"

"我们谈到了爱情，"阿丽莎说。

静默。

"托尔先生，您出牌。"

"对不起。您好吗？"

"好一点了，"伊丽莎白·阿里奥纳说，"我睡得少了。我差不多可以走了。阿丽莎出牌。"

"您不喜欢这家旅馆？"马克斯·托尔问。

"哦，不错，只是……"

施泰因不说话。

"为什么您不打电话要丈夫来接您？"

"他会说医生明令，再过三天才到三星期。"

"这四天您觉得很长吗？"

他们没有等待回答。他们很专心打牌，尤其是施泰因。

"这是说……不……要是我没弄错，你们自己也很快要走了。"

"几天以后，"马克斯·托尔说，"您不出牌吗？"

"对不起。"

"格勒诺布尔我没去过，"施泰因说。

"我输了，"阿丽莎说，"我想我输了。"

"平时你们夏天做什么？"

"我女儿还小时，我们去布列塔尼。现在我们去南方。"

静默。

"我想认识阿妮塔，"阿丽莎说。

"我也是，"施泰因说，"我出牌。"

"是的。"

他们很平静。

"她性格很坏，"伊丽莎白·阿里奥纳说，"她正经历青春期，年纪过了会好些。她放肆……"

"她放肆？"马克斯·托尔问。

"是的——"她微笑，"尤其跟我。她去年功课很不好，但是她父亲严厉管教，今年好多了。我想该是马克斯·托尔出牌了。"

"对不起。"

"阿妮塔的父亲怎么管的？"阿丽莎问。

"哦——"她惶惑，"有一段时期不许她出去。就是这样。"

静默。他们玩牌。

"您很会玩牌，"马克斯·托尔说。

"在格勒诺布尔我们有时跟朋友玩。"

"星期日下午吗？"阿丽莎问。

"是这样，是的——"她微笑，"这是外省人的习惯。"

静默。他们非常专心地玩牌。伊丽莎白看着他们，很惊讶。她玩时几乎心不在焉。

"拿了，"她对施泰因说，"您有一副好牌。"

"对不起。是阿丽莎发牌吧？"

"不，是您发。您的样子很怪……"她微笑，"您不常玩，是吧？"

"也就是说……"阿丽莎说。她分心了。"阿妮塔是怎么样的？"

隔了一会儿才听到回答。

"这女孩心底里非常温柔，我相信她会难受的。但是父母看自己的孩子总是看不准。"

静默。他们玩牌。伊丽莎白愈来愈惊奇，但是没说出来。

"您全家都在格勒诺布尔？"马克斯·托尔问。

"是的，我还有母亲——"她对施泰因说，"轮到您了，是的，我也有个姐妹。我们不住在格勒诺布尔市内，在郊区。我们的房子在伊泽尔省……这也是一条河的名字。"

"离工厂很近？"阿丽莎问。

"是的……您怎么知道的？"

"瞎猜。"

"阿丽莎到过许多地方，"施泰因说。"该是您出牌，轮到您了。"

"对不起，"马克斯·托尔说。"您一定每年都去巴黎吧？"

"是的。几乎每年都去。十月份。"

静默。伊丽莎白发牌手法很娴熟。他们看着她发。

"十月份巴黎有汽车沙龙，"施泰因说。

"是的……但是我们也去剧院。哦……我知道……"没有人接话，"我不是很喜欢巴黎。"

静默。

"今年我们所有的计划都变了，"阿丽莎说，"我们还不知道上哪儿去。施泰因出牌。"

"对不起——他出牌，好了。"

"我赢啦，"伊丽莎白·阿里奥纳说，"我老是输的。你们平时去海边吗？"

"不去，"施泰因说。

"我们夏天经过海边，"马克斯·托尔说，"但是我们不停下来。”

　　她停止玩牌。目光突然变得不安。

　　“但是……那么你们认识很久了吧？”

　　“才四天，”阿丽莎说，“早晚都在海滩很单调，您不觉得吗？”

　　“我不明白，”伊丽莎白·阿里奥纳喃喃说。

　　静默。

　　“您可能不愿再玩了吧？”马克斯·托尔问。

　　“对不起，你们肯定要去国外。”

　　“愈来愈多，”施泰因说，“不是吗？”他朝向阿丽莎。

　　“是的，愈来愈多。”

　　伊丽莎白开始轻声笑。

　　“去年，”她说，“我们跟几个朋友到意大利旅行过一次。”

　　“一位医生？”

　　“是的……一位医生和他妻子。”

　　“您朋友中间有不少医生，”阿丽莎说。

　　“是的……够多的……他们说的事很有趣。”

　　“他们跟您说起您啦，”马克斯·托尔说。

　　“也就是说……是的……”

　　静默。

　　“您为什么笑？”阿丽莎问。

　　“对不起……我不知道……”

　　“笑吧，”施泰因说。

　　静默。笑声停止。但是眼睛里依然留着笑意。

　　“我赢了吗？”施泰因问。

　　“是的，”马克斯·托尔说。

　　笑声又响起来了。他们没有笑。

　　“……怎么……您不知道什么时候……”

"意大利您喜欢吗？"

笑声表面上停止了。

"……喜欢……但是七月份……热得厉害……我受不了高温天气。"

"意大利菜呢？"

笑声响起来了。只有她一个人在笑。

"哦……是的是的……原谅我……我们去了……"

"笑吧，"施泰因说。

"去了？"

"……去了威尼斯……去了威尼斯。"

笑声抑制住了，笑容洋溢在脸上，感染到手也颤抖起来。牌掉了下来。

"大家看到您的牌了，"施泰因说。

"去了威尼斯？"马克斯·托尔说。

"是的是的……我们去了，原谅我……我记不起来了……是的是的……我们去了威尼斯。"

"还是那不勒斯？威尼斯还是那不勒斯？"

"还是罗马？"

"不不……去了威尼斯……原谅我……我们回来时经过罗马……是的是的……回来时经过罗马……是这样……"

"不可能的，"施泰因说。

他们严肃地看着她，她的牌掉落下来。

"那我记错了？"

"完全错了。"

他们等待。他们看着她。

笑声开始。

"该谁出牌了？"施泰因问。

笑声更响了。

"哦……不要出了，不要玩了。"

"原来，"阿丽莎说，"施泰因不会玩牌。"

"不会玩，不会玩……他一窍不通。"

笑声响上加响。

"您也不会……"

"我们都不会，"马克斯·托尔说。

她笑。都是她一个人在笑。

"大家玩得很开心，"施泰因说。

施泰因放下牌。然后阿丽莎，然后马克斯·托尔也放下牌。伊丽莎白笑。他们看着她。

"伊丽莎白·维尔纳夫，"施泰因说。

笑声断断续续，她对着他们轮流看过来。目光中流露恐惧。

笑声停止了。

黄昏，花园里。

"好球，"马克斯·托尔说。

伊丽莎白刚才玩过。她把球成功地打进铁圈。

"是好球，"她说，"我不知道我怎么打的。"

"您为什么总认为自己笨手笨脚？"

她微笑，阿丽莎和施泰因也微笑。他们把木槌抓在手里。他们不说话。

"您再来一次，"马克斯·托尔说。

伊丽莎白用心打。她没有打入铁圈。她直起身。脸上洋溢强烈的喜悦。

"你们看，"她说。

马克斯·托尔弯下腰，拾起球，放到原来的地方。阿丽莎和施泰因看着他们。

"再来，"马克斯·托尔说。

伊丽莎白·阿里奥纳害怕。

"不可能的，"她说，"阿丽莎呢？"

阿丽莎在施泰因旁边没有说话。伊丽莎白对不上她的目光。

"阿丽莎和施泰因在想别的事情，"马克斯·托尔说，"您看他们。"

伊丽莎白·阿里奥纳犹豫。

"我不能，"她说。

"玩个花招，"马克斯·托尔出主意，"我要求您这样做。"

伊丽莎白·阿里奥纳打，又没打进铁圈。脸上又洋溢强烈的喜悦。

"我跟您说过，"她说。

"您有意这样做的？"

"不，我向您保证……"

她看阿丽莎和施泰因。

"再试试，"阿丽莎轻声说。

她心慌了。马克斯·托尔捡起球，放到铁圈前面。伊丽莎白打，又没打进铁圈。伊丽莎白把木槌撂在地上，没有去捡，马克斯·托尔也没有。

"我丈夫明天来找我，"她说。

静默。

"这局我们输了，"伊丽莎白·阿里奥纳说。

静默。

"但是我们玩过了吗？"阿丽莎终于问，"这一局不算数。我本来就是这样认为的。"

阿丽莎坐下，看着他们。

"怎么啦？"她问。

"我明天离开，"伊丽莎白·阿里奥纳说，"我刚才说了。"

马克斯·托尔也已坐了下来。

"我以前想错了。我丈夫立刻同意来找我。说真心话，自从认识你们以后，我在这家旅馆就不像以前那么无聊了。当他对我说他要来，我差不多感到失望。"

她也坐下，偷偷看他们。

"你们都对我很好……他明天上午来。"

他们不说话。

"你们愿意的话，"她说，"我们现在可以去散步？大家可以到森林里去……你们好像很想去。"

"您为什么打电话？"阿丽莎轻轻问。

伊丽莎白·阿里奥纳脸上恢复平静。

"要知道他是不是同意，肯定是这样……我也不太知道。"

"您对他说起我们了吗？"马克斯·托尔问。

"没有。"

"那么您看，"阿丽莎微笑着说，"您对您爱的这个男人也有事情隐瞒。"

伊丽莎白·阿里奥纳有点吃惊。

"哦，但这件事不提不能说是有事情隐瞒……"

"您的意思是说……？"

"旅馆里遇到的人……"

"在哪里还遇到其他人呢？"马克斯·托尔说。

马克斯·托尔的声音温柔，她不明白。

"因为很可能他永远不会认识你们……我没有理由跟他说起你们……"

"谁知道呢？"阿丽莎说。

"那也没必要。我不相信你们会跟他合得来……我不认为……太不一样了……"

"您在电话里跟他说了什么让他就来了？"

"我自己也不明白。我说我不用再吃什么就能睡着了——"她犹豫，"我说起你们，但是没说你们是谁。我说我跟几位客人玩牌，就是这些。我没有要求他就来，说真的……我明白他一下子就对我厌烦……而……"

他们不说话。马克斯·托尔取下眼镜，样子像在休息。

"我应该回旅馆去了。我要收拾行李，"伊丽莎白·阿里奥纳说。

打网球的人回到场上。球在热气中呼啸。

"我过一会儿来帮您，"阿丽莎说，"您有时间。"

阿丽莎站起身，慢慢地像跳舞似的，随着施泰因的步子匀速朝着花园角落走远。他们看着他们走开。

"他们去哪儿？"伊丽莎白·阿里奥纳问。

"肯定去森林，"马克斯·托尔说，他微笑。

"我不明白……"

"我们都是阿丽莎的情人。您不用费心去明白的。"

她想了想。她开始颤抖。

"您认为我绝不会明白吗？"

"这没关系，"马克斯·托尔说。他戴上眼镜，看着她。

"您怎么啦？"她问。

"我怀着绝望的爱情爱着阿丽莎，"马克斯·托尔说。

静默。她盯着他的眼睛看。

"假使我用心去理解，"伊丽莎白·阿里奥纳说……

"我愿意理解您，"他说，"爱您。"

她没有回答。

静默。

"您没有在读的那本书是什么书？"马克斯·托尔说。

"我正应该去把它找来——"她做了个小鬼脸，"哦，我不爱读书。"

"那又何必装样呢？"他笑了，"没有人读书。"

"一个人的时候……为了不失体态，为了……"她对他微笑，"他们在哪儿？"

"他们不会走远。阿丽莎不会来帮您收拾行李的，别指望她了。"

"我知道。"

她的目光落到花园的角落。

"您丈夫今晚到？"

"不，明天，他说中午。他们在听，您相信吗？"

"可能。"

她走近他，有点惊恐。

"这本书，不是我的，我必须还回去。您可能要吗？"

"不。"

她更走近了，目光始终看着花园。

"您今后会怎样呢？"

她看着他。

"为什么？……哦……像以前一样……"

"您肯定？"

她还是看着他。

"施泰因回来了，"马克斯·托尔说，"我们明天早晨走。"

"我怕，"伊丽莎白·阿里奥纳说，"我怕阿丽莎。她在哪儿？"

她看着他，等着。

"我们没有什么可以说的了，"马克斯·托尔说，"没有什么。"

她没有动。他不说什么。她走开。他没有转身。施泰因到了。

"我在这里找了好久的女人，"施泰因说，"是阿丽莎。"

天空明亮，餐厅里灯光和阳光，镜子里也是。

"很可能有朝一日我们还会见面，谁知道呢，"阿丽莎说。

伊丽莎白和阿丽莎坐在椅子旁边的阴影里。

"我们住的地方很偏僻。不专程去是去不了的。"

"那就专程去，"阿丽莎说。

她走到窗边。

"他们看着人家打网球，"她说，"同时等着我们下去。"

她又回到伊丽莎白·阿里奥纳身边，坐下："您给我们留下了深刻的印象。"

"怎么会呢？"

阿丽莎做个否定的手势。

"我不明白，不过这对我也无所谓，您可以对我什么也不说清楚。有些事情我不明白。"

"这第一位医生，"阿丽莎说，"跟您说话就像我刚才那样吗？"

伊丽莎白·阿里奥纳站起身，看花园。

"他给我写过信，"她说，"突然他给我写了一封信。就是这些。"

"引起了轩然大波？"

"他试图……现在他离开了格勒诺布尔。有人说是因为我。有人说了一些不堪入耳的话。我丈夫很不开心。幸而他信任我。"

她又回到阴影里。

"是在我怀孕中期的时候。我病了一场。他来了。这是一位年轻医生,到格勒诺布尔才两年。那时我丈夫不在家。他来成了习惯。然后……"

她不说下去了。

"有人说他杀死了婴儿?"

"是的,说没有他我的小女儿……"她不说下去了,"那不是真的。孩子在分娩前就死了——"她大叫一声。

她等待。

"在分娩以后我才拿信给丈夫看。当他知道我把信交了出来,他明白……没什么好盼的了,他试图自杀。"

"他怎么知道您把信交了出来?"

"我丈夫去找过他。要不就是他给他写过信,我就不知道了。"

阿丽莎不说话。伊丽莎白·阿里奥纳不安。

"您相信我吗?"

"相信。"

伊丽莎白·阿里奥纳挺起身,看阿丽莎,用目光询问她。

"我这人什么都怕,您理解……我丈夫跟我很不一样。没有我丈夫我这人完了……"

她朝阿丽莎走去。

"您有什么对我不满意的?"

"没什么,"阿丽莎温柔地说,"我在想这件事。是因为您把信交给了丈夫所以您病了。是您自己做的事使您病倒了。"

她站起身。

"那怎么样?"伊丽莎白·阿里奥纳问。

"厌恶,"阿丽莎说,"厌恶。"

伊丽莎白大叫。

"您是要叫我绝望吗？"

阿丽莎向她微笑。

"是的。您别再说了。"

"别再说了，我们别再说了。"

"太晚了，"阿丽莎说。

"什么太晚了？……"

"您自杀，"她微笑，"太晚了。"

静默。

阿丽莎朝伊丽莎白·阿里奥纳走过去。

"您跟我们在一起很开心，不是吗？"

伊丽莎白由着她走近，没有回答。

"由于这件事您打电话给丈夫叫他来？"

"我爱我丈夫，我相信。"

阿丽莎微笑。

"看你们这样生活真叫人迷惑，"她说，"也感到可怕。"

"我明白了，"伊丽莎白·阿里奥纳轻声说，"你们对我感兴趣只是为了……这件事。可能您是对的。"

"这件事，什么事？"

伊丽莎白做个手势，她不知道。阿丽莎抓住伊丽莎白·阿里奥纳的肩膀。

伊丽莎白转过身。她们两个人都出现在一面镜子里。

"谁使您想起这个男人的？"阿丽莎在镜子里问，"想起这位年轻的医生？"

"可能是施泰因。"

"您看，"阿丽莎说。

静默。她们的头凑近了。

"我们很像，"阿丽莎说，"如果爱是可能的话，我们都会爱施泰因。"

"我没有说……"伊丽莎白温柔地表示异议。

"您要说马克斯·托尔，"阿丽莎说，"而您说的却是施泰因。您连说话都不会。"

"这是真的。"

她们在镜子里对着看，对着笑。

"您真美，"伊丽莎白说。

"我们是女人，"阿丽莎说，"您看。"

她们还是对看着。然后伊丽莎白把头靠着阿丽莎的头。阿丽莎把手放在伊丽莎白·阿里奥纳肩部的皮肤上。

"我觉得我们很像，"阿丽莎喃喃，"您不觉得吗？我们身材一样。"

她们微笑。

"是的，这是真的。"

阿丽莎把伊丽莎白·阿里奥纳的袖子往下卸。她的肩膀裸露。

"……皮肤一样，"阿丽莎继续说，"皮肤颜色一样……"

"可能……"

"您看……嘴巴的形状……头发。"

"为什么剪了？我舍不得……"

"为了更加像您。"

"这么漂亮的头发……我没有跟您说过，但是……"

"为什么？"

她从来不会说这话，她知道她会说这话吗？

"我早知道您是为了我把头发剪掉的。"

阿丽莎把伊丽莎白·阿里奥纳的头发抓在手里，把面孔往她要的方向凑过去。碰到她的面孔。

"我们这么相像……"阿丽莎说,"多么奇怪……"

"您比我年轻……也比我聪明……"

"这个时刻不是这样,"阿丽莎说。

阿丽莎看着镜子里伊丽莎白·阿里奥纳穿着衣裳的身体。

"我爱您,我要您,"阿丽莎说。

伊丽莎白·阿里奥纳没有动。她闭上眼睛。

"您疯了,"她喃喃说。

"真可惜,"阿丽莎说。

伊丽莎白·阿里奥纳突然离远了,阿丽莎走近观景窗。

静默。

"您丈夫刚刚进来,"她说,"他在花园里找您。您女儿不在那里。"

伊丽莎白·阿里奥纳没有动。

"其他人呢?他们在哪儿?"她问。

"他们看着他。他们认出他了。"她转过身,"您害怕什么?"

"我没有害怕。"

阿丽莎又看花园。伊丽莎白始终一动不动。

"他们离开花园,不想看到他,"阿丽莎说,"厌恶,那是无疑的。在那里,他们回来了。他们肯定就要过来。除非他们到公路上去。"

伊丽莎白不回答。

"大家还是孩子时就认识了,"她说,"我们两家人是朋友。"

阿丽莎悄声重复:

"大家还是孩子时就认识了。我们两家人是朋友。"

静默。

"如果您爱上了他,如果您爱上过他,在您这辈子,一次,仅仅一次,您会爱上其他人的,"阿丽莎说,"施泰因和马克斯·

托尔。"

"我不明白……"伊丽莎白说,"但是……"

"这会在其他时间发生的,"阿丽莎稍后又说,"但这就不是您也不是他们了。别在乎我说的话。"

"施泰因说您是个疯子,"伊丽莎白说。

"施泰因什么话都说。"

阿丽莎笑了。她走回来,靠近过来。

"唯一您会遇到的事,"她说……

"那是您,"伊丽莎白说,"您,阿丽莎。"

"您又错了。我们可以下去了,"阿丽莎说。

伊丽莎白没有动。

"我们一起吃午餐。您知道的吧?"

"这是谁决定的?"

"施泰因,"阿丽莎说。

施泰因进来。

"您丈夫等着您,"他对伊丽莎白·阿里奥纳说,"在网球场附近。我们十分钟后再见面。"

"可我不明白,"她说。

"现在已经不可挽回了,"施泰因微笑着说,"您丈夫接受了。"

她往外走。施泰因搂住阿丽莎。

"爱,我的爱,"他说。

"施泰因,"阿丽莎说。

"昨夜我叫你的名字。"

"在睡着的时候。"

"是的。阿丽莎。你的名字把我惊醒了。是在花园里。我看了看。你们睡着了。房间里很乱。你睡在地上。他来找你,在你身边睡着了。你们忘了熄灯。"

"是吗？"

"是的。"

马克斯·托尔来了。

"花园里有了那个人，"他说，"我们不知道把自己往哪儿放了。"

阿丽莎笔直站在马克斯·托尔面前，看着他。

"昨夜，"她说，"你睡觉的时候，你叫她的名字。伊丽莎①。"

"我想不起来了，"马克斯·托尔说，"我想不起来了。"

阿丽莎朝施泰因走去。

"把事情告诉他，施泰因。"

"您叫了她的名字，"施泰因说，"伊丽莎。"

"怎么？"

"充满温情和欲望，"施泰因说，"伊丽莎。"

静默。

"我说的是阿丽莎，你没有听明白吧？"

"不。回想一下你的梦吧。"

静默。

"我想是在花园里，"马克斯·托尔慢悠悠地说，"她大概睡着了。我在她面前看着她。是的……是这样……"他不说了。

"她对您说：'啊，是您……'？"

"'我没有睡'？'我装睡……'？'您发觉了么'？"

"'我装睡好几天了'？'我睡好几天了'？'有十天了'？"

"可能，"马克斯·托尔说。他发这个词的音——伊丽莎。

"是的。你念着她的名字却叫了她。"

静默。

"我回答你了，"阿丽莎说，"但是你睡得很香，你没有听见。"

_____

① 伊丽莎白的简称或昵称。

马克斯·托尔朝窗子走去。他们跟了过来。

"可能是什么呢？"施泰因问。

"欲望，"马克斯·托尔说，"对这种事的欲望。"

阿丽莎转身朝向施泰因。

"有时候，"她说，"他不明白……"

"这没有区别，"施泰因说。

"是的，"马克斯·托尔说，"现在这没有区别。"

静默。他们透过窗子看着那些看不清的客人。其中有伊丽莎白·阿里奥纳和她丈夫。

静默。

"怎样生活？"阿丽莎轻声叫。

这时候阳光明亮。

"女孩没有来吗？"马克斯·托尔问。

"她要他今天别带她来。"

"好，好，"施泰因说，"看她……"

"他们来了，"马克斯·托尔说。

他们绕过网球场。他们朝大门过来。

"怎样生活？"阿丽莎喘着气问。

"我们会怎么样？"施泰因问。

阿里奥纳夫妇走进餐厅。

"她抖得厉害，"马克斯·托尔说。

他们相互朝着对方往前走。

他们现在到了相互致意的距离。

"贝尔纳·阿里奥纳，"伊丽莎白喘着气说，"阿丽莎。"

"施泰因。"

"马克斯·托尔。"

贝尔纳·阿里奥纳看着阿丽莎，一阵静默。

"啊，是您？……"他问，"阿丽莎，是您？她刚刚还对我说起您呢。"

"她说什么啦？"施泰因问。

"哦，没什么……"贝尔纳·阿里奥纳笑着说。

他们朝一张桌子走去。

阳光明亮。帘子放下。星期日。

他们在吃午餐。

"将近五点我们就在格勒诺布尔了，"贝尔纳·阿里奥纳说。

"天气真是好极了，"阿丽莎说，"可惜今天要走了。"

"什么事总有个结束……我很高兴认识你们……有你们，伊丽莎白在这里不那么无聊了……总之，这最后几天……"

"她不无聊，即使认识我们以前也不。"

"晚上有点儿，"伊丽莎白·阿里奥纳说。

静默。伊丽莎白穿一身黑衣，罩在帘子的蓝影里，背对着窗子，目光定定的，有睡意。

"她刚刚在睡觉，"阿丽莎说。

贝尔纳·阿里奥纳微笑，兴致很高。

"伊丽莎白她是个不能单独待着的女人……一点不能……我外出……为了工作必须这样……每次总有小小的麻烦……"他对她微笑，"不是么，伊丽莎？"

"伊丽莎，"马克斯·托尔喃喃说。

"我变成疯子了，"伊丽莎白·阿里奥纳轻声说。

"她经常这样吗？"阿丽莎问，"一个人？"

"您的意思是说：不和丈夫在一起？是的，还是经常的……但这种情况下家里会有人来。"他向阿丽莎微笑，"您瞧，不应该对什么都失望。"

他们听不懂。

"是她，"贝尔纳·阿里奥纳说，"决定来这里的是她。她一个人。说来就来。"他几乎笑了。"她明白她必须做出这番努力。"

他们睁大眼睛看这个在餐桌上睡觉的女人。她做了个孩子般的摆头动作，要人对她的生活保持沉默。

"我刚才累了，"她说。

声音又遥远又疲乏，她不吃东西了，马克斯·托尔也是。

"您在这里无聊吗？"马克斯·托尔问。

她犹豫。

"不，"她说，"不，"她思索，"我在这里不会无聊。"

"当无聊通过某种形式……"施泰因说。他又不说了。

"是吗？"贝尔纳·阿里奥纳问，"您要说的事很有趣。以目前的情况来说……是……什么形式呢？"

"比如以时间的形式，无聊是感觉不出来的。"施泰因说，"无聊若感觉不出来，说不出来，就会寻找出人意料的通道。"

"您说的话不无道理，"贝尔纳·阿里奥纳说。

"不无道理，"施泰因说。

贝尔纳·阿里奥纳停下不吃了。

"什么通道……举个例子吧？"贝尔纳·阿里奥纳说。

施泰因看伊丽莎白·阿里奥纳，思索。然后他忘了。

"这完全是不可预见的，"他说。

施泰因和伊丽莎白·阿里奥纳在静默中相互看着。

"完全是不可预见的，"施泰因喃喃说，"您会怎么样呢？"

"怎么？……"贝尔纳·阿里奥纳问。

他也停下不吃了。

"别在乎施泰因说的话，"阿丽莎说。

静默。贝尔纳·阿里奥纳看他们。

"你们是些什么人？"他问。

"德国犹太人，"阿丽莎说。

"不是……我……问题不在这里……"

"问题还应该是这个问题，"马克斯·托尔温和地说。

静默。

"伊丽莎白不吃了，"贝尔纳·阿里奥纳说。

"可能是恶心吧？"阿丽莎问。

伊丽莎白没有动。她低下了眼睛。

"发生什么事啦？"贝尔纳·阿里奥纳问。

"我们都是这个情况，"施泰因解释，"四个人都是。"

静默。

伊丽莎白站起身，往外走。他们透过窗户看着她。她步子平静地穿过花园，消失在通往森林入口的小径上。

"她去吐了，"阿丽莎说。

静默。贝尔纳·阿里奥纳又开始吃，发觉只有他一人在这样做。

"我一个人在吃……"

"接着吃吧，"马克斯·托尔说，"这没关系……"

贝尔纳·阿里奥纳停下不吃了。他们看着他。他们三人样子都很平静。

"我们接着就要到海边去，伊丽莎白会完全康复的。我原以为她的情况会好些。她还是需要休息。"

他们不说话。他们不说话看着他。

"她肯定跟你们说起过……一件可笑的意外……"

没有人有任何表示。

"其实，对伊丽莎白来说更是心灵上的事……一个女人把这类事看作是失败。我们男人没法完全理解……”

他在椅子上扭动，站了起来，在四周寻找。

“好……好吧，该走了……我这就去找她……还要取行李……”

他朝花园看。

“跟旅馆结账……”

静默。

“你们到哪儿度假？”阿丽莎问。

他定了定神。

“去勒卡特。你们可能不认识吧？我对朗格多克的土地整治工程很感兴趣，”他微笑，“我不像我妻子，我不待在一个地方度假……”

他微笑。阿丽莎向施泰因转过身。

“勒卡特，”阿丽莎说。

“是的，”施泰因说，他悄声重复，“勒卡特。”

静默。贝尔纳·阿里奥纳可能没有听到。他微笑，他又坐下了。

“最近一段时间你们比我还常见到她，”他说，“有什么事使……”

“害怕，”施泰因说。

他们温柔的目光使贝尔纳·阿里奥纳感到心乱。

“这将很可怕，”施泰因说，一阵温柔的呢喃，“这将很恐怖，”他看贝尔纳·阿里奥纳，“她已经有点知道了。”

“您在说谁？”

“说伊丽莎白·阿里奥纳。”

贝尔纳·阿里奥纳身子一挺。没有人拉住他。他又坐下。他嘿嘿一笑。

“我没明白……你们是病人，”他说，“现在……”

静默。他现在有点离开桌子。他看阿丽莎。她的眼睛很蓝很蓝。他们的目光幸福温柔。

"这次发病，"阿丽莎问，"这位医生？"

"是的，"施泰因说，"医生的死。"

"他没有死，"贝尔纳·阿里奥纳叫道。

静默。

"我不明白，"贝尔纳·阿里奥纳说，"她跟你们说起了……这桩事故？"

"他选择的是哪一种死？"马克斯·托尔问。

静默。蓝色帘子吱吱喳喳好不容易卷了起来。天空确实已盖上了乌云。

"他没有死，"贝尔纳·阿里奥纳轻声说，"你们不要往这想……对伊丽莎来说，是小女儿的死，其余……不不……哪有这样的事。"

突然心里一亮，声音变得苍白。

"她跟您说起过我们吗？"马克斯·托尔问。

"还没有。"

"我们四天来朝夕相处。"

贝尔纳·阿里奥纳没有回答。他霍地站起身。他朝窗子走去，拉长了声音叫：

"伊丽莎白。"

没有回答。他转过身。他们看着他。

"叫也没用，"施泰因说。

"别在乎施泰因说的话，"阿丽莎说，"她正在回来。"

贝尔纳·阿里奥纳又坐下。他朝餐厅里转过身。餐厅是空的。

"他们都出去郊游了，"马克斯·托尔解释。他向贝尔纳·阿里奥纳微笑。"她跟您说起过我们吗？"

贝尔纳·阿里奥纳开始说得很快。

"没有，但是她以后会说的……我可以肯定……你们注意到，她很内向……说不出道理……即使跟我——她的丈夫——也是这样。"

"当她离开，"阿丽莎问，"当她向您要求到这家旅馆来住几天，她没有跟您说为什么吗？"

"那干你们什么事？"贝尔纳·阿里奥纳有气无力地叫。

"她跟您说什么啦？"施泰因问。

阿丽莎朝施泰因转过身。

"她大概跟他说她需要一个人过，一个人过一段时间。好把那位医生忘了。"

"是这样，"施泰因说，"是的，大概是这些话……"

"她把他忘了，"马克斯·托尔说，"现在。"

静默。阿丽莎握住施泰因的手，在静默中吻他。马克斯·托尔看花园那一边。贝尔纳·阿里奥纳不再动了。

"她来了，"马克斯·托尔说。

她确实在多云的天空下走了过来。她走得很慢。她停下，然后又走了起来。贝尔纳·阿里奥纳没有看着她走过来。

"您在哪里遇见她的？"马克斯·托尔问。

"他们还是孩子时就认识，"阿丽莎背诵说，"他们两家人是朋友。"

静默。其他人一直看着她走过来。她停下，朝网球场转过身。她手指间拈了几根草，在玩。

"你们倒是对她很感兴趣，"贝尔纳·阿里奥纳说。

"是的。"

"敢问是为什么呢？"声音里又有了力量。

"出于文学的原因，"施泰因说。他笑了。

施泰因笑了，阿丽莎看着他笑得兴高采烈。

"我妻子难道是个小说人物？"贝尔纳·阿里奥纳说。

他嘿嘿冷笑。他的声音尽管用了力气还是苍白。

"很了不起，"马克斯·托尔回答。

"是您吗？……"贝尔纳·阿里奥纳问。

他指一指马克斯·托尔。

"是……托尔先生是写小说的？"贝尔纳·阿里奥纳明确地问。

"不是，"马克斯·托尔说。

"我看不出您在她身上有什么可以写的……现在的小说已经毫无内容可言，这倒是真的……就因为这个原因我书读得很少……以致……"

他看着他们。他们神情变得严肃。他们不在听他说。伊丽莎白穿过餐厅。

她坐下。她的眼睛还是睁得很大，但是睡意沉沉。

静默。

"您吐了？"阿丽莎问。

伊丽莎白说话很困难。

"是的。"

"怎么会的？"

伊丽莎白想一想，她微笑。

"舒服了，"她说。

"那好，"施泰因说，"那好。"

静默。贝尔纳·阿里奥纳看着他的妻子。她已把草放到桌上，看着它。

"我很不安，"他说，"不是那些药常服后的反应吧？"

"我不再服了。"

"她不再服了，"马克斯·托尔说，"不服了。"他对着伊丽莎白·阿里奥纳说："您睡好了吗？"

"没有。"

静默。伊丽莎白抬起头，她的目光直刺阿丽莎的蓝色目光。

"你看见眼睛了吗？"她问。

"看见了。"

静默。

"您的工厂是生产什么的？"施泰因问。

贝尔纳·阿里奥纳不看阿丽莎的眼睛，环顾他周围的四张面孔，都等着他的回答。他开始颤抖。

"罐头食品，"他困难地说。

静默。

"又来了，我想吐，"伊丽莎白·阿里奥纳说。

"好的，"施泰因说，"好的。"

"该走了，"贝尔纳·阿里奥纳喃喃说，他没有动。

"你们知道，"阿丽莎说，温柔无比，"你们知道，我们会爱你们的。"

"真情真意地，"施泰因说。

"是的，"马克斯·托尔说，"我们会的。"

静默。伊丽莎白动了。她看丈夫，丈夫低着头。她开始颤抖。

"该走了，"她温柔地提醒。

他没有动。

"你病了，"他说，"我们可以留下。"

"不。"

"可是恶心……"

"这只是开始，"马克斯·托尔说。

"该走了，"伊丽莎白·阿里奥纳说。

阿丽莎和施泰因相互走近，忘情似的。

"她说了，"施泰因说。

"是的，该走了。"

静默。阿丽莎没有动。现在，伊丽莎白·阿里奥纳的目光试图盯住他们光滑、漠无表情的面孔。她做不到。

"不要怪她，"马克斯·托尔对贝尔纳·阿里奥纳说，"不要因为我们是这样的人而怪她。"

"他不会怪我的，"她说，"他知道你们不可能不是这样的人，"她转身向着贝尔纳·阿里奥纳，"不是吗？"

没有回答。他低着头等待。

"您呢？"他问，"您教什么？"

"教历史，"马克斯·托尔说，"事关未来。"

静默。贝尔纳·阿里奥纳眼睛盯住马克斯·托尔，一动不动。

贝尔纳·阿里奥纳的声音变得不可辨认。

"会有大变动吗？"贝尔纳·阿里奥纳问道。

"过后就没有什么了。"马克斯·托尔说，"于是我闭上嘴。我的学生睡觉。"

静默。突然听到伊丽莎白·阿里奥纳轻微的啜泣。

"还有孩子吗？"她问。

"也只有这个了，"马克斯·托尔说。

她泪中带笑，他握住她的手。

"啊，"她呻吟一声，"真是幸福。"

贝尔纳·阿里奥纳继续问，一动不动。他对着施泰因。

"您，勃鲁姆？您教什么？"他问。

"什么也不教，"马克斯·托尔说，"他，什么也不教。她也不教。"

静默。

"有时候，"阿丽莎说，"勃鲁姆教罗森菲尔德的理论。"

贝尔纳·阿里奥纳想了想。

"我不知道这个人，"他说。

"阿瑟·罗森菲尔德，"施泰因说，"他去世了。"

"是个孩子，"马克斯·托尔说。

"多大？"伊丽莎白在哼声中问。

"八岁，"施泰因说，"阿丽莎以前认识他。"

"在海边，"阿丽莎说。

静默。施泰因和阿丽莎手携着手。马克斯·托尔指指他们。

"他们，"他说，"您看他们，他们已经是孩子了。"

"一切都是可能的，"贝尔纳·阿里奥纳说。

阿丽莎和施泰因没在听，好像在想着同一件事。

伊丽莎白也指着他们出神了。

"她叫阿丽莎，"她说，"这两个人是她的情人。"

静默。

"她走出旅馆了，"施泰因说。

"伊丽莎白·阿里奥纳离开我们了，"阿丽莎说。

马克斯·托尔走近他们。他不在乎其他人在不在。

"你要再见她吗？"阿丽莎问。

"她有没有说为什么提前走了？那个电话？她说明是怎么一回事吗？"

"不，大家不会知道的。"

伊丽莎白·阿里奥纳又睡着了。阿丽莎挣脱施泰因的双手，向贝尔纳·阿里奥纳的方向抬起头。

"她发觉我们对她的兴趣中有些什么，您明白，"阿丽莎说，"她对此不能忍受。"

他不回答。阿丽莎站起身。她转身进入餐厅。施泰因目光追随着她，只有施泰因。她走近窗子。

"网球场上没有人，"她说，"花园里也没有人。看来她不可能是一点也没猜着。"

她身子不动了。

"有一种兆头……比如哆嗦……不……比如折裂……"

"身体的，"施泰因说。

"是的。"

伊丽莎白·阿里奥纳抬起头。

"该走了，"她说。

这时阿丽莎朝贝尔纳·阿里奥纳走去。

"您不用急着走，"她说。

她身子挺直挨着他，但是她透过窗户看着森林。

"什么事要您急着走？"

"没事，"贝尔纳·阿里奥纳说，"没事。"

她看着他。

"我们不要分开吧，"她说。

伊丽莎白一下子挺起身，不说一句话。

"到森林里去吧，"阿丽莎说——她又只对着他说，"跟我们去。我们不再分开了吧。"

"不，"伊丽莎白·阿里奥纳叫。

"为什么？"贝尔纳·阿里奥纳问，"为什么到森林里去？"

静默。

"跟我去吧，"阿丽莎恳求。

"为什么到森林里去？"

他抬起头，看见了蓝眼睛，不说话了。

"那是历史景点，"施泰因说。

"才几步路，"她说，"看了就走。"

"不。"

"阿丽莎，"施泰因喊。

她又回到施泰因身边的位子。

"您错了，"施泰因说。

阿丽莎靠着施泰因缩成一团，像唱歌似的呻吟起来。

"难哪，难哪，"阿丽莎说。

"您错了，"施泰因又说了一遍。

伊丽莎白·阿里奥纳朝她丈夫走去。马克斯·托尔已经站起身要朝她走去，停了下来。

"现在该走了，"她说。

"是的，"马克斯·托尔说，"走吧。"

贝尔纳·阿里奥纳艰难地站起。他站起来了。他指着阿丽莎和施泰因。施泰因把阿丽莎的面孔捧在手里。

"阿丽莎哭了？"他问。

"没有，"施泰因说。

施泰因用双手把阿丽莎死了一般的头扭过来，对着自己的脸，看着她。

"她在休息，"他说。

贝尔纳·阿里奥纳有点摇晃。

"我喝了酒，"他说，"自己也没觉得。"

"好的，"施泰因说，"好的。"

马克斯·托尔朝着伊丽莎白·阿里奥纳走一步。

"你们去哪儿？"

"我们回去。"

"哪儿？"阿丽莎身子不动问。

"这里吗？"施泰因说。

贝尔纳·阿里奥纳表示不是这里。阿丽莎抬起头，向他微笑。其他两人也随着她向他微笑。

"她可能那时会爱上您，"她说，"如果她还能爱的话。"

静默。

"什么事都可能发生，"贝尔纳·阿里奥纳说，他微笑。

"是的。"

静默。

阿丽莎挣脱施泰因的手。

"您跟她是怎么过的？"阿丽莎叫。

贝尔纳·阿里奥纳没有回答。

"他没有跟她过，"施泰因说。

"那么就只有我们了？"

"是的。"

马克斯·托尔靠近伊丽莎白·阿里奥纳。

"您看着我已有十天了，"他说，"我身上有些什么叫您迷惑，叫您心乱……一种兴趣……而您又说不出是什么道理。"

贝尔纳·阿里奥纳好像什么也没听见。

"这话不错，"伊丽莎白·阿里奥纳终于说话了。

静默。他们看着她，但是她又要求对她的生活保持沉默。

"我们可以留在这家旅馆，"贝尔纳·阿里奥纳说，"住上一天。"

"不。"

"那随你便。"

她第一个往外走。贝尔纳·阿里奥纳只是跟着她，马克斯·托尔始终站着。阿丽莎和施泰因现在分开了，看着他们。

大家听到：

"行李已经拿下楼了。"

"请结账。我可以付支票吗？"

静默。

"他们穿过花园，"施泰因说。

静默。

"他们沿着网球场过去。"

静默。

"她第一个消失。"

黄昏，太阳落在灰色的湖里。

黄昏进入旅馆。

施泰因伸直身子躺在靠椅上。阿丽莎伸直身子躺在施泰因身上，头放在他的胸口。

他们睡了很久。

马克斯·托尔回来了。

"我说了让他们六点左右叫醒我们，"他说。

"走——三国家公路，"施泰因说，身子没动，"到纳尔榜再换道。"

"这样可以。"

马克斯·托尔在另一把靠椅上躺直，他指阿丽莎。

"她休息了，"施泰因说。

"是的。我的爱。"

"是的。"

马克斯·托尔给施泰因一支烟。施泰因接了，他们低声闲聊。

"可能那时应该让这件事蒙着，"马克斯·托尔说，"伊丽莎白·阿里奥纳?"

"不会有什么区别。"

静默。

"那又可能怎样呢?"

施泰因没有回答。

"欲望？"马克斯·托尔问，"欲望的折磨？"

"是的，对您的欲望。"

静默。

"或者通过阿丽莎的死亡，"施泰因说。

静默。

施泰因微笑。

"我们不再有选择，"他说。

静默。

"她会跟阿丽莎到森林里去吗？"马克斯·托尔问，"您怎么想？"

施泰因抚摸阿丽莎的腿。他拉她靠近自己。

"谁要她就属于谁。她在感受另一个人的感受。是的。"

静默。

"还必须多过上几天，"施泰因说，"她才会屈服于阿丽莎的欲望。"

"这种欲望本来很强烈。"

"是的。"

静默。

"但不明显。"

"不明显。到森林里阿丽莎就会知道了。"

静默。

"海滨地方不大，"施泰因说，"到了晚上不是在马路上，就是在咖啡馆里，很容易找到他们。她会高兴见到我们的。"

静默。

"我们可以说我们往西班牙的途中，在勒卡特停一停，这地方叫我们很喜欢，我们决定留下来。"

"我们决定留下来，是的。"

"我们旅途顺路。"

"是的。"

静默。

"我们休息吧，"施泰因说。

静默。

"我一切都看得到，"马克斯·托尔说，"广场。咖啡馆。很容易。"

"是的，容易得很。她温柔，快活。"

"我们休息吧，施泰因。"

"好的，"他指阿丽莎，"她休息了。"

静默。

"她睡得很熟，"施泰因说。

马克斯·托尔看着熟睡的阿丽莎。

"是的，把我们的觉也睡了。"

"是的。"

静默。

"您没有听见什么吗？"

"听见，空气中的折裂声？"

"是的。"

静默。阿丽莎呻吟，蠕动，然后一动不动。

"她在做梦，"施泰因说。

"或许她也听到了？"

静默。

"有人在敲铜器？"马克斯·托尔问。

"可以说……"

静默。

"或者她做了梦？对自己的梦她是决定不了的吧？"

"决定不了。"

静默。他们相互微笑。

"她说什么啦？"

施泰因凑得很近看阿丽莎，听她的身体。

"没说什么。她的嘴巴张开一半，但是没有出声。"

静默。

"天空是一个灰色的湖，"马克斯·托尔说，"您看。"

静默。

"阿丽莎多大了？"施泰因问。

"十八岁。"

"她认识您的时候呢？"

"十八岁。"

静默。

"又来了，"马克斯·托尔说，"这次声音很闷。"

"有人敲树。"

"是的，土地颤动了。"

静默。

"我们休息吧，施泰因。"

"好的。"

"阿丽莎没有死吧？"

"没有。她在呼吸。"

他们相互微笑。

"我们休息吧。"

施泰因一直搂着阿丽莎。马克斯·托尔在靠椅上仰起头。时间在休息中过了好一会儿。黄昏的灰色湖面黑了下来。

黑暗快要形成一片时，才明明白白地过来了。带着一种无法估算的力，又轻轻盈盈潜入旅馆。

他们没有动，笑了。

"啊，"施泰因说，"是这个……"

"啊……"

阿丽莎没有动。施泰因也没有。马克斯·托尔也没有。

音乐沉滞艰涩，停了，又响了，又停了，往后退，远去了，停止。

"从森林那边来的？"马克斯·托尔问。

"可能是车库。可能是公路。"

音乐远去了，响亮。然后停止。

"远了，"施泰因说。

"是个孩子在转收音机的旋钮？"

"肯定是。"

静默。他们没有动。

然后音乐又开始了，更加响亮。时间也更加长久。但是又停止了。

"还是从森林那边来的，"施泰因说，"费劲，真费劲。极为艰难。"

"它会穿过去的，会穿过去的。"

"是的。穿过一切。"

音乐又响了。这次压倒一切的嘹亮。

它又停止了。

"它就要到了，它要穿过森林了，"施泰因说，"它来了。"

他们在音乐与音乐停歇之间说话，声音轻轻的，为了不吵醒阿丽莎。

"那需要折断树木，摧毁墙壁，"施泰因喃喃说，"但是它来了。"

"没有什么可畏惧的，"马克斯·托尔说，"它确实来了。"

它确实来了，折断树木，摧毁墙壁。

他们向阿丽莎弯下身子。

阿丽莎在睡眠中咧开孩子般的嘴，露出一个绝对的笑容。

他们看到她笑也笑了。

"这是以施泰因命名的音乐。"她说。

演出提示

舞台上可以只有一个布景：旅馆的餐厅和花园，中间一扇移动观景窗隔开。

更适宜用抽象布景。

舞台的深度可以全部用上。舞台深处的画面是森林。

网球场可以不看见，只有网球声传到台前。

群众角色是多余的，可以用以下方法代替，灯光打在物体上，如围成一圈的、单独的或对放着的白色长椅。在餐厅里，有客人的桌子铺上白桌布。

最后一幕的音乐是约翰·塞巴斯蒂安·巴赫的音乐。确切地说是《赋格的艺术》第十五首赋格(编号一八或一九——按照格塞尔的分类——根据唱片版本)。

这出戏最好在一家现代的中型剧场内演出。

可以不进行彩排。

阿丽莎身材中等，偏矮更好。是个孩子，但不孩子气。她的动作应该非常自在。她穿蓝色牛仔衣，赤脚，头发凌乱，浓厚，黄色或棕色。

施泰因和马克斯·托尔身材几乎相同。他们穿套装，衣冠楚楚。

施泰因步子快而大。

马克斯·托尔动作缓慢。他说话要比施泰因从容得多。

没有人大叫。提示都是内心的。

伊甸园影院

金龙格　译

《伊甸园影院》一九七七年十月二十五日第一次在奥赛剧院由雷诺-巴罗剧团演出，克洛德·雷吉导演。

剧中人物、演员及剧务人员

母亲	玛德莱娜·雷诺
苏珊	布尔·奥吉埃
配音(苏珊)	卡特琳娜·塞莱尔
旁白	米夏埃尔·隆斯达尔
若先生	米夏埃尔·隆斯达尔
约瑟夫	让-巴普蒂斯特·玛拉特尔
下士	阿克塞尔·博古斯拉夫斯基
舞台布景	雅克·勒马盖
音乐	卡尔洛斯·达莱西奥
钢琴伴奏	米盖尔·安吉尔·隆达诺
助理	路易·夏旺斯

第一幕

舞台是一片空旷的大空间，另一片长方形的空间被包围在里面。

被包围的空间是一座有游廊的平房，里面摆放着殖民地式样的扶手椅和桌子。再普通不过的家具，非常破旧，非常寒碜。

平房周围那片空旷的空间将是地处暹罗和大海之间的上柬埔寨的贡布平原。

平房后面会需要一个明亮的区域，那是猎手们沿着暹罗山脉去打猎的小路。

简单、宽敞的布景应该方便通行。

平房门是关着的。没有灯光透出来。灯已经熄了。平原被照亮。

一些人来到关闭的舞台前面，他们是母亲、苏珊、约瑟夫和下士。

母亲坐在一张矮椅上，其他人围在她的旁边。所有的人都一动不动地就这么待着，一动不动，面向观众——就这样持续三十秒钟，或者这期间有音乐奏出。然后，他们谈起了母亲。谈她的过去。她的一生。以及由她引发的爱。

母亲一动不动地坐在椅子上，有如雕像一般，面无表情，像舞台一样远离她自己的故事。

其他人抚摩她，抚摩她的双臂，亲吻她的双手。她任由他们去做：她在戏中扮演的角色超越了她本人，她对此无须承担任何责任。

可以说出的事情在这里都由苏珊和约瑟夫亲口陈述。母亲——叙述的对象——绝不会有跟她本人相关的任何话语。

音乐。

约瑟夫：母亲出生于法国北方，法国的弗兰德地区，在矿区和大
海之间。
到如今差不多有一百个年头了。
她是穷苦农民家的孩子，五个孩子中年龄最大的一个，
在欧洲北部一望无际的平原上出生、长大成人。

音乐。
他们等着音乐奏完毕。这支乐曲同样也诉说着母亲的故事。

苏　珊：她由省里的有关部门提供学费，念完了师范学校。
她最初工作的地方是在敦刻尔克——那时她在二十三到
二十五岁之间。

有一天，她申请加入殖民教育的行列。
她的申请通过了。

她被派遣到法属印度支那。
那一定是在一九一二年。

就这样，母亲成了远走他乡的人。

她在非常年轻的时候，离开了她的故土，她的祖国，前往一个陌生的国度。

　　　从马赛到西贡，坐船要一个月的时间。

停顿。

　　　她还坐了好几天的小艇视察湄公河沿岸穷乡僻壤里的工作单位。
　　　在这些穷乡僻壤里，有麻风病、鼠疫、霍乱在流行。还有饥荒。

　　　母亲于是很早就开始像这样，想着手干一番事业。出发，背井离乡，踏上征途。去有麻风病的地方。有饥荒的地方。

沉默。
　　约瑟夫和苏珊吻着母亲，她的双手，她的手臂，吻遍她的全身。她恰似一座大山，岿然不动，沉默不语，毫无表情，她把自己的身体交给他们，任他们摆弄。

苏　珊：母亲最美好的岁月是在我们出生的时候。她同殖民教育部门的一名职员结婚后的三年里生了两个孩子。

　　　　开始是约瑟夫，然后是我。

约瑟夫：她回忆这些岁月，就像回忆一个曾经去过但随即就离开了的遥远的地方。

苏　珊：　我们记不得这个女人，我们的母亲，年轻的时候，孩子围
　　　　　在身边，深受那个陌生人、我们的父亲的爱慕。美丽的
　　　　　女人。
　　　　　一双碧眼，这是别人说的，一头黑发。

　　　沉默或音乐。

　　　　　后来父亲死了。那时我们只有四到七岁。

约瑟夫：　过后的那些日子她从不愿主动提起。
　　　　　她说那些日子非常艰难。

苏　珊：　她继续教书。可教书赚的那点钱不够开销。
　　　　　两年里她还额外教授法语。
　　　　　然后——我们长大了——更加不够开销。
　　　　　于是她进了伊甸园影院，在那里当钢琴师。
　　　　　她在那里一待就是十年。
　　　　　一直到无声电影结束。

　　　音乐。

约瑟夫：　她把我们带进伊甸园。
　　　　　我们睡在钢琴旁边的垫子上。

　　　音乐。

　　　　母亲，她从来不会同她的孩子们分开。无论她走到哪
　　　　里，她都带着我们，让我们紧紧抓住她。

苏　　珊：只是到了最后当她濒死的时候例外。

　　　　停顿。

　　　　她没有要求同我们说话。
　　　　她突然间再也看不见我们了——她终于被濒死的自己，
　　　　被她行将结束的唯一的生命占据了。

　　　　音乐。
　　　　这支华尔兹仍然来自伊甸园。
　　　　两个孩子毫不悲伤地讲述着母亲的故事。他们面带微笑。

约瑟夫：她很艰辛，母亲。生活沉重，难以为继。

　　　　孩子们吻着母亲的手，抚摩着她的身体，一如既往。她也一如
　　既往地任他们这么做。她倾听他们说话的声音。

苏　　珊：（停顿）
　　　　她的心中充满了爱。她是所有人的母亲。所有一切的母
　　　　亲。她大喊大叫。她发出怒吼。她太艰辛。生活沉重，
　　　　难以为继。

约瑟夫：她为全世界的人悲伤。
　　　　为平原上死去的孩子们悲伤。

为公路上的那些苦役犯悲伤。

为那天晚上死去的那匹马。

苏　珊：母亲没有上帝。
　　　　没有主人。
　　　　没有标准。没有限度，无论是在俯拾即是的痛苦，还是
　　　　在对世界的爱中。

　　母亲一直在那里，一动不动，她听着，仿佛听不懂似的。他们
紧挨着她躺着。他们一直在微笑。

　　　　森林，母亲，海洋。

音乐持续了更长的时间。
苏珊和约瑟夫转身面朝观众，但依然靠着母亲。

　　　　我们准备把她的故事全都说出来，请你们仔细聆听。

　　　　离开伊甸园影院，母亲的生活，难以为继。
　　　　这时，她决定用她十年的积蓄买一块种植园。

约瑟夫：徒劳，艰难，母亲的生活。她的生活是数字。
　　　　是账目。
　　　　是一无所获的延续。是希望的令人灰心的等待。

苏　珊：从伊甸园影院出来后十年过去了。

母亲的积蓄够她向殖民地土地管理总局申请购买租借地。

她铭心刻骨的故事就是从那时开始的。
她的不朽，下面就要说到。

约瑟夫：那是在一九二四年。
象山脚下的柬埔寨西部平原数百万公顷的土地被分块出售。
寡母带着两个要抚养的孩子可以优先买一块这种等级的租借地。
她得到了。
她申请离职。
她永远也不会回去教书了。

母亲为了买这块地耗尽了她的全部力量，她在西贡储蓄所存了十年的全部积蓄。

租借地面积很大：有两百公顷，从那条大路到河口。

第一年，母亲请人修建那座平房。
她在一半的租借地里种上了庄稼。

苏珊或者母亲(后者似乎对这个故事一无所知，无意识地)：

七月的海潮漫过了平原淹没了庄稼。

苏　珊（像母亲一样）：

　　　　母亲还剩下一半积蓄。

　　　　她从头开始。

苏珊或者母亲（同前）：

　　七月的海潮漫过了平原淹没了庄稼。

苏　珊：　母亲必须屈服于现实：

　　　　每年七月的海潮都按时淹过来，她的租借地已经无法耕
　　　　种了。
　　　　她买了两百公顷的盐碱沼泽地。
　　　　她把她的积蓄投进了太平洋的潮水中。

　　音乐。
　　苏珊和约瑟夫凝视着母亲，于是他们背向我们，只有母亲依然
面对着我们。他们紧紧抱着她，仿佛置身不幸之中。一直心不在焉
的母亲听见了她的孩子们讲述的奇异的故事。她自己的故事。

约瑟夫（温柔地、充满爱地）：

　　　　母亲她事先并不知道。她什么都不知道。

　　　　她从伊甸园的黑夜中走出来，什么都不懂。
　　　　对殖民地那些贪婪的吸血鬼一无所知。
　　　　对强加在全世界穷苦人头上的根本不公一无所知。

音乐。

苏　珊（百般柔情地，为她如此天真而微笑）：
　　　　母亲她明白得太晚了。

　　　　她从来就没明白过。

约瑟夫（微笑）：
　　　　从来就没明白过。

苏珊或母亲（后者就像朗诵一条无法理解的教谕，筋疲力尽）：
　　　　要得到一块肥沃的租借地，就必须付双倍的钱。（停顿）
　　　　一半是公开的，付给殖民政府。
　　　　另一半暗地里塞给负责租地的官员。（停顿）
　　　　租借地总是以非永久性的名义卖出去的。（停顿）一定的
　　　　期限过后，倘若租借地没有耕种的话，土地管理局就会
　　　　把它们收回去。（停顿）它们又被重新租出去。正是这些
　　　　租借地——盐碱地——能使租地的官员们以双倍的价钱
　　　　把上柬埔寨那些肥沃的土地分配出去。
　　　　平原上没有一块租借地是永久性租出去的。

　　　　沉默。

　　　　平原上什么都不能生长。
　　　　平原并不存在。
　　　　它属于太平洋的一部分。
　　　　那里涌上来的是咸水，那里的平原是咸水平原。

停顿。

我们不知道太平洋从哪里开始。不知道平原在哪里
结束。
在天空和大海之间。

平原卖出了。
我们买了。

音乐。

苏　珊：平原上十五块分块出租的土地已经让上百户家庭倾家
荡产。
她呢，她事先并不知道。
留在平原上的白人以贩卖法国绿茴香酒和鸦片为生。
有些人死了。其他人被遣返回国。
她呢，她事先并不知道。
从伊甸园的黑夜中走出来时，她把全部的积蓄都拱手交
给了土地管理局。
他们拿走了那一整包钱。

约瑟夫和苏珊(一前一后)：
除了她的寡妇津贴和殖民教育的退职金，她就什么也没
有了。

他们面向母亲。

然后她做了些什么呢?

他们朝母亲微笑: 她看着他们,等候回答。

母亲她做了些什么呢?
听好:
由于最终没能让那些男人们屈服,母亲开始同太平洋的潮水展开搏斗。

强劲的音乐,非常强劲的音乐。
两个孩子无声的醉心的笑(这个冒险故事所剩下的只是母亲的疯狂。社会的不公使她成了理所当然的牺牲品)。

笑声停止了。仔细聆听这个可怕的故事。

苏　珊: 她到西贡的殖民地银行借贷——那是南亚最卑鄙的高利贷者。
她用她的房子做抵押。
她卖掉了家具。
然后,她筑起抵挡太平洋潮水的堤坝。

悠长的音乐。

约瑟夫: 堤坝将会是用红树圆木支撑的土坡——不会腐烂——照母亲的说法,坚不可摧,能使用上百年。

她对此确信无疑。她没有征询过任何技术人员的意见。

她没有查阅过任何一本书：她自己很有把握。她的方法是最好的。是独一无二的。

苏　珊：母亲做事总是这样，她总是遵循她自己确信无疑的事实。
　　　　总是这样。
　　　　一直到死。

约瑟夫：她遵循一种决定性的无法证明的逻辑，她从不解释，从不改变。
　　　　一直到死。

　　　音乐。

苏　珊：听着：平原上的农民，他们也一样，他们也被她说服了。
　　　　千百年来七月的潮水都要漫过平原……
　　　　不会的……她说道，不会的……饿死的孩子，被盐烧死的庄稼，这一切可以不会总是这样。
　　　　他们相信了她的话。

　　　音乐。

约瑟夫：数千公顷土地就要摆脱太平洋的侵蚀了。
　　　　所有人都会富起来。
　　　　明年。

苏　珊：孩子们再也不会死了。再也不会饿死。再也不会有霍
　　　　乱了。
　　　　也会有医生到这里来。
　　　　会有像她年轻时一样的小学女教师。

约瑟夫：他们要沿着堤坝修一条很长的大路，把从盐堆中解放出
　　　　来的土地连接起来。
　　　　他们会很幸福。理应享受到的幸福。

　　　音乐。

苏　珊：在没有潮水的干旱季节，工程开始了。
　　　　三个月。
　　　　黎明时分母亲和农民们一起下海，夜里才回家。
　　　　三个月。

　　　悠长、饱满、雄强的音乐，正如希望本身。最后慢慢变弱。

苏珊或母亲（同前）：
　　　　然后大潮来了，海水气势汹汹地漫过平原。
　　　　堤坝不够坚固。一夜之间堤坝就坍塌了。

　　　母亲听到她的声音，试图在记忆中搜寻。

约瑟夫：许多农民驾帆船离去了，去了太平洋的另一个地区。

苏　珊：其他人留在了平原上。孩子们继续死去。没有人怨恨他

们曾指望过的母亲。

音乐。
（苏珊闭上了眼睛。）

> 稻田的泥土里埋下的死孩子比骑在水牛背上唱歌的孩子
> 要多得多。平原上的人再也不为死去的孩子哭泣。他们
> 甚至把死孩子直接埋进地里。父亲晚上干完活回来挖一
> 个坑，然后把孩子放进去。

约瑟夫（闭上双眼）：
> 孩子们回到水稻田里，回到山上的野芒果地里。

苏珊或母亲（同前）：
> 就像河口的小猴子。（停顿）孩子们。（停顿）每年的同一
> 个季节，他们都会扑向青芒果。过几天他们便大量死
> 去。下一年又有其他孩子来接替他们。

苏　珊：那是在一九三一年。
　　　　我十六岁。约瑟夫二十岁。
　　　　我们还有下士。
　　　　他耳朵聋了。不再领薪水。
　　　　他留了下来。他深深地爱着母亲。

约瑟夫：那个地方名叫波雷诺。
　　　　这个地名被标在了参谋部的地图上。波雷诺。
　　　　一座有四十间茅舍的村庄。

那里离贡布八十公里，贡布，第一个白人哨所。

遥远的音乐。

苏　珊：大海没那么遥远了。它就在三十公里远的地方。那就是
　　　　暹罗湾。
　　　　那里有许多岛屿，岛上有许多小渔村。森林沿着大海和
　　　　那条大路伸展。它们向岛上蔓延。
　　　　森林充满各种各样的危险。
　　　　每天晚上，母亲的房子前面的整个森林都像一团黑影一
　　　　样耸立在猎虎的小哥哥约瑟夫面前。
　　　　母亲担惊受怕。

音乐。

　　　　就是在那里我们年轻过。
　　　　就是在那里母亲怀着最大的希望。她也是死在那里。

音乐。寂静。

他们全都站起来了。母亲、孩子们同下士一起，慢慢地随着音
乐朝舞台走去，然后分开了。孩子们朝一个方向。下士朝另一个方
向。只有母亲一人独自待在舞台前面。音乐一直在减弱。她一动不
动地等候有声布景的出现：夜晚平原上的声音。

然后是孩子们的喊叫声、笑声、狗的叫声，还有鼓声。然后是
鞭子挥动的劈啪声。还有穿透平原喧嚣的约瑟夫的叫喊。舞台被白
色的灯光照亮，母亲——年迈无力——独自走进耀眼的灯光之中。
她来回踱步，然后靠在房子的一根柱子上。

她看着那匹假想的马所在的方向。

苏珊和下士从另一边出来了，他们停下来，也朝假想的马所在的方向张望着。

苏珊的配音：

那天晚上已经是买下马和马车后的第八天。约瑟夫用马车拉客，把农民从波雷诺拉到云壤。

苏珊在远处转身面向母亲。

我记得她那天晚上的样子。她穿着那条乳房处破了洞的石榴红色丝裙。要换洗这条裙子的时候，她就睡在床上，等裙子晾干。她光着脚丫。她看着那匹马。她开始哭了。（停顿）她哭了。

约瑟夫：　那匹马再也不走了。我把它拖到有秧苗的地方。它试着想吃几口，可它又放弃了。

卖马的人在马的年龄上蒙骗了我们。
太阳落山了。
我知道母亲在看那匹马。

苏珊的配音：

她的病情已经很严重了．她不大喊大叫就说不出话来。
有的时候，她接连数小时处于昏迷状态。
是气出来的，医生说道。自从堤坝坍塌后就是这样。

苏　珊：　约瑟夫说那天夜里他要去打猎。

　　　　　停顿。

　　　　　车库里已经吊了好几头上下腭张开的母鹿。我们把它们
　　　　　保留三天，然后丢进河里。最近一段时间，我们喜欢吃
　　　　　黑色的涉禽，那是约瑟夫在河口的沼泽地里捕到的。我
　　　　　看见母亲也出现了。

　　　　　停顿。

　　　　　她准备去找一条毯子和一块米糕，然后给马送去。

刚才说过的话得到印证：母亲带着一块米糕和一条毯子出去
了。静默。

约瑟夫：　她大喊大叫说马就要死了。说它一辈子都在把瘤节木材
　　　　　从森林拉到平原。说它就像她一样。说它自己也想死
　　　　　掉。她大喊大叫说它已经死了。

母亲猛地丢掉米糕和毯子。在那里待了一会儿，然后离开了。
她穿过舞台空间，走过去坐在一张藤椅上，望着外面。苏珊重新出
现在房子周围，一动不动。她朝母亲望去。然后她心不在焉地坐在
地上，显得百无聊赖。音乐。约瑟夫走到她身边。

苏珊的配音：
　　　　　夜幕总是很快降临。

106

在夜幕降临之前，我同约瑟夫一起到河里去游泳。
约瑟夫逼着我下水。

停顿。

我害怕。河水是从大山里流下来的。雨季，被淹死的动物随急流一起漂下来，有鸟、麝鼠、狍子。有一次，还看见一只老虎。

停顿。

约瑟夫同村里的孩子一起玩耍。他让他们骑在肩上，在水里游着。
母亲在远处叫喊。

大家听见跟母亲的叫喊不一样的叫声。
然后复归平静。

约瑟夫：她喊累了。

她喊得没那么大声了。

她不再喊了。

苏珊或约瑟夫的声音：
然后太阳在大山后面消失了。
农民们用绿色的树枝燃起篝火对付老虎。

孩子们回到茅舍。

停顿。

我记得：整个平原都是这种烟味。
到处都是这种气味。
天空下面那条白色的、笔直的大路，尘土飞扬。
山坡上是绿油油的四方形的中国胡椒种植园。种植园上
面是烟雾。热带丛林。然后是天空。

苏珊或者母亲（同前）：
这片热带天空纯净得使一切都黯然失色。

音乐。

苏　珊：我们已经想到把母亲留在那里。
想过离开平原。

平原上的喧闹声。

约瑟夫：海风把岛上的气味吹过来了。刺鼻的腌鱼味夹着沼泽地
的腐臭味。还有烟味。

远处的鼓声：声音融进气味中。

苏　珊：我们开始有这种想法了：她最好还是死掉算了。

约瑟夫和苏珊回家了。

寂静。

没有音乐。

只有平原上的喧闹声。灯光暗了下来。

孩子们的叫喊声，孩子们的笑声，不绝于耳。

苏珊和约瑟夫走进房子里面，不见了。

重新出现——苏珊从阳台上走出来。

她打开了留声机，能听见音乐声。

约瑟夫提着一杆枪也回来了。他坐了下来，给枪上油。摆弄着一盏乙炔灯——他的猎灯。

苏珊看着他的一举一动。看着平原。苏珊放的唱片是剧中的音乐，伊甸园影院的华尔兹——仿佛他们在那里跳舞一样。

母亲来来回回地忙个不停。

摆桌子：两只盘子，两个孩子的盘子。端菜上桌——菜冒着热气。孩子们看着这些菜，好像很厌恶。母亲呢，她看着孩子们。

下士端着热饭进来，把饭放在桌子上。

然后，他坐在一个角落里。

他呢，他看着母亲。

没人吃饭。

苏　　珊：　这时约瑟夫提议去云壤散散心，忘掉那匹死去的马给大家带来的痛苦。

慢慢地，他们准备去云壤。

母亲挽起头发。

苏珊、约瑟夫和母亲穿鞋子。

下士走了出去，回来时拿着一只装满水的喷水壶。

这段时间里，音乐响起。

苏珊的配音：
　　　　云壤是那条大路尽头的一个海港。一些小型的航运公司
　　　　在那里收购腌鱼和胡椒，运往曼谷。回来时它们带回走
　　　　私入境的烈酒和鸦片。

音乐从远方飘来。
他们一个接一个从房子后面走出来。

约瑟夫：　云壤有一家饭馆。一个上了年纪的欧洲人，可能是一个
　　　　　德国人开的。晚上人们在那里跳舞。有的时候还有中途
　　　　　停靠轮船的全体船员、官员和在暹罗与印度支那之间来
　　　　　往的白人妓女。

音乐越来越近。
他们从平房走出来后灯光暗了下来。
房子的灯熄了。
马达的声音和越来越强烈的乐曲声。
然后随着前台亮起淡紫色的灯光，音乐声降低了。
接着他们重新出现。
四个人一起沿着舞台的轮廓线走着——踩着华尔兹的节奏。他
们微笑着。他们一起走着——或者可以说——他们边走边舞，朝云
壤走去，四个人都是一样的年轻，一样内心充满了喜悦。
激烈的音乐。
他们的节奏不一样了。
他们翩翩起舞，彼此分散开，然后又聚到一起，无拘无束，每

110

一次都变出新的花样。

　　母亲和下士节奏一致。他们旋转着，消失了又回来。

　　所有的人都回到遥远的童年。最明显的就是他们流露出的喜悦。

　　他们走着走着，响起了苏珊的配音。

苏珊的配音：

　　　　啊，连接云壤和大海之间的这条路。

　　　　它多美啊！

　　停顿。

　　　　这条路是苦役犯修建的。他们被人用链条连在一起。

　　　　它被应征的部队狂轰滥炸，下士也炸过，整整十年，屁股上吊着那根棍子。

　　　　在我眼里这条路多美啊！

　　　　我们将通过这条路离开母亲，

　　　　我们要远走高飞，约瑟夫和我。

　　　　猎手们会停下来把我们带走。

　　　　不可抗拒。

　　　　很远就能听见猎手们的汽车声。白人，总是白人，他们是平原上唯一的游客。

　　　　很远便能听见他们按喇叭。孩子们赶紧从大路上逃走。

　　　　汽车从一团白色的沙尘中一晃而过。

　　　　令人目眩。

迟早有一天。那一天会来到的。

每天我都坐在大路边。

我看着他们经过。那一天会来到的。

他会很年轻。跟约瑟夫年纪一样大。也是猎手。

苏珊的配音：

一年前，在云壤，一名海军军官请我到他的船上参观。

船正对着码头，甲板上只有我们俩。那是在晚上。

（停顿）

我能听见云壤那家饭馆里传出的音乐。我能看到那家饭馆。我看见约瑟夫。他正同海关关员的妻子跳舞。军官问我的年龄有多大。我回答说：十五岁。他对我说我长得很漂亮。他吻了我。

强劲的没有歌词的音乐。之后音乐声降低了。

我什么都看见了：猎手们在我家的平房前停下来。一只轮胎爆了。约瑟夫帮他们修补。

我看见她了，她，同大路上那个猎手在一起的女人：她长着一头淡金黄色的头发，抽着555牌香烟，她的皮肤非常白，可能涂过粉。

那是给约瑟夫的。我会把她留下来，送给约瑟夫。

他会多么爱她啊！这个沉默而又疯狂的小哥哥。

他会顶着烈日到河口去找豹子，他才十四岁，我记得，母亲说他会害死她。

他夜里回来，船头放着那只被杀死的豹子。

我哭了。他说下一次他会带我一起去。他转身离去。母亲没有听见。

我们将会一起离开母亲。

我们将会一起把她留在那里。留在这座平原上，独自一人和她的疯狂待在一起。

事先不透露一点风声。趁她睡午觉的时候——她睡得很死，我们悄悄溜走。

她一觉醒来。她吼着她的孩子的名字。没有人回答。平原上再也没有孩子。她准备好饭菜，有涉禽和米饭。可再也没有人吃。平原上空无一人。他们已经不在那里了。

大地就像混沌初开的那一天。

她会受到惩罚。

因为她太爱我们。

寂静。之后是音乐。

然后音乐渐渐停止。

他们都停下来，背对着观众，一动不动，在熄了灯的饭馆前面等待(这当然与那座有游廊的平房是同一个地方)。

然后他们进入饭馆。

苏珊的配音在黑暗中响起：

那天晚上在云壤饭馆的院子里停着一辆豪华的黑色敞篷

汽车。

一名穿制服的司机在车里等候。

音乐。

饭馆灯亮了。

电灯照明——可以看见灯泡，射出淡红色的凄迷的灯光。

饭馆被照亮的时候，所有的人都已经坐了下来，在强劲的音乐声和灯光中一动不动。

这幅画面的震慑力量：若先生位于舞台的中央。他身着白衣，手上戴着的钻石戒指被强光照亮。其他人在暗影中注视着他。只有苏珊例外，她被若先生注视着。

若先生很有钱。他是西贡一名大投机商的独子。

若先生的父亲十年前在橡胶危机期间买下了柬埔寨北部红土地上的许多种植园。现在他又以黄金的价格把它们卖给一些外国公司。

那笔巨额财富的唯一继承人那天晚上就在云壤。

音乐。

左手上那颗钻石可真大。

停顿。

他的服装是用中国的柞丝绸在巴黎做的。他那辆小汽车令人赞不绝口。他独自一人。他是亿万富翁。

他独自一人，他在看我。

时间流逝。音乐。无言的场景：

母亲看见若先生盯着她女儿的眼神。

她开始看她的女儿。

女儿朝北方种植园主的继承人微笑。

下士悄悄地进来了，蹲在地上。母亲和下士看着朝北方种植园主微笑的苏珊。约瑟夫没有看。约瑟夫看着地面。

桌子上，香槟酒已经倒好了。

音乐强劲而后减弱。

> 应该离开平原。我知道母亲害怕还没把我们拉扯大她就离开人世。我明白我母亲的目光。我朝北方种植园主笑了。

停顿。

> 这是我第一次卖身。

沉默。音乐，但很轻微（音乐绝对不能妨碍观众听清台词）。

若先生站了起来，要向母亲鞠躬。

母亲匆匆做了个手势阻拦。

母　亲（声音很低地）：

　　　没关系的，请别客气……

若先生要请苏珊跳舞。

他们一起跳舞。

母亲看着。约瑟夫没有看。也许为了不看苏珊，约瑟夫才把目光投向港口。

若先生和苏珊的对话，漫不经心。

第一场戏。

若先生（轻柔优雅的声音）:
　　您住在本地吗？

苏　珊：是的。

　　停顿。

　　外面停的那辆车是您的吗？

若先生：是的。

　　停顿。

　　能把我介绍给令堂大人吗？

苏　珊：可以的。

　　停顿。

　　那辆车是什么牌子的？

若先生：莫里斯·莱昂·博来。

116

停顿。

　　　是我喜欢的牌子。

停顿。

　　　您很喜欢汽车吗?

苏　珊:　是的。

停顿。

　　　是多少马力的?

若先生(犹豫):
　　　二十四马力,我想是的。

苏　珊:

停顿。

　　　买这样一辆汽车要多少钱啊?

若先生(犹豫):
　　　五万皮阿斯特,我想是的。

苏珊停了片刻没跳舞,而是看着若先生。

苏　珊：　也贵得太离谱了。

若先生（吃惊）：

　　　　　是特殊型号，所以很贵。

　　苏珊陷入沉思，没有回答。

　　约瑟夫不再看港口了。他看着他的妹妹。他们互相凝视着。母亲看在眼里。

　　仿佛若先生使她眼花缭乱，约瑟夫和苏珊的目光则使她吃惊和担忧。

若先生：　我到这里来监督乳胶装船……

　　苏珊没有回答。

　　　　　像您这么漂亮的女孩待在平原上一定很无聊……
　　　　　您是这么年轻。

　　苏珊没有回答。

　　强劲的音乐。没有歌词的舞曲，持续较长的时间。若先生跳得很好。苏珊心不在焉。

　　舞跳完了。音乐马上重新开始。

　　若先生和苏珊走到母亲的桌子边。

　　母亲站起来向若先生问好。

　　约瑟夫坐着没有起身。

　　若先生坐了下来。苏珊也跟着坐了下来。他们都坐了下来。

　　香槟酒上来了。

他们交谈起来。

苏珊首先开口。

苏　珊(对约瑟夫，一口气不停地)：

　　他的汽车是莫里斯·莱昂·博来牌的。二十四马力。

若先生：　我还有一辆双座敞篷汽车，可我更喜欢这一辆。

约瑟夫：　它开起来不打飘吧？

若先生：　时速八十公里没有问题。那辆敞篷汽车我可以开到一百
　　　　　公里——轻而易举。

母亲在一旁听着。

约瑟夫：　它一百公里烧多少汽油？

若先生：　十七升。在城里要二十升。

苏　珊：　它要五万皮阿斯特。

母　亲(以为自己听错了)：

　　多少？

若先生(无所谓)：

　　你们的车是什么牌子的？

他们互相看着，没有回答。

母　亲（停顿）：
　　　　我们那辆是雪铁龙的。

若先生：啊，雪铁龙省油。再说，在这条路上开……

　　　约瑟夫和苏珊放声大笑。

约瑟夫：我们那辆一百公里耗油二十四升。

若先生：那可是油老虎……

约瑟夫（笑）：
　　　　本来应该是十二升……可是化油器坏了，变成了过
　　　　滤器。

　　　母亲受到苏珊和约瑟夫的狂笑感染。

苏　珊：假如就这么点毛病，那也没什么……
　　　　假如只是化油器……可是散热器也有毛病……

　　　再次爆发出疯狂的笑声。
　　　若先生也笑了，很窘迫。

约瑟夫：打破纪录了……一百公里五十升。

母　亲(重复道):
　　　　一百公里五十升。

约瑟夫(继续苏珊的游戏):
　　　　假如就这么点毛病……假如只是化油器和散热器有毛
　　　病……

　　　等候片刻。然后再次爆发出难以控制的狂笑。

约瑟夫:　我们的轮胎……还有我们的轮胎……您猜猜我们那辆车
　　　　　轮胎里装的是什么东西……

　　　疯狂的笑声达到了极点。

约瑟夫:　……是香蕉叶……我们用香蕉叶把轮胎塞得满满的。

　　　若先生等着他们笑完。

若先生:　真是别出心裁……真有意思,就像巴黎话说的那样。

　　　他们没有听他说话。他们在继续。

约瑟夫:　当我们出去旅行的时候,我们就把下士绑在挡泥板上,
　　　　　让他手里拿着洒水壶……

　　　三个人的疯笑。

苏　珊：　我们在他的头上绑一盏猎灯，因为我们的车灯……十年
　　　　　前它们就不亮了……

　　　谈话因笑声而中断。然后又重新开始。

约瑟夫：　假如就这么些毛病……

　　　等待。苏珊和母亲迫不及待地等着约瑟夫把后面的话说出来，
可约瑟夫已经先开口笑了。

母　亲：　……还有什么？

约瑟夫：　假如就这么些毛病……汽车的毛病……也就罢了。可我
　　　　　们还有堤坝……堤坝……

　　　他笑得太厉害，以至于他说不下去了。苏珊和母亲的笑声和尖
叫声。

约瑟夫（继续）：
　　　　　我们的堤坝的故事，真要把人笑死……

　　　笑声。笑声。若先生目瞪口呆。

约瑟夫：　我们原以为行得通。是的……我们想（停顿）我们想抵挡
　　　　　太平洋……

　　　突然的沉默。若先生惊呆了。

若先生： 为什么要抵挡太平洋?（停顿，他想起来了。）啊，是
的……是的，我听人说起过这个故事……那些堤坝（停
顿），你们不走运……买了一块没有用的租借地……

约瑟夫（微笑）：
是的……是这样的……（他指指母亲。）她事先并不
知道。

母　亲（仿佛为自己辩解）：
我事先并不知道。

苏　珊： 她什么都不知道。什么都不知道。

约瑟夫： 她想阻止太平洋的潮水——她以为她能做到。

苏　珊： 她现在依然相信。

他们看着母亲。母亲听着。

约瑟夫： 是真的，瞧她，她依然相信。

苏　珊（迷惘）：
她一定是有点疯了（停顿）。我们一定是有点疯了。

约瑟夫（指指母亲）：
她，是的。
她，她完全疯了。

123

母亲仿佛突然受了惊吓一样。约瑟夫仍然注视着她，又开始笑了。苏珊也一样。还有母亲。三个人都笑她，笑母亲的疯狂。

孩子们重复道：

约瑟夫和苏珊：

    ……完全疯了……完全……（重复了好几次）

笑声停止。音乐响起。灯光变暗。若先生看着苏珊。约瑟夫和苏珊缄默不语。音乐。若先生递一支雪茄给约瑟夫。约瑟夫抽起雪茄。

母亲默默不语，昏昏欲睡。

若先生：　我能再见到您吗?

苏　珊：　我们住在去贡布那条大路左边一百八十四公里的地方，
　　　　　是间平房。

这一场戏结束。

饭馆里面的灯光暗了下来。

所有的人复归沉默。苏珊的叙述又开始了。

苏珊的配音：

    我们已经习惯了让若先生开车带我们到云壤。

    我们很喜欢坐车。

停顿。

一直持续了一个月。

我们一分钱都不用掏。我们每天晚上都喝香槟酒。

停顿。

回去的路上，母亲在那辆莫里斯·莱昂·博来里睡觉。
这是我的第一次冒险经历。
或许可以说它很适合约瑟夫和母亲。

停顿。寂静。
灯光倒置，总是在苏珊说话的时候，外面被照得如同白昼——
与此同时饭馆暗了下来。
苏珊又开始了。

苏珊的配音：
他每天下午不早也不晚在去云壤之前到达我们家。

停顿。

他和我，我们待在房子里面。

整座平房被照亮。阳光一样强烈的灯光与外面的灯光交汇。
若先生和苏珊都在那里坐着。饭馆与那所房子的唯一区别再一
次在灯光的强弱中显示出来。
同样的藤椅，同样的桌子，同样的视野（看得见那座山）。
母亲和下士，缓缓地，穿过房子后面空旷的空间。下士拿着园

艺工具。母亲戴着一顶草帽。

　他们不见了。

　　　　母亲同下士在一起。他们在给香蕉树除草。
　　　　我不知道约瑟夫在做什么。

苏珊站起来，朝留声机走去。
寂静。
苏珊上好留声机。放上一张唱片。音乐。伊甸园华尔兹。

　　　　若先生再也没有别的选择。要么永远像现在这样过来看
　　　　我，要么就娶我。母亲说过：要么娶她，要么什么也别
　　　　想得到。
　　　　要么娶她。要么什么也别想得到。

　　　　她是这么指望的。

　　　　有的时候，我睡着了。
　　　　我醒了。
　　　　我发现若先生还在老地方，一直被母亲监视着。

停顿。

　　　　约瑟夫也说过同样的话：要么娶她，要么什么也别想
　　　　得到。
　　　　约瑟夫重复母亲说过的话。

音乐。第二场戏结束。

若先生： 这台留声机很旧了。

苏　珊： 是约瑟夫的。它是我母亲在伊甸园影院上班的时候
　　　　 买的。

苏　珊(面向我们，但没有变换姿势)：
　　　　 他送了我一条蓝裙子、一个粉盒，还有指甲油、口红、
　　　　 精制肥皂和润肤霜。

若先生： 这式样太老了。对留声机我很在行。
　　　　 我家里有一台电唱机，是从巴黎带来的。

苏　珊： 您的电唱机当然好，但要有电才行。
　　　　 我们这里没有电。

若先生： 不光是电唱机。还有比电唱机更值钱的东西。

苏　珊： 啊！

　　　　 寂静。只有音乐。

若先生： 苏珊……我的小苏珊……这是多么残酷的折磨啊……您
　　　　 近在咫尺，却遥不可及……

　　　　 苏珊开始解她裙子上的搭扣。

127

苏珊的配音：

　　　　约瑟夫同路过云壤的所有白种女人睡过觉。同平原上的当地女人睡过觉。

　　　　他买下那匹马后，又在车厢里同他的女乘客睡觉。他说：我觉得我可以同世界上所有的女人睡觉。

音乐。苏珊停止做展示自己身体的动作。

　　　　我呢，我还没有同一个男人睡过觉。

停顿。

　　　　我生就这副女儿身并不是为了藏着，而是为了给别人看，为了成功地进入上流社会。若先生毕竟属于上流社会。

　　　　这神秘的身体，这副女儿身早晚都是要见光的。

苏珊继续她的动作。完成。

若先生站起来，走到她身边，停下来。

他们看见母亲站在远处的门口盯着。

音乐。

若先生在外面不见了。苏珊独自一人待了很长时间，仿佛一下子筋疲力尽，黯然神伤。

苏珊重新扣上裙子的扣子。远处，母亲一动不动。

若先生回来了。他后面跟着下士，下士抱着一个大包裹。两人在那条大路边，在靠近观众的地方绕房子一圈。这时约瑟夫也出现了。

约瑟夫和母亲你看看我，我看看你。

若先生和下士走进房子里。

下士把包裹放在桌子上。

所有的人都围着包裹一动不动。

苏珊的配音：

　　　　六年来，没有任何人，没有任何新鲜的东西到过平原。
　　　　桌上的东西是若先生带来的，来自比他更远的地方。来
　　　　自一家商店。来自一座城市。来自整个世界。

若先生：　这是台留声机。我就是这么一个人，说到做到。
　　　　　我希望您慢慢了解我。

　　　　若先生朝留声机走去，准备扯掉包裹上的绳子。
　　　　苏珊打了个手势叫他停止。

苏　珊：　必须等他们到场。

　　　　下士蹲在房间里，他也在等。
　　　　若先生朝外望去，看见母亲和约瑟夫两眼发直，便坐了下来。
　　　这时苏珊慢慢地转向母亲和约瑟夫，并朝他们微笑，久久地，充满
　　　爱意。

苏　珊：　多亏我留声机才到了这里，它才得以进入我们的房子，
　　　　　进入我们的生活。这是以若先生看我的身体为代价的。
　　　　　我使它离开了上流社会。
　　　　　我把它送给约瑟夫，我的哥哥，如今已不在人世的小哥

　　　　哥，我是多么爱他。

　　停顿。

　　　　若先生在我面前哭了。
　　　　透过他，我看见了约瑟夫的森林。

若先生：　我爱您都爱疯了。我不知道我是怎么了。我对其他人从
　　　　未有过这样的感情。

苏　珊：　什么也不要对他们说。

　　停顿。

　　　　他们来了。

　　　　约瑟夫和母亲确实到了。

苏　珊：　当他们问起来是怎么回事时，由我来跟他们说。

若先生：　在您眼里，我什么都不是，什么都不是。

　　母亲和约瑟夫走进屋子，绕过那个包裹，就像没有看见一样。
母亲坐了下来。约瑟夫走出屋子，朝淋浴的地方走去。下士走出
去，在房子前面等候，面向观众。
　　母亲为了避免谈及那只包裹，便谈起了下士。

母　亲：他越来越聋了。

若先生：我一直很奇怪你们怎么雇了一个聋子。这个地方并不缺
　　　　劳力。

　　母亲没有回答。
　　她坐了下来。
　　从远方飘来的音乐。包裹依然放在桌子上。很大的包裹。无形
的包裹。

母　亲（对若先生）:
　　　　您要是愿意的话，可以留下来吃晚饭。

若先生（惊跳）:
　　　　谢谢您，这是我求之不得的……

苏　珊：没有什么好吃的东西，只有涉禽肉，散发出鱼腥味，让人
　　　　想吐。永远没有别的东西吃。

母　亲：很好吃，营养丰富。

若先生：您还不了解我，我吃东西很随便。

　　大家听见水的哗哗声。
　　那是约瑟夫在淋浴。
　　下士出去了一会儿。
　　他走进屋子时端着一盘热气腾腾的米饭。他把米饭放在桌子

上，涉禽肉旁边。

约瑟夫洗完淋浴出来了。他走过来。看见了盘子。

约瑟夫：老是这种恶心的涉禽肉。

母　亲：他们从来都不满意。不要理他们。

所有人都围着那个包裹一动不动。
最后，苏珊说话了。

苏　珊：是一台留声机。

约瑟夫：我们已经有一台留声机了。

若先生：这一台更先进。

苏珊打开包裹。
留声机出现了。她把它交给约瑟夫，约瑟夫上好发条。约瑟夫
当着若先生的面质问苏珊。

约瑟夫：是你跟他要的吗？

苏　珊：不是。

约瑟夫：他为什么要送你这个？

苏　珊(看着若先生)：

我不清楚。

（问若先生）：

您为什么要送我这个？

若先生哭了，没有回答。

约瑟夫放了一张唱片，剧里已经听过的音乐：伊甸园华尔兹。

反反复复的曲调变得更加清晰，更加完美。

若先生一直在哭。

奇迹出现了。

约瑟夫和苏珊一起跳舞。

母亲心醉神迷地看着他们。

下士也在看他们。

这圆舞曲仿佛成了亲属关系的一个主题，两兄妹跳起舞来就像一个人似的。

夜幕降临了。

苏珊的配音：

对我们来说，这是我们听过的最美的音乐。

这首曲子。

一切都明朗了：

我们一旦离去，要唱的将会是这首曲子。

他们继续跳舞。

母　亲（对若先生）：

我毕竟养了两个漂亮的孩子。

您瞧。他们很相像，我觉得是这样。

他们一直在跳舞。

苏珊的配音：

　　　　这支曲子，是她的哀乐。它出自令人眼花缭乱的传说中
　　　　的城市。
　　　　使我们迫不及待的曲子。
　　　　使我们忘恩负义的曲子。
　　　　是对哥哥的恋曲。

他们跳舞。

　　　　对他，这个小哥哥，这个死去的小哥哥的恋曲。
　　　　那是何等深厚的感情啊。
　　　　母亲看着我们。她突然陷入沉思。
　　　　她老了。
　　　　我们在她的身上跳舞。

音乐。一直在跳舞。

母　亲（对若先生）：

　　　　我要是您，就会把她娶回家。您瞧她。

若先生：　她那么年轻，这很可怕。
　　　　我对她怀有很深的感情。

母　亲(温柔地)：（停顿）

　　　　我相信您。我相信您所说的。

停顿。

　　　　是您的父亲不同意要她吗？

若先生(不自然地)：

　　　　我不可以在半个月时间里就决定是不是娶一个人。夫
　　　　人……

母　亲(依然温柔地)：

　　　　可以的。在某些情况下是可以的。

停顿。

　　　　我快要死了，先生，您明白吗，我必须为我的小女儿找
　　　　一个归宿，那样我才死得安心。

　　他们跳舞的房子渐渐充满阴影。与此同时，房子周围被照亮，
包括前面那条假设的大路和后面接近观众的地方。
　　他们在黑暗中离开舞台。
　　舞台与灯光、音乐同时改变。
　　远处的叫喊声。
　　我们发现若先生和苏珊坐在房子外面。苏珊穿着一条蓝裙子。
　　她的妆化得很笨拙。
　　她在涂指甲油。他看着她。

与此同时，母亲在房子里面。

她来来回回地走着，看着观众这边——苏珊和若先生的方向。然后向后面那个透明的地方，那条假想的大路走去。下士正在地上装配木板。

苏　珊：　您把桥压坏了。必须把您的汽车停在大路上。

若先生难以忍受的沉默。

　　　　她再也不想让您进入房子了。现在必须待在外面。

音乐。

　　　　我们结婚后，您会送我什么车？

若先生：　如果我们结婚，我一定会特别不幸。
　　　　我再也不知道如何做才能使您爱上我。

苏　珊（追问）：
　　　　送我什么车？

若先生：　一辆白色的蓝旗亚，我已经跟您说过了……

苏　珊：　那约瑟夫呢？

若先生：　我不知道我是否会送一辆车给约瑟夫……
　　　　对此我无法向您许诺。

苏珊不说话了。若先生害怕。
　　音乐，在持续。

若先生：　您知道得很清楚，这要看您对我的态度如何。

苏　珊（温柔地）：
　　　　您可以送一辆车给我母亲，这会是一码事，他给她
　　　　开车。

若先生（绝望地）：
　　　　根本不可能送一辆车给您的母亲。我并没有您所想象的
　　　　那么阔绰。

苏　珊（非常平静地）：
　　　　如果约瑟夫得不到车，您就留着您所有的蓝旗亚吧，然
　　　　后爱娶谁就娶谁。

　　若先生面朝苏珊，痛苦不堪。

若先生：　您很清楚约瑟夫会有他的车。您把我变坏了。

　　若先生握着苏珊的手，吻着它。
　　约瑟夫刚在透明的后台出现。他在帮下士修桥。
　　母亲向他们走去。
　　苏珊看着地面。

苏珊的配音：

昨天，他答应我假如我陪他到城里玩几天，他就送我一枚钻石戒指。

我们听见苏珊的说话声时，她正躺在他的臂弯里。

我问他钻石的价钱，他没有明确告诉我，只说绝对值这所平房。

停顿。

若先生的话我一个字也没跟约瑟夫提过。
我寻思着如何得到这枚戒指，如何让它来到平原上，到她，我的母亲手里。我知道——若先生跟我说过——这枚钻戒在他家里，等我决定后就给我送来。

音乐或寂静。
若先生看着苏珊。
母亲看着他们。

若先生：您很漂亮。

停顿。

您很漂亮，令人渴望。

苏　珊：我会出落得更漂亮的。

若先生： 一旦我把您带离此地，您就会远走高飞，我对此深信
不疑。

若先生仿佛被欲望的重负压得喘不过气来。

苏珊的配音：
他说他要延长在平原上的日程，借口在云壤监督乳胶装
船。我很清楚他是想蒙骗他父亲。

停顿。

他说过："就三天。在城里玩三天。我不会对您动手动
脚。我们去看电影。"

停顿。

他的一颗钻石就值一座房子。

音乐。
约瑟夫绕过他们。他穿过前台，走进客厅，然后向母亲和下士
走去。
母亲朝房子走回来，走进屋子，坐下。她擦着前额上的汗水。
约瑟夫和苏珊远远地看着她。

约瑟夫： 我们总害怕她死掉。总是这样。无时无刻不担心。

苏珊离开若先生，走进屋子里，朝母亲走去。她搬起母亲的双

腿，放在扶手椅上。然后她走了出去，回来时拿了一杯水和几颗药丸。母亲随她摆弄。她拿了药，喝了下去。

远处的流水声：约瑟夫在淋浴。

若先生朝前走去，同我们一起看着苏珊和母亲，母女俩不言语，关系粗暴。

苏珊又走出去，拿了一块湿布敷在母亲头上。然后她背靠扶手椅蹲着，开始替母亲扇扇子。母亲变温和了：有规律的动作使她平静下来。平静后的母亲开始注视她的孩子。

苏珊没有显出不耐烦。

苏珊和她母亲间的谈话既生硬又干脆。

母　亲：你跟他谈过了吗？

苏　珊：我一直在跟他谈。

　　　　停顿。

　　　　问题出在他父亲。

　　　　停顿。

　　　　他想让他的儿子娶一个富家小姐。

母　亲：啊。

苏　珊：我想他甚至还没有同他的父亲提到过我。

停顿。

否则他该很愿意带我去见他。

母　亲：（停顿）
　　　　怎么？

她自己明白了。

不。

停顿。然后她又问道：

你呢，你想怎么样？

苏　珊：（停顿）
　　　　我想同约瑟夫在一起。

母亲想了一下，嘀咕着什么。

母　亲：约瑟夫……老是约瑟夫。

寂静。

你多大了，我记不起来了。

苏　珊：十六岁。

母　亲(抱怨):

　　　　十六岁……我的天哪……我的天哪!

　　沉默。
　　约瑟夫进来了。他好像听见了。
　　沉默。然后母亲说话了。

母　亲:　他不想娶她,他不想。

约瑟夫:　那么他不要再来了。

　　寂静或音乐。

苏珊的配音:

　　　　我没有说到钻戒。我害怕她接下来会跟我说的那些话。

　　　　她知道钻戒的价钱后会死的。

　　沉默。
　　约瑟夫走了出去。
　　母亲睡着了。
　　苏珊回到房子周围。房子周围被照亮。
　　白色的灯光。

　　　　现在还早。太阳还没到山头呢。

苏珊坐在若先生旁边。母亲在远处的那所平房里睡觉。舞台中间，熟睡的母亲。

　　　　　　同若先生的关系就这么完了。
　　　　　　我已经忘了他。

　　　　　　河边孩子们依然骑在水牛背上放声歌唱。
　　　　　　我仍然记得他们细嫩尖锐的嗓音。
　　　　　　没有一丝风，空气在燃烧。

　　远处孩子们的歌声。

苏珊或母亲(同前)：
　　　　　　到处都是孩子。栖在树上。蹲在洼地里。活的。死的。
　　　　　　在开向岛屿的大帆船的船首，还有些孩子被装在大柳条
　　　　　　筐里，只剩脑袋露在外面。泥巴里有，茅屋里也有。

　　苏珊看着浑身燥热的若先生。

苏　珊：　她再也不想让我见您了。都结束了。

　　夜晚的喧嚣。

苏珊或者母亲(同前)：
　　　　　　同孩子们在一起的还有平原上的野狗和疯子。孩子们同
　　　　　　他们一起玩耍。还有沿河谷而下一直来到海边的苦难深
　　　　　　重、不知疲惫的马来西亚乞丐群。

若先生：我不能接受这一点，我不能。

　　　寂静。
　　　苏珊哼着留声机里的那支曲子。

若先生：我爱您，苏珊。

苏　珊：（停顿）
　　　　她不想再等下去了。

　　　停顿。

　　　　她知道是您的父亲不要我。

　　　她又哼起了那支曲子。

若先生：她真可怕，您的母亲。真可怕。您的母亲。

苏　珊：是的。
　　　　她疯了。
　　　　假如我们结婚，她会要您出钱重建堤坝……那么……知
　　　　道吗……她觉得那些堤坝比别的东西要重要好几倍，要
　　　　用水泥来砌。
　　　　她会叫您出钱给约瑟夫补牙齿……您瞧……

　　　苏珊笑了。

144

若先生： 我不能接受这一点……我不能……

苏　珊： 什么?

若先生： 失去您……

苏珊笑了。

苏　珊： 那么,我们什么时候结婚?

若先生(虚伪地):
　　　　我再跟您说一遍: 当您给我一个爱的证明时。

苏　珊(笑):
　　　　当我答应去西贡玩三天,对吗?

她笑了。若先生不回答。

苏　珊： 这不是真的。

停顿。

　　　　如果您娶我,您的父亲会剥夺您的继承权。

苏珊哼着留声机里的那支曲子。
约瑟夫经过。她直起半截身子,看着他的身影消失。

苏　珊：　我要跟约瑟夫一起去游泳。我们再也不跟您去云壤了。

　　　　停顿。

　　　　约瑟夫同意她的意见。

　　　苏珊站起来走远了。

若先生（没有动）:
　　　　我把它们带来了。

　　　苏珊突然停下来。
　　　她一动不动地站着，没有转身。

苏　珊：　（停顿）
　　　　您说什么？

若先生：　钻戒。

　　　　停顿。

　　　　反正您可以挑选一枚。

　　　停顿。

　　　　别人永远也不会知道。

她慢慢转过身来。他从口袋里掏出一个小纱纸包，把它打开。三张小纱纸掉在地上。

苏珊走了过去，看着张开的手里的钻戒，那只手本身已经戴了一枚特大的钻戒。

若先生：这些是我母亲留下来的，是她最珍爱的宝贝，都喜欢疯了……

苏珊看着那些戒指，试戴着它们。

苏珊的配音：

这是些很特别的东西。它们的重要性，不在于它们的光芒、它们的美丽，而是它们可以作为交换物的可能性。

苏珊挑了一枚戒指。

苏　珊：这一枚值多少钱？

若先生：大概值两万皮阿斯特，我也不是特别清楚。

寂静。然后是音乐，遥远的音乐。

苏珊的配音：

无法想象。我拿在手里的是一把钥匙。它把过去锁起来，把未来的大门打开。

强劲的音乐。

远处，母亲睡醒了。
她站起来，在房子后面不见了。

　　我知道怎么算账。母亲欠银行的债务：一万五千皮阿斯特。

停顿。

　　她在伊甸园影院挣的工钱：每晚四十皮阿斯特。
　　她教钢琴课赚得的钱：每小时十五皮阿斯特。

　　我知道一根红树圆木的价钱。平原上一平方米土地的价钱。

　　知道一双皮鞋的价钱。

　　到那时为止我只是还不了解金钱的价值。

苏珊坐了下来，躺在地上，看着手指上的戒指，闭上了眼睛。

　　我突然感到筋疲力尽。
　　我现在还记得，我再也认不出平原了。
　　周围一片漆黑。

寂静。音乐。
若先生朝苏珊俯下身去。

若先生：我的小苏珊……我的宝贝。

苏珊睁开双眼，看着他。

若先生：您最喜欢的是这一枚吗?

苏　珊：这一枚最贵。

若先生：您想到的只是钱……假如您爱我……

苏　珊：就算我爱您，我们也会把它卖掉。

若先生：我彻底失望了。

音乐。
远处，约瑟夫经过。

苏珊的配音：

自从若先生走进我的生活，我发现约瑟夫比以前更英
俊了。

我喊住他。我依然记得。就像人们喊救命一样。
他停下，然后走了过来。

我们看见旁白中所说的场景。我们听不见叫喊声。约瑟夫走到
苏珊旁边。
她默默地伸出手，让他看那枚钻戒。约瑟夫没有一点吃惊的

神情。

一辆汽车会让他震撼，可一枚钻戒不会，它太小了。太遥远了。他对钻戒还一无所知。

他谈到他想买一匹新马，他说它们全都半死不活，价钱在五百皮阿斯特以下的马买不到。

苏珊一直伸着那只手。等待着。约瑟夫没有任何反应。于是她说了。

苏　珊：这是一枚戒指。

它价值两万皮阿斯特。

约瑟夫微微一笑(就像是听了小孩子的玩笑)。

约瑟夫：两万皮阿斯特。

他停止微笑，看着若先生。
停顿较长时间。
若先生垂下了眼帘。

苏　珊：如果我跟他一起走，他就把它送给我。

约瑟夫：去哪里?

苏　珊：去城里。

约瑟夫看着苏珊。

约瑟夫：一去不返吗？

苏　珊：就三天。

若先生(喊了起来)：
　　　苏珊误会我说的话了。

　　约瑟夫沉默不语。然后他看着那所房子。仿佛在计算。他看看若先生。又看看苏珊。然后他沉默了。
　　突然，远处传来母亲的叫喊。一开始我们听不懂她在说什么。然后她到了那所房子看得见的地方，下士跟在她后面。她刚才和现在都是在和下士说话。同什么也听不见的下士说话。这就是她大喊大叫的原因。然后她坐在一张桌子旁重建她的堤坝。①
　　下士坐在母亲的脚边。
　　听他听不见的话。

　　下士听不见的母亲所说的话，比如：

　　　　我们也许要挖得更深一些……挖过泥层……挖到黏土……(停顿)是的，是这样的，挖到有水的地方……加固河两岸和房子另一边的大堤……可是首先要将红树圆

---

① 母亲对下士所说的那些话即使听不懂也会很清晰。——原注

木插到很深的地方，至少要有一米深……试着到达黏土那里，穿过泥土……到了那里后，在树桩之间浇灌水泥……水泥我们可以从云壤弄到，在港口的仓库半价就可以买到……问题不在这里……问题是要挖泥……挖到淤泥的底部，到黏土……第一次建堤坝的时候就忽视了这个……水泥……你记得吗，成千上万只螃蟹穿过堤坝……潮水就涌了进来……（停顿）第一年不要抱什么幻想，还会有盐……必须等到把地面洗干净，直到黏土……依我看，要等三年才行。

这一场戏与约瑟夫、苏珊和若先生之间的那一场戏始终同时进行。

我们在这一边，与约瑟夫、苏珊和若先生在一起，没人在意母亲和下士之间的那场戏。

约瑟夫一言不发地走了。

苏珊取下手上的戒指，递给若先生，若先生接过戒指，塞进口袋里。然后他站在那里。仿佛被打垮了一样。

若先生：现在完蛋了。

苏　珊：一直是这样。

若先生哭了。

我迟早有一天要跟他说的。
我无法阻止自己跟他谈钻戒的事。

沉默。

母亲关于未来堤坝听不清楚的大喊大叫一直在持续。

约瑟夫再次经过，没看苏珊。

　　我觉得你没有必要再来了。

若先生(哭着):

　　真可怕……可怕……有什么必要跟他说呢……

苏　珊：您不该把它拿给我看。您不会明白的。

　　若先生哭着。她不说话了。

若先生：真可怕……我不能，苏珊，我不能放弃您……叫我受
　　　　不了。

　　沉默。苏珊开始忘记若先生了。

苏珊的配音:

　　我好想跟约瑟夫一起去森林。现在正是时候，在这么清
　　新的夜晚到山中的村子里去，机会难得。
　　若先生看上去很痛苦，在与难以忍受的形象搏斗。

　　沉默。

　　我叫住约瑟夫。我对他说到山里去是个很不错的主意。
　　约瑟夫回来了。我站了起来。我想，就是在这个时候若

先生喊了起来。他喊着说他把钻戒送给我。

约瑟夫和苏珊一动不动。母亲突然停止说话了。
静默。再也没有任何声音。然后若先生朝苏珊走去。
若先生把戒指递给苏珊。
母亲、约瑟夫和下士，所有的人都目不转睛地注视着。
突然苏珊朝房子跑去。到了。把戒指递给母亲。
母亲接着把手伸出来。
房子的灯熄了。
舞台漆黑一片，空无一人。
我们看不见苏珊说话。

苏珊的配音：
    她拿了戒指，打量着它。然后她问我它值多少钱。我说
值两万皮阿斯特。我说他已经把它送给我了。她仿佛没
听见。
我把我说过的话又说了一遍。说它价值两万皮阿斯特，
说他已经把它送给我了。

转眼之间，我再也认不出我的母亲了。

她走进她的卧室，反锁上门。

我知道她去那里是要把戒指藏起来。
她把什么东西都藏起来：奎宁、罐头、烟。藏在墙壁隔
板里。藏在床垫里。还藏在身上，绑在身上。

音乐。

房子又亮了。现在周围是茫茫黑夜。

时间岔开：

他们三个人都在那里。苏珊和约瑟夫在吃饭。母亲没有吃。

沉默。然后，苏珊又把先前发生的事情叙述了一遍——包括我们没有看见的。

苏珊的配音：

她藏好戒指，走出房间，朝我扑过来就打。

她大喊大叫。

约瑟夫来了。刚开始他让她打我，后来他抱住她，拥抱她。

她终于安静下来。

音乐。

她哭了。我们都哭了。一起哭。三个人。

音乐。

然后我们又笑了。

这一场戏这样演：

直接对话，紧接着是挨打、泪水和欢笑。

母　亲：你跟他说了什么？

苏　珊：我跟他解释过了。对他来说，一枚戒指算不了什么。

约瑟夫：你再也不必这样为她担心了。都结束了。

苏　珊：对约瑟夫也一样，你再也不用为他担心了。

母　亲：也许我太夸张了，是真的。

　　停顿。

　　是真的，我一直在担心。

她叫了起来。

　　不光是那些富人才有本事赚到钱。我们也一样，如果我
　　们愿意，我们也可以变成有钱人。

两个孩子复述着母亲最后那句话。

苏珊的配音：
　　母亲一直睡到吃晚饭。
　　哄她入睡时，约瑟夫看见：她的脖子上挂着一根绳子，
　　绳子上吊着若先生的那枚戒指。

　　音乐。
　　晚餐。母亲一言不发。
　　灯光再次暗了下来。

傍晚时分，我们到山村里去买鸡。带在路上吃，约瑟夫是这么说的。因为我们第二天一早要到西贡去，把若先生的那枚戒指卖掉。

第一幕完

第二幕

在舞台的前部，黄色的灯光中，一张红色的长沙发——式样非常难看——上面摆着五颜六色的坐垫，有粉红色、绿色，还有一副丑角面具和一个在集市上买的玩具娃娃，母亲坐在沙发上。她戴着一顶草帽，穿着一双黑色的皮鞋。一双缝补过的米灰色的长棉袜。石榴红色的长裙。她的手上抓着一个鼓鼓囊囊的大黑包。

苏珊——穿着蓝色的连衣裙，也戴着一顶草帽，手上拿着一只包——"浓妆艳抹得像个妓女"，坐在她旁边。她们俩都坐在那里——有点像是坐在火车上。

她们身后的一张小圆桌上放着一块牌子，上面写着"精美钻戒出售"。在念台词之前仍有一段停顿——在此期间安排音响背景：城市的喧嚣(流动商贩的叫卖声，自行车声，有轨电车的嘎吱声，喇叭声，麻将牌清脆的撞击声，木屐声，等等)。

苏　珊：母亲把钻戒推荐给第一个钻石商，他出价一万皮阿斯特。
　　　　他声称钻石有一个严重的瑕疵，懂珠宝的人称之为"蛤蟆斑"，一块黑斑，一小块碳使它的水色失去光泽，它的价值也就大打折扣。

　　　　母亲不相信。她想把钻石卖到两万皮阿斯特。
　　　　她要去找第二个钻石商。

然后是第三个、第四个钻石商。
所有的钻石商都跟她谈到"蛤蟆斑"。

母亲的狂热劲儿上来了。
她固执地要卖到两万皮阿斯特。
别人出价越不够两万皮阿斯特，她越要卖到这个价钱。
两万皮阿斯特是她欠银行的债务，是新建堤坝所需的花费，她想在死之前修建的那些堤坝。

有的钻石商出价一万一千皮阿斯特。有的出价六千。
有的出八千。
她都拒绝了。

她早出晚归，整整折腾了一个星期。
她开始跑的是白人开的珠宝店。后来又去了别的珠宝店。印度人开的珠宝店。堤岸那边的中国人开的珠宝店。

整整一个星期，约瑟夫和我，我们在珠宝店门口等她。
刚开始，约瑟夫晚上还回中心旅店。
然后有一天晚上他再也没有回来。
他开着那辆雪铁龙 B12 跑了。

母亲没有把约瑟夫的这次出走放在心上。她只关心那枚钻戒。她一天到晚都在为出售钻戒而奔忙。

她把若先生和钻石里面的蛤蟆混在了一起。

静默。

苏珊朝母亲微笑。母亲看着她。

这种打破静止状态的动作必须默默进行。母亲似乎在努力回忆。

苏珊的配音(微笑):

> 我记得,她对我说过:"打第一天在云壤的饭馆里见到那只蛤蟆起,我就不应该相信他。"

母亲微笑。

> 然后她相信可以再找到他。再找到若先生。

音乐。

> 一天晚上她对我说,唯一的解决办法就是找到若先生。跟他讲清楚他必须把另外两枚戒指也送给我,他给我看过的另外那两枚戒指。

> 母亲对我说,她负责在城里找到若先生,并把他带到中心旅店里来见我。

> 我呢,我答应母亲与他再见面,并向他索要他在平原上给我看过的另外那两枚钻戒。

> 母亲在电影院的门口等若先生。在露天咖啡座前面等。在豪华商店前面。在旅店里。

约瑟夫出走后她又等了整整一个星期。

后来母亲开始感到绝望了。

可她仍然在等他。寻找他。找遍了城里的大街小巷。

就寝的时候，她说到了死。

停顿。

苏珊的配音：

我们去西贡的时候总在中心旅店下榻。

中心旅店有一面临河，另一面是连接堤岸唐人街和西贡商业区的有轨电车。

经营中心旅店的是马尔特太太的女儿嘉尔曼。

马尔特太太是西贡港口一家妓院里的妓女。

她为她的女儿嘉尔曼买下了这家旅店。

马尔特太太和嘉尔曼对我母亲有着很深厚的感情，好几年了她们都不要她付房钱。

这一次也一样，嘉尔曼试图帮助母亲。她建议把钻戒出售给中心旅店的旅客。

可是毫无结果。

住店的旅客有推销员、猎手、种植园主、路过的海军军官，还有不同国籍的妓女在那里等着进入白人街区或港口的妓院。谁会买若先生的钻戒呢？

刚开始的那几天，晚上回来的时候，她询问有没有约瑟

161

夫的消息。

后来她什么也不问了，仿佛他的出走让她松了一口气。

停顿。

苏珊站起来，远离母亲。

母亲独自一人待在那里。

苏珊凝视着她。母亲一动不动。

应该是很可怕的时刻。

苏　珊：母亲卖不了钻戒，想把我卖了。

她要嘉尔曼把我卖了。

找一个想娶我的男人，带着我远走高飞，一去不返。

母亲她想一个人独自待着。

直到永远。

母亲慢慢地转过身来，望着苏珊。令人震惊的目光，既不否
认，也不解释。停顿。

她再也不想要我了，也不想要约瑟夫。

她再也不想要孩子。

音乐。苏珊把脸埋进双手里。母亲背过脸去。

她们分开了。

嘉尔曼让我睡在她的房间里。

她不想让我睡在母亲的屋里。

她为我担心。

音乐。

嘉尔曼对我说应该忘记母亲，从她给我们的爱中解放出来。

最好随便找一个人结婚："随便哪个男人，三个月后你就可以背叛他。"

离开她。逃离她。这个疯子。这个神经病。

音乐。
苏珊改变位置，向母亲身后走去。
苏珊每一次变换位置都必须非常剧烈地被感觉到。

逃出她的手心。
母亲，这个破坏狂。
她让人相信什么呢？
她让平原上的农民相信了什么呢？
她破坏了平原上的农民的宁静生活。

她想从头开始。卖掉她的孩子，从头开始。

母亲她想战胜不公，战胜写满全世界穷苦人的历史的根本不公。还远不止这些。

她想战胜强劲的海风，战胜凶猛的海潮。还远不止这些。

她想战胜太平洋。
她想在太平洋的海面上开辟道路。
还有稻谷。

对母亲必须小心提防着。

苏珊离开母亲。
母亲感觉到苏珊的这一举动，她仿佛懊悔自己如此没有理智。
音乐。
苏珊位置的改变。她离开母亲。母亲垂下眼帘。

苏珊的配音：

嘉尔曼为我梳妆打扮。她给我穿衣服。她给我钱花。

她要我到城里去。
把母亲忘记。

我穿着嘉尔曼的裙子。我拿了她的钱。

我去了上城区。

去找约瑟夫。

苏珊一动不动，面向观众。

那是下午五点钟。白人们睡过午觉后神采奕奕。他们洗
了澡。

他们身着白衣。白衣料服装。
他们赶往网球场。

我寻找约瑟夫，我的小哥哥。

她踩着华尔兹舞步，母亲注视着她，带着一丝来自世界深处的微笑说道："我的孩子。"

苏珊的配音（继续）：

已经没有阳光了。洒水车从卡蒂纳大街上经过。
天气炎热，季风吹到了印度支那。

我迷路了。
我穿着这条裙子浑身不自在，妓女穿的裙子。我的脸不知往哪里搁。
我心里很不是滋味。
我的样子很丑，全城的人都已经知道。全城的人都已经知道我在这里。
全城的人都在笑。我迎着他们的微笑往前走。还有目光。
我迷路了，这是显而易见的。几分钟时间里全城的人都传开了。
我再也没有母亲。我再也没有哥哥。我就要羞愧而死。
母亲，这个老鸨此时此刻在城里的什么地方呀？
跑到哪里去了，没把我带在身边？

停顿，放慢速度。

她，害死她的会是约瑟夫。他已经在策划这次谋杀了。

我的小哥哥，他此刻在哪里呢？

这个骗子，他已经在城里消失了。融进了庸俗的芸芸众生之中。我找他就是为了杀死他。

强劲的音乐，然后慢慢减弱。

苏　珊：　我回到伊甸园影院。

钢琴还在那里。大门紧闭。

我哭了。

仍然在减弱的音乐。苏珊朝母亲望去。母亲凝视着她。
苏珊朝母亲走去，在她身边坐下来。

那天晚上我想跟她一起睡，紧挨着她的身体。

她已经在等约瑟夫来接她回去。

出售钻戒的希望破灭了。

所有的希望。

她说话了。

苏珊朝母亲走去。紧紧抱住她。
沉默。
然后母亲说话了，声音很低。这场戏结束。

母　亲：　嘉尔曼找到一个人。

停顿。

他名叫巴尔纳。
他是加尔各答一家工厂的推销员。

停顿。

很大的工厂。

停顿。

他愿意出三万皮阿斯特。

停顿。

你可以远走高飞，一去不返。

苏珊默不作声。

母　亲(心不在焉)：
也许约瑟夫已经死了。
他为什么不死呢……死在有轨电车下面……

苏　珊(低声喊道)：
不。

母　亲(似乎无所谓)：

啊。

停顿。

他会回来的，你坚信。

苏　珊：是的。

静默。音乐。母亲又说话了。

母　亲：他叫巴尔纳。他是英国人。

停顿。

他已经四十岁了。

停顿。

他的母亲还健在。

停顿。

他在曼彻斯特的一家棉纺厂上班。那家工厂在英格兰。他想结婚。这件事他提了好几年了。

停顿。

他一直在旅行。

停顿。

嘉尔曼建议他买下那枚钻戒。
他犹豫了。(停顿)他早就想给他的母亲买一枚。

停顿。

后来他又没定下来。

停顿。

可他会为他的妻子买一枚。

停顿。

这样一来，三万皮阿斯特加两万皮阿斯特，一共五万皮阿斯特。

静默。
音乐。苏珊把脸藏在母亲的身体后面——为母亲说出来的数字感到羞耻。
母亲刚才说的话是无意识的，而且有气无力，缺乏信心。

母　亲(有气无力地)：
　　　假如约瑟夫不回来，那会更保险一些。

静默。

母亲开始抚摩女儿的头发，非常轻柔，好像心不在焉。苏珊更紧地依偎着母亲，蜷缩在她的怀里。母亲等着女儿答复。

母　亲(有气无力地)：
　　你觉得怎么样？

苏　珊：我更喜欢嫁一名猎手。

母　亲(心不在焉地微笑)：
　　为什么要嫁猎手，开口闭口都是猎手？

沉默。
苏珊没有回答。
母亲独自一人说话。

母　亲：猎手，你什么时候都可以找到一个。

停顿。

　　是的……好了……我要说的就是这些……

停顿。

　　我会跟他说你不愿离开我。

母亲自言自语。停顿。

我要说的就是这些。

苏珊没有回答。

静默。

后来苏珊抬起头，望着母亲。

苏珊粗暴。母亲似乎很漠然，面无表情。她相信苏珊的谎话吗？

不必知道。

对话很慢，每个字都铿锵有力。

苏　珊：约瑟夫，他会回来的。

母　亲：哦。

苏　珊：我见过他。在卡蒂纳大街上。他对我说他会回来的。

停顿。

他在电影院遇到一个女人。

母　亲：……那他要走了。

苏　珊：（停顿）他会回来的。

苏　珊：我也见过若先生。

母　亲：啊。

苏　珊：　我跟他说到过那些钻戒。

　　　　　停顿。

母　亲：　啊。

　　　　　他根本不愿意听你解释吗?

苏　珊：　根本不愿意。

母　亲：　结婚的事呢?

苏　珊：　一样不愿意。

母　亲：　(停顿)
　　　　　是他父亲的原因吗?

苏　珊：　(停顿)
　　　　　我想是的。(停顿)
　　　　　他们不想要我们。

　　　　　停顿。

母　亲：　啊……你看吧……我明白他们……

苏　珊：　(停顿)
　　　　　他跟我说过他爱我。

停顿。

　　　　他拥抱过我、吻过我。

母　亲：（停顿）
　　　　啊。

苏　珊（摇头）：
　　　　什么结果也没有。

　　　　音乐。
　　　　她们俩都不说话。
　　　　母亲好像在思考着什么。她闭上眼睛。
　　　　眼睛微微睁开。

母　亲（沉思）：
　　　　这个若先生，我再也不要见他了。

　　　　停顿。

苏　珊：别再想了。

　　　　音乐。

母　亲：是的。（停顿）
　　　　你干什么了？

苏　珊：我去了伊甸园影院。

　　　　停顿。

　　　　那架钢琴还放在老地方。

　　　　停顿。

　　　　派不上用场。

　　母亲沉浸在对伊甸园的回忆之中。总是准备"出发"去别的
地方。

母　亲：（停顿）
　　　　有一阵子我想把它买下来。

　　　　停顿。

　　　　我没有跟你提起过。

　　　　停顿。

　　　　为了让你继续……

　　　　停顿。

　　　　你有这种才能。

停顿。

后来，你知道……生活……

沉默。

母亲挺直身子，一动不动。

灯光暗下来了。苏珊搂住母亲的身子。母亲依然挺直身子，一动不动。

黑暗。

苏珊的配音：

她睡着了。我也趴在她的身上睡着了。趴在母亲的身上。她好像再也认不出我了。可她的气味在那里，从平原上带来的气味。

苏珊对着黑暗抽泣。

后来的一天早晨，约瑟夫回来了。

强劲的音乐。长久的静默。

然后灯光照在舞台上的一个地方。

苏珊和母亲直起身子，她们仿佛听见了什么声音。她们面朝我们，等待着。

约瑟夫在灯光中出现。他不看她们，什么也不看。

她们也不回头。约瑟夫到了，朝她们走来，等待着。所有的人都一动不动。

然后开始说话。

他说他是来接我们回去的。
该走了。

母亲穿好衣服。

约瑟夫转身。
苏珊看着约瑟夫。

他瘦了。他抽着美国烟。
他可能好几个晚上没有合眼。有几次他打猎归来的时候
也是这种样子。

我是从嘉尔曼那里知道的。

他必须把我们送回去，他为此很生气，但我从中看到他
无法抗拒的幸福。
还有：平原上的生活结束了。

他走上前来，说他卖掉了钻戒，而且是以母亲想要的价
钱卖掉的：两万皮阿斯特。
他的声音很轻柔，很陌生。

约瑟夫走过来，将两万皮阿斯特默默地放在独脚小圆桌上，没
有看母亲。母亲没有转身。她似乎在听。
是苏珊拿了钱递给母亲。慢慢地。母亲接过钱，看着它，把它
放进了包里。
三个人全都一动不动，苏珊看着她的哥哥。

176

我心想，假如我死了，他会看着我的。

约瑟夫看着苏珊。他们相互凝视着。

母亲，孤独。

他们停止对视。把目光移到别处。

他们等待着。三个人就像迷路了一样，站在那里，一动不动。

照着那个地方的灯光渐渐变暗，最后灭了。与此同时那座平房慢慢亮了起来。当灯光慢慢转移的时候，他们朝与约瑟夫来时相反的方向走去。①

音乐。

  整个旅途中，母亲都滔滔不绝。

  她说她首先要去银行把借的钱还掉，借到比过去的利息更低的贷款。

  她说她要重新用那座平房做抵押，一下子付清两年的利息。

  她说她要去申请那条路上面的那五公顷土地的所有权。

  她还谈到了她死之前必须修建的新堤坝。采用一种新的建堤方法。一种新的到达沼泽底部的方法。这种方法这

---

  ① 此处有一场戏在舞台上看不见。我看见那辆黑色的汽车沿着暹罗山脉在森林里前行。那条通往堤坝的笔直的公路。这是母亲生前的最后一次旅行。我听见母亲在说话。没人答理她。我们那时十六岁、二十岁。

在我看来，由于没有更好的办法，这场戏看不见，我把这段缓慢的行程预留到被照亮的平房周围。陈述在人物在舞台深处消失后继续。

一次肯定可靠，因为那是在她的那些不眠之夜里想出来的。

我们没有同她答话。一个字都没有说。

我们到了上云壤公路之前的最后一个白人哨所。正值晚上六点钟。

灯光变换。

约瑟夫加油。

他付钱。

他从口袋里掏出一沓十皮阿斯特的钞票。母亲看见了，她没有再说任何话。

约瑟夫坐在那辆雪铁龙 B12 的踏板上，他把双手插进头发，就像人们刚睡醒时一样。

这不是因为他孤独。他同她在一起，同他在伊甸园影院遇到的那个女人。从此以后，无论他到哪里，他都是与她在一起，永不分离。

我们已经看见笼罩在黑暗中的象山山脉。约瑟夫望着那片森林。
他久久地伸展着四肢。

后来他说他饿了。

这是他从西贡出发以来说的第一句话。

母亲拿了一些三明治出来，这是嘉尔曼在我们出发之前为旅行准备的。

我们吃了。

我们吃东西的时候，她终于安静下来。

我想母亲生前一直担心再也没钱养活我们了。连三明治也没有。

那座平房被照亮。里面没有一个人。它仿佛在等候他们的归来。到处都是空空荡荡的。

当她醒来的时候，可能是凌晨两点钟。

那辆雪铁龙 B12 平稳地行驶着。母亲拿出座椅底下的毯子，她说她感到冷。

就是在这时约瑟夫突然想起了什么。（停顿）他在口袋中搜寻着，拿出一样东西送给母亲。

他把手张开。

我也看见了。

他的手里拿着若先生的那枚戒指。

母亲发出一声尖叫。

音乐。

约瑟夫说昨天嘉尔曼把戒指交给他要他去卖。

他就把戒指拿去卖了。

后来戒指又还了回来。

他说这件事没有必要去弄明白。

母亲费了很大的劲拿起那枚钻戒。

她把它放进了包里。

然后她又哭了起来。

下士走进了那座平房。他把茶送进屋里。茶水冒着热气。

我们没有问她为什么哭。

我们知道其中的原因：

她希望这是最后一次进城，再也没有任何东西要到城里
去变卖，没有任何事情要从头开始。

现在却又要去把那枚戒指卖出去，卖两万皮阿斯特，这
样活下去很可怕。

那天晚上她哭的时候我就知道她的死期已近。

静默。

母亲回到平房里。

下士给她倒热茶。

母亲和下士一起喝茶。

没有音乐。

下士已经为母亲准备好了热茶。

暹罗那边太阳已经升起来了。
太平洋这边依然是黑沉沉的夜。

舞台渐渐变亮。
静默。
没有音乐。

就是在接下来的那几天里，在约瑟夫临走前，母亲给土地管理局的官员们写了最后一封信。

寂静中，母亲直起身子，开始读那封信（或者背诵它）。
下士听着。
母亲也听着她自己写的信。
在读信期间，苏珊是看不见的，约瑟夫也一样。

母　亲：波雷诺，一九三一年三月二十四日
　　　　土地管理局的官员先生：
　　　　我非常抱歉地再一次给您写信。我请求您批准把我房子周围的那五公顷土地永久租借给我。
　　　　尽管这五公顷土地永久性出租并不合适，您还是应该答应我的请求。

停顿。

在我之后将不会有任何人到这里来。

因为一旦您成功地迫使我离开此地，然后跑到这里来向新客户介绍这块租借地时，会有上百户农民围过来对新到的客户说："把您的手指插进泥里，闻一闻这泥土的气味，您认为稻谷能从盐里长出来吗？您是第五个来这里租地的人。前面那几个不是死了，就是破产了。"

我知道您的权力，知道您根据殖民政府赋予您的一项权利将平原牢牢地攥在手中。我还知道，我对您的丑恶行径，对您所有的同僚的丑恶行径，对您的前任和继任的丑恶行径，对殖民总督府的丑恶行径，全都一清二楚——我所了解的这一切不说别的，仅仅就承受其压力而言就足以置我于死地，而只有我一个人知道这些毫无用处。因为一个人知道其他上百人的错误对他本人来说毫无用处。这是我费了很长时间才弄清楚的一件事。现在我已经彻底弄清楚了。

于是，平原上已经有数百号人知道你们是什么东西。

停顿。

我的信很长。我自从遭遇不幸，自从堤坝被冲垮以来，就再也睡不着了。

我在给您写这封信之前犹豫了很长时间，可我现在似乎觉得，没有更提早一点给您写信是个错误。

为了使我能引起您的注意，我必须跟您说说您本人。也许还要说说您的丑恶行径，可首先要说您。假如您读这封信，我就可以肯定您会读其他的那些信，您就能了解我对您那些丑恶行径的认识历经了怎样的一个过程。我跟下士说您。

我跟其他人说您。

我跟所有来修建堤坝的人都说过您，我不厌其烦地跟他们解释您是怎样的一个人。

当一个小孩死了，我就对他们说：

"这就是让贡布土地管理局那些狗杂种高兴的事。"

"为什么会使他们高兴？"他们问。

我对他们说：

"平原上的孩子死得越多，人口就越少，平原就会更加牢固地掌握在他们手中。"

他们问道：

"他们为什么不送奎宁来？为什么没有一个医生，没有一间卫生所？为什么旱季没有明矾为我们净化水质？为什么没有做过一次疫苗接种？"

我对他们说："由于同样的原因。"

停顿。

我也跟我的孩子们说过。为了不使他们的童年充满忧愁，我总对自己说当他们再大一点的时候才把事情真相都告诉他们。现在他们都知道了。几个月以前，我对他们说我们是这块租借地上的第四批主顾，以前的那些不是破产了就是死了。说您曾四次借口它没在规定的期限内耕种而把它收回。说您曾为上柬埔寨肥沃的种植园四次私下收取已经习以为常的贿赂。

停顿。

这里死了很多孩子。你们觊觎的那几块土地，被你们剥夺的那几块土地，平原上仅有的最温和的那几块土地堆满了孩子的尸骨。

为了给这些死去的孩子讨个说法，现在还无法知道，过不了多久，我就会跟他们说到您。

我现在的确非常可怜，我的孩子们可能会永远离我而去，我再也感觉不到自己有勇气和权利把他们留下。已经很长时间了，我每天晚上都在翻来覆去地想这些事情。当我这么做起不到任何作用时，我开始希望这些事情起作用的时刻的到来。我希望我的孩子们在这么年轻的时候，在对你们的种种丑恶行径铭心刻骨的时候一去不返，这也许已经是一个开端。

停顿。

您必须把我房子周围地势较高的那五公顷土地给我。假如有一天您愿意回答我，您会跟我说：

"有什么用呢？假如您为重新修筑堤坝把这五公顷土地做抵押，它们还是不够。"

我会回答您：

"如果我连这一点希望都没有，那我最好还是把我的孩子们从平原上赶走，孤苦伶仃待在这块腐烂的土地上，我所要做的事情就是叫人暗杀贡布土地管理局的那些官员们。在我孤独的生活中还有什么比做这件事更好的呢？"

那样的话，我也会同平原上的农民谈你们的末日。

我对他们说：你们要做的就是把他们的尸体抬到最后那

184

座村庄上面的森林里，第二片林间空地上，那个地方你们都知道的，两天之后那里就什么也没有了。把他们的证件和衣服都烧掉。不过要注意他们的皮鞋和纽扣。把烧剩的灰烬埋掉。把他们的汽车远远地沉进河口湾里。用岸边的水牛把汽车拖过去，在汽车座位上压上大石块，把汽车丢在河口湾我们建大堤时挖过的地方。汽车两个小时就会陷入泥潭。我对他们说：关键是不要被人逮住。我会对他们说：你们谁也不要认罪。要么就所有的人都认罪。假如你们有一千个人去做这件事，他们就拿你们没有任何办法。

我对他们说假如不是我单枪匹马同您斗，那会是完全不同的另一个故事。

假如在接下来的一年里，我连再一次失败的前景都看不到，那我除了叫人杀死你们之外，还有别的什么事可做呢？

停顿。

我挣的那些钱，我为买这块租借地一分一厘攒下来的钱到哪里去了？七年前的一个上午我把它们送到了您那里。

那天上午我把自己的一切都给了您，一切，就像把我的肉体作为祭品奉献给您一样，仿佛从我献祭的肉体上能为我的孩子们绽放出一个幸福的未来。这钱您拿了。您拿了那只信封。

里面装着我所有的积蓄，我全部的希望，我活下去的理由，我十五年的忍耐，我的青春岁月。您神态自若地收下了，我也欢天喜地地走了。这一刻是我一生中最荣耀的时刻。多么奇怪啊！我又一次见到您：您早就知道卖给我的是几块盐碱地，知道我把自己的一切都抡进了太平洋的海水中。那时您和蔼可亲，满脸笑容。您是那样的人，您怎么还能保持一副正人君子的外表呢？这怎么可能呢？一个人怎么可能以偷盗穷人钱财为业、榨取他们腹中之食而大发横财，却丝毫也不暴露他的劣迹呢？既然我们所有的人都是同样出生、同样死亡，您的劣迹又怎么没有让您遭到报应呢？

七年来，我一门心思想对付的人就是您，这种想法在我心中挥之不去。我向您重复最后一遍，人必须为某种东西活下去，如果它不是对新建大堤的希望，哪怕是非常渺茫的希望，那它将是尸首，是贡布那三个土地管理员的可鄙的尸首。

音乐。

苏珊的声音：

母亲死后，这封信连同土地管理局最后一份债务催告通知书一起重新回到母亲身边。她的脖子上挂着一根绳子，绳子上面系着若先生的那枚戒指。

房子被完全照亮。
寂静。现在是大白天。母亲睡着了。
仿佛她自己的故事像摇篮一样摇着她进入了梦乡。
下士为沉睡的母亲放下帘子。
母亲的身体再也看不见了，在白色的灯光下变成一团黑影。

寂静。

我们回来后的那一个礼拜里，约瑟夫一直在睡觉。他晚上起床只是为了吃饭。
然后他站在走廊上，凝望着大山和森林。
我们知道他的行期已近。

一天下午，午睡的时候，他叫住我。他对我说他想把那个故事告诉我。
为了让我在他走之后还铭记在心。很久以后还铭记在心。
还因为他害怕自己今后在忘记这场爱情的时候也忘记这个故事。
我们走到离房子较远的地方，河口湾那里的桥下面。远离母亲沉睡的身体。
与她分离。

音乐。
房子四周被照亮。
但是母亲身体的黑影可以看见。
音乐。
约瑟夫和苏珊分别走出房子。
她在离约瑟夫较远的地方坐了下来(或者她躺着)。

我聆听约瑟夫的故事。
他一个人说话。眼睛并不看我。

约瑟夫：　那天晚上，在伊甸园。
　　　　她来晚了，电影已经开映。

　　　　我什么都不想遗忘。我想让你在我走之后还将这些事铭
　　　　记在心。很久以后还铭记在心。

　　　　我第一眼看见的并不是她本人。
　　　　有一个男人同她在一起。我想我首先看见的是他。

　　　　我们回到这里以来，我一直在努力回忆……是的，
　　　　是他。

　　　　突然我听见离我很近的地方传来沉重的呼吸声。
　　　　是他的呼吸声。
　　　　他睡着了。（停顿）他疲惫不堪。他也很幸福。

　　　　是的……她发现我在看他，便朝我转过身来，是的……

　　　　她微微一笑。
　　　　她说话了。她说道："总是这样的。"我重复道："总是这
　　　　样的吗？"她说道："是的，总是这样。"
　　　　这几个字……

　　　　是我重新开口说话。我问他为什么睡觉。
　　　　她说道："因为他对电影不感兴趣。"
　　　　我问她那人是谁。她笑了。她说那是她的丈夫。

她从包里掏出一包香烟。

是 555 牌。

她问我要火。我把火给她。

停顿。

我看见了她的双手。

她的眼睛。她也看着我。

我已经记不得她的眼睛是什么颜色的。（停顿）很明亮。
可是……

就是在那一刻我寻思着我要在电影院门口尾随他们，开
着雪铁龙 B12，好弄清她住在哪里。

她询问我的年龄。我说二十岁。她问我是从哪里来的。
我说我从云壤来。她问那是在什么地方。我说在暹罗湾
附近。

她说她丈夫可能到那里打过猎，可她不知道那是什么地
方。她还说她到殖民地没多长时间，两年，我想是两
年，是的。

还说她好烦。烦透了。

银幕上，一个男人被另一个杀死，倒在地上。后面是什
么我已经记不得了。

她的手很纤细，很柔软。（停顿）好像断了一样。我们没
有再说话。我不知道持续了多长时间。

我一定把她弄痛了。

我感到忐忑不安，灯马上就要亮了。

我松开她的手。

她的手又伸了过来。

我以为我要开溜了。

可我不能。

我心想，这个女人一定习惯像这样在电影院里勾搭男人。

灯又亮了。她把手抽了回去。

我不敢看她。

她呢，恰恰相反，她敢看我。

那家伙突然醒了。

我发现他长得很英俊。

他就是我们在公路上看见的开着豪华汽车的那一类男人，他们预订一个瞭望台，在那里待一宿，杀一只老虎，然后离开。

她把我介绍给他，她说："他是云壤的一个猎手。"

他说他前年一定去过那里。

我们从电影院里走出来。我跟在她后面。

他们走到一辆八汽缸的德拉奇牌鱼雷形敞篷汽车旁边。

那家伙转身问我："您上车吗？"我说好的。

伊甸园华尔兹舞曲。

我们在花园尽头的第一家夜总会停下来，里面座无虚席。

"我们进去喝一杯威士忌。"那家伙说道。就是在那里，当他喝酒的时候，我才恍然大悟。她低声对我说道："是的，他就是这样。"

我们离开那里后，去了港口的另一家夜总会，继续喝酒。

我心想她一定每天晚上都这么陪着他去夜总会，有的时候还带着一个她随便碰到的野汉子。

我们又离开了那家夜总会。我们继续喝酒。那家伙开车的速度越来越慢。

太漫长。（停顿）时间过得真慢。

我们又一次穿过城市。

我问他为什么要不停地穿越城市，他对我说除了市中心和这些夜总会外，他什么地方都不认得。
汽车穿来穿去花了很长时间。很长时间。

然后我们又回到同样的地方。

我要她把他丢下，跟我一起走。

汽车开得相当慢。她为他指路，哪里该转弯，该走哪一条路。

天突然亮了。

我们又去了另一家夜总会。

我纳闷自己跟这些人在那里干什么。
我站起来。我邀请一个长得很漂亮的小个子女孩跳舞。
她大声喊我回去。她一个人受不了他。我只好回去。

我凝视着她。
她的头发被风吹乱了。她的双唇发白。
她再也不漂亮了。

她的眼睛非常亮。

灰色，

或者蓝色。

我们开始发抖。

到了早晨六点钟。那家伙趴在桌子上睡着了，她从他身
上俯过身子。我们拥抱在一起。

我以为我死了。

后来的事情我已经不大清楚了。

她告诉我她已经把那家伙丢在了最后去的那家夜总会，
把他交给了酒吧侍者，说她经常这么做。
我只记得她去了很久，她叫我等着，我记得那家伙不见
了，被人带走了，记得他大喊大叫让我们别打搅他。

我还记得我一个人回到桌边。
我记得夜总会周围是花园，有瀑布和水池。
四处都照得如同白昼……空空荡荡……杳无人迹……
我等着她……（他寻找着。）
是的……是这样的……我对自己说我要把她杀了……
是的……我那么渴望得到她……（停顿）

我想到母亲，想到你。
我知道要结束了。

我变聪明了。我什么都明白了。
我想到了贡布土地管理局的那些官员。我寻思有朝一日
我会很彻底地了解他们，不像在平原上那样因为他们而
痛苦，而是通过对他们的认识而干掉他们。

我明白了我是一个铁石心肠的男人。以前我并不知道。
你们也不知道。
一个离开自己的母亲东游西荡的人。
无时无刻不东游西荡的人。东游西荡。
她也一样……有朝一日我会离她而去……

我开着那辆德拉奇。我们去了一家旅馆。我们在那里一待就是一个星期。

有一次她要我把我的经历说给她听。
我跟她说起了钻戒。她叫我去把它拿来，她要买。当我回到中心旅店时，我发现戒指和钱都在我的口袋里。

约瑟夫停止说话。
苏珊和约瑟夫待在原地没动。
他们朝他们家的房子那边望去。
下士拉起帘子，母亲身体上面的暗影消失了。
然后下士走过，回来时端着热饭或茶。
其他人都不动。

苏珊的配音：
母亲等着约瑟夫离去。她再也不想给我们弄吃的。
是下士买来米糕，并炖好涉禽肉。
母亲她再也不说话了。
她躺在一张扶手椅里，面朝太平洋。背对着那条公路。

那些日子里她没看过我们一眼。

她再也不去想办法卖掉那枚钻戒。

有一天她要我把若先生的那台留声机卖掉。我把它装进一只袋子里，交给贡布的汽车司机，让他带给阿哥斯迪，云壤的一位种植园主。

194

还有一次我拿出若先生的礼物，那条蓝裙子，那只粉盒，还有指甲油，我把它们都丢进了河口湾里。

就这样，再也没有什么东西好卖了。

我现在还记得那些日子，极度苦闷的日子。度日如年。

那烈日。那干旱，使人发狂。

等了一个月。

音乐。

后来的一天晚上，八点钟的时候。

汽车的灯光突然扫过所有的地方，扫过平房。他们三个人都在那里，下士坐在母亲旁边，就像被车灯定格了一样。

没有人听见她到来的声音，约瑟夫也不例外。她在决定鸣喇叭之前一定在桥那头停了很长时间。她鸣了喇叭。

音乐。

约瑟夫站起来朝母亲走去。

母亲躺在椅子上，一直面朝太平洋那边。她仿佛突然谨慎起来，极力不让即将发生的事夺走她的性命。她的脸色异常苍白。

她仿佛没有听见。

约瑟夫从城里回来后第一次注视着母亲。

约瑟夫： 我要走了。我没有别的办法。

母　亲：　是的。（停顿）你走吧，约瑟夫。

　　　　音乐。

约瑟夫：　我会回来的。过几天我就回来。

母　亲：　是的。

约瑟夫（坚持）：
　　　　　　我会回来的。
　　　　　　我们把什么都卖掉。

　　　　　　我把你们都带走。

母　亲：　是的。

　　　　母亲一动不动。
　　　　房子里突然被照得如同白昼。
　　　　苏珊睁大眼睛看着。

约瑟夫：　我把什么东西都留下，包括那些猎枪。

　　　　　　我会回来的。

　　　　母亲没有回答。
　　　　他转身看着苏珊。

约瑟夫(对苏珊):

　　　　告诉她我会回来。

苏　珊：　他会回来。

约瑟夫：　一个礼拜以后。

苏　珊(重复)：

　　　　一个礼拜以后他就回来。

　　母亲不再说话。她闭上了双眼。

　　谁也没有动。

　　约瑟夫蹲在母亲身边，把母亲从头到脚看了个够，但没有碰她。

　　然后他又看着苏珊。

　　车灯扫过森林、公路、沉睡的村庄、母亲、苏珊和约瑟夫。

　　汽车朝城里的方向掉头。

　　约瑟夫望着公路。又望了母亲一眼，然后起身走了。

　　汽车灯光远去了。消失了。

　　音乐。

　　下士端了热饭上来(一成不变的动作)。然后他待在那里。母亲说话。

母　亲：　吃饭去。

苏　珊(大叫，大发脾气)：

    不！

母　亲：那好吧。

    他会离开她的。他总是抛弃一切。

苏　珊(叫喊)：

    你闭嘴吧！

母　亲：好吧。

    他跟我待在一起的时间是最长的。

    停顿。

    我闭嘴。

    音乐。
    下士帮母亲脱衣服。
    他搀扶着她走到隔壁的房间。
    苏珊在空荡荡的房间里待了一阵。脸差不多贴到了地上。
    然后她出去了。
    房子暗了下来。
    音乐。伊甸园华尔兹。
    天亮了。
    阳光。

苏珊朝观众走来。

她坐下来，同我们说话。

音乐。

苏珊的配音：

　　　　三个星期过去了，这期间什么东西也没有收到。

　　　　母亲在睡觉。

　　　　我每天都在公路边等猎手。

　　　　每隔三个小时我都上楼去照看母亲。

　　　　约瑟夫离家的第二天她就发病了。

　　　　医生从云壤来： 她的心脏出了问题。

　　　　后来有一天晚上阿哥斯迪来了。

　　　　他听说波雷诺有个女孩还是单身一人。

　　　　他就来了。

　　　　我带他去见母亲。

　　　　他告诉她他开始种菠萝。

　　　　他还说菠萝很好卖，他施的是磷肥，三年后他就能离开平原了。

　　　　母亲说阿哥斯迪的那块地土壤很温和，她自己的那块租借地不可能种东西，因为是盐碱地。

　　　　然后她就什么也不说了。

　　音乐。

苏　珊：我同阿哥斯迪一起去森林。
　　　　过了菠萝地后，树下空气清新。
　　　　空气清新，光线暗淡。

长时间停顿。

　　　　他掏出手绢，擦着我裙子上的血迹，我身上的血迹。
　　　　森林里夜幕降临了。

音乐(遥远)。

　　　　那天晚上我第一次睡在约瑟夫的房间里。
　　　　他的房间还是原来的样子。
　　　　那里有他的枪，几个空弹壳，还有一包烟。床铺没有整
　　　　理过。
　　　　假如约瑟夫在，我会跟他讲我与阿哥斯迪之间发生
　　　　的事。

　　　　可他已经不在了。

　　　　我记得房子周围的森林和太平洋。我听见风的呼啸。
　　　　风猛烈地刮向大山。
　　　　我就在风经过的地方。

沉默。

　　　　第二天阿哥斯迪又回来了。

他问我是否愿意嫁给他。我说不愿意。说当约瑟夫回来的时候，我更愿意同约瑟夫一起远走高飞。

音乐(遥远)。
苏珊慢慢地从舞台上走过。
然后苏珊停下来，坐在我们面前，这时房子暗了下来，漆黑一片。

后来收到了约瑟夫的一封信。
他说他很好。说给他写信可以写到中心旅店。

沉默。

之后母亲死了。
一天下午母亲死了。
我同阿哥斯迪一起在森林里。
她跟我说过要我同他一起走。
当我回来时母亲已经奄奄一息。从她的体内发出尖叫、呻吟和她孩子们的名字。

沉默。

阿哥斯迪到云壤给中心旅店打电话。

晚上母亲已经停止了呻吟。
她已经没有意识，但她一息尚存。

下士当众拿来一副行军床。两个支架。几块木板。

苏珊双手捂着脸。

　　她的脸变得有些异常。开始时显出疲惫。然后是一种极度的幸福。

　　然后她仿佛还想说话——最后一次说话。
　　我对母亲说我就在她身边，我说了我的名字，说我是她的孩子。
　　她没有回答我。她好像记不得了。
　　母亲想找来说话的人一定不是我们，她的孩子们，而是远在我们之前的人，其他人，其他人，谁知道呢？她要同全世界的人说话。
　　她咽气之前，有一丝微笑掠过她紧闭的双眼，她的嘴巴，然后不见了。

　　阿哥斯迪回来的时候，母亲的心脏已经停止了跳动。

舞台所有的地方都被照亮。
别人谈论她的死时，母亲依然在那里，坐在她的房子里。
下士帮她睡在他刚拿来的行军床上。母亲准备她死的那一场戏。
　　准备好了。
　　母亲躺着，"死了"，眼睛睁开，面朝观众。

苏珊的配音：
　　像往常一样，一到晚上，太平洋就起风了。海风吹过平

原，从母亲的身上吹过，然后猛地冲进森林里。周围一
片漆黑。

黑夜来得很快，很突然。森林变成蓝色。

夜幕刚降临，约瑟夫就到了。

他朝母亲走去。我和他久久地望着母亲。

风的怒号。海浪滔滔。

然后一切都暗了下来。

约瑟夫和黑夜同时到达。

他慢慢地朝母亲走去。

苏珊一动不动。

约瑟夫俯下身子，抚弄着母亲，让她的脸贴着他的身体。

他重新站起来，望着她。

苏珊的配音：

　　她的双眼蒙上了一圈紫色的阴影，暗淡无光。

　　她的嘴巴……

　　她的双手。北方农妇的双手……她的双手。

房子周围的嘈杂声：　农民们赶过来了。

　　农民们跑过来聚在房子周围。

音乐。

　　公路上伊甸园影院的那个女人在汽车里等待约瑟夫。

整个舞台都不变动。
约瑟夫离开母亲，走到观众面前。
沉默。
然后开口说话。

约瑟夫： 这所房子的大门将永远敞开。你们进来吧。把所有的东
西都拿走。
我把猎枪留下，你们想干什么就干什么。

停顿。

我没有任何话要对你们说。没有任何话。

停顿。

如果你们想看她就进来看吧，孩子们也一样。

苏珊的配音：
一个农民问我们是不是永远离开这里。
约瑟夫看着我说： 是的。

停顿。
音乐。
停顿。

约瑟夫： 我们要把她的遗体运到离你们很远的地方。
白人，她是白人。尽管她爱你们。尽管她的希望也是你

们的希望，尽管她也曾为平原上的孩子们哭泣，可在你们这里，她终归是个外国人。

停顿。

在你们的国家我们都是外国人。
她将被葬在西贡的殖民公墓里。

所有的人都出去了，唯有下士还蹲在母亲的遗体边。
孩子们的笑声。远处的鼓声。
音乐。

剧　终

黑夜号轮船

林秀清　译

黑夜号轮船

　　《黑夜号轮船》的故事是一九七七年十二月由曾实际经历过该事件的戈布兰家的年轻人 J.M.告诉我的。我认识 J.M.，也知道这故事。我们约有十多人知道它的存在。但 J.M.和我从未一起谈过这件事。这是三年后的一天——我和 J.M.的一位女友谈起这件事，她说已经忘记了某些事情——我担心这故事会被遗忘。我请人要求 J.M.把它录入录音机里。他同意了。

　　他记起一切，除了某些日子和拉雪兹神父公墓里的名字的纠缠他没弄清楚。一切还在。这是故事结束后三年，是 F.结婚之后。

　　在听 J.M.叙述时，我了解到他无疑一直希望能够和一位聆听者核对这个故事，但他总是担心——当这时刻到来——他不会被相信"说出了一切"。但与烦恼相反，能谈这件事，他很高兴。

　　我是根据录音磁带写下《黑夜号轮船》的——分为两个时期，中间隔开六个月。头一次是一九七八年二月写的，在《午夜》杂志上发表；第二次写的是这里出版的，它是一九七八年七月摄制电影时的定稿。

　　我把头一次的文稿交给 J.M.。他看了后说："一切都真实，但我什么都辨认不出来了。"我问他是否可以出版，也许过些时间拍摄成电影。他说他希望是这样。这一天，我们没有再谈到这个故事，说实话，再也没有谈起。J.M.读了他自己经过变化的冒险——由另外一人写的——保持沉默不语，但又好像随时要说话。我认为他有可能发现关于他的故事的另外的叙述——他不提它们，因为他不知道它们是可能的，正如任何故事是可能的一样。我认为他的故事把他带走了那么远，以至于他忘记了其范围，其平凡。

J.M.看了文本几天之后，打电话给我，告诉我他对 F.重新产生了一种强烈的欲望——在读了写下的故事后——他很想知道她是否还活着，他要求我在《午夜》杂志中把她的名字全写出来，而不只是字母，这样，F.会了解他在呼唤她。我说我认为字母就足够了，只要 F.认出她的名字。他同意这种看法。

后来，在电影已拍摄好的一星期后，我打电话给 J.M.。他告诉我他曾经接到一些电话，但除了不可否认的呼吸声，没有任何人说话，他知道是她。因为这便是她在他们故事中的态度，使他知道她一直爱他，强烈地爱他，使他相信她会因此而死去。

在死亡中挣扎的 F.，一九七九年初还活着。从那时起，我再没有见到 J.M.。

我没有将《黑夜号轮船》的文本像在电影中那样分派给不同的人，只是在句子前面加上破折号，以指明说话人在某个时刻需要更换。同样，我没指明镜头也没有描述其内容。

我想之所以采取这些预防措施，是为了抹去电影的痕迹，避免读者因此牺牲了阅读。

我现在相信——无疑我是一直地相信——也许它不值得拍成电影。但怎样打发生活呢？我相信电影无疑是多余的，因此是不必要的、无用的。总之，它是从被白日代替了的被驱逐了的夜间产生的欲望的婚姻。我认为不应当在恋人的房间里点燃亮光。在书写了文本后，一切都来得太晚，因为事情已发生，正是，书写。因为不论书写或阅读的文字，在这里都是一样的，它同样是一般故事的分享。在这里的故事是属于每个人的，我有权利享受我的一部分，因为在书写时，我与别的人分享。也许在这里我没有权利——在这里，我相信罪恶、魔鬼、道德——一旦书写完结，一旦深渊的共同黑夜被看透、被封闭，好像可能回来再看第二次。通过光线中可怕的东西，越过深渊，越过人类、野兽、狂人、泥泞的最初时期，哪怕是这光线的来源无法核实，甚至是出于偶然。

撰写《黑夜号轮船》是不可避免的——这一点人们都知道——是的，这是无法抗拒的。但拍摄它是可以避免的——这一点人们也知道——我无法摆脱这一观点：利用这种黑暗来拍摄一部影片是可以避免的。但怎样打发时间呢？

那个在深渊中揭开面纱的人不宣布自己的身份。她只是宣布自己是同样的人，与回答她的人相似，与所有的人相似。一旦人们敢于说话，一旦人们做到了，就产生一种难以置信的清理工作。因为一旦我们记忆起，我们已经是相似的。与什么人相似？与什么相似？对此我们一无所知。在变为相似的人的过程中，我们离开了沙漠和社会。书写，不是成为任何人。德国现代小说家托马斯·曼说："这是死亡。"当我们书写时，当我们记忆时，我们已经是相似的了。当你独自一人在你的房间里，没有外在的任何拘束时，你试试在深渊上呼唤和回答，试试与眩晕混合，与呼唤的巨大的潮汐混合。这头一个字，这头一个呼唤，人们不知如何呼唤。同样地呼唤上帝。这是不可能的。这已完成。

我的走运是我逃脱了最初的分镜头剧本。我在电影上映时，为报刊写下了这次失败。在此，我把它作为备忘录，同时也因为我已

看到电影对我掩藏的禁令：

　　我在一九七八年七月三十一日星期一开始拍摄《黑夜号轮船》。我写了分镜头剧本。在星期一和接着的星期二，即八月一日，我拍摄了当中预定的镜头。星期二晚上，我看了星期一的工作样片。在这天的记事本上，我写道：电影失败。

　　在整个晚上，我放弃了《黑夜号轮船》这部电影。我保持在它之外，与它分离，好像它从来不存在。我从来不会这样：再也看不见什么，再也窥不见电影的一点可能性，一个形象。我完全搞错了，分镜头剧本是假的。还有，我对电影是陌生的：分镜头剧本根本不存在。

　　我对我的朋友们说："完了，这种事落到我头上。"我的朋友们对我说，这很正常，鉴于我在电影中尝试做的事，他们知道会有这么一天。大家很少谈话。他们也看了工作样片，大家都同意，要采取行动，即通知制片方、拍摄团队、演员，一切暂时停止。

　　伯努瓦·雅各要我等到翌日早上，以便最后决定停止拍摄。先让晚上过去。我同意。

　　我不认为曾经希望这天晚上会得到睡眠，希望使我心烦。我很高兴突然间投入一种无限的枯燥中，既没有事故，也没有痛苦或欲望。最后，这没有任何挽救的失败出现在我眼前。这是非常清楚的。完了。

　　电影，完了。我将重新开始写书，我将回到故乡，回到我离开十年的可怕的劳动中。与此同时，我很高兴。我赢得了这场失败，我赢了。幸福来自赢得。我满足于一种胜利，那终于达到的拍摄电影的不可能性。我对成功从来没有如在这天晚上对失败那样有把握。

我补充说，钱对我并不重要。我可以让一部电影失败，这对我无所谓。

我睡着了。接着，像习惯那样，在天亮前我睡不着了——可以说是一种疲惫的失眠。就是在失眠中，我看见电影的失败，看见了电影。

早上，我们会面时，我告诉朋友们我们将放弃分镜头，转而去拍摄电影的失败。白天，我们可以拍摄背景和演员化妆。我们这样做了。渐渐地，电影从死亡中走了出来。我做到了，我看见每天变得更有可能。当声音、故事涌出时，我找到覆盖银幕的内容。我发现由《黑夜号轮船》产生的电影是可能的，这电影显示出的故事(但是从难以估计的角度)比我几个月中寻求的所谓《黑夜号轮船》的影片所能做到的要清楚得多。我们把镜头颠倒过来，拍摄了进入里面的黑夜、气氛、聚光灯、大路和面孔。

《黑夜号轮船》关于希腊的不同叙述，是与伯努瓦·雅各和我之间的友谊的插曲有关的。的确，我曾到过帕特农神庙和雅典城的博物馆。这也是真的，我后来只跟他一个人讲述过。后来他也是以同样的方式去过这些地方。这是我们通过时间会晤的方式。

《凯撒里》和《否决的手》是根据《黑夜号轮船》没用的镜头写的。后来用这些镜头剪辑而成。

题为《奥蕾莉娅·斯坦纳》的文本，后面跟着另一部同名的文本。第三个文本也是同一题名。根据头两个文本拍摄了两部电影，它们也是采用同样的名字。为了方便起见，我们可以按出版的次序，用这样的题名：奥蕾莉娅·墨尔本、奥蕾莉娅·温哥华、奥蕾莉娅·巴黎。

——我曾告诉你要好好看。

接近中午时，雅典一片沉寂……伴随着逐渐加剧的炎热……

在午睡的时刻，整个城市变得空落落，一切都关闭得像晚上一样……

……应当在现场观看沉寂的升起……

我回忆起来，我告诉你：逐渐地人们思忖发生了什么事，随着太阳的升起，声音消失了……

就是在这儿，恐惧发生了。但不是黑夜的恐惧，而是对亮光中的黑夜的恐惧。在大太阳中黑夜的沉寂。在天顶的太阳和黑夜的沉寂。在天空中央的沉寂和黑夜的沉寂。

当天下午二时左右别的人到达时，我们重新走下雅典城，接着什么也没有发生。

什么也没有。

什么也没有，除了到处是，一直是这缺乏的爱。

——翌日下午，到雅典的公民博物馆去……

——啊，是的……是这样……我忘记了……你看我们是怎样……

……后来我跟你谈到另一个故事，其他人的故事……

——这是一个星期六。黑夜。春天。

这几乎是夏天的开始。是六月。

他，故事的主角，他在工作。

他在电信局值班。

他感到心烦。

巴黎变得空落落。春天。一个星期六。他二十五岁，单独一个人。

他掌握某些电信连接的号码。他拨动了号码。两个号码。三个号码。

——后来，她来了。

她来了。

这是在一九七三年。

他拿着他生命中这个时期的一张报纸，他说他曾记下许多事。不过，后来他不记了。他停止记下去。在爱情故事开始不久后就停止了。

这是没有形象的故事。

这是黑色形象的故事。

瞧，它开始了。

她与他在同一空间和同一时间里通电话。

他们通话。

他们说话。

——他们彼此描述。她说自己是一个黑色头发的少妇。头发很长。

——他说他是一个年轻人，棕色头发，深蓝的眼睛，身材高大，几乎是瘦削，长得漂亮。

——她向他谈及她做什么。首先她说她在一个工厂里工作。另一次她谈及她从中国回来。她向他讲述在中国的旅行。

——还有一次，她说她在学医，目的是参加无国界医生组织。

——似乎她后来一直坚持这种说法。她没有改变。她一直是这样说：她要完成她的医学学业，她是巴黎医院的住院实习医生。

——他说她说话说得很好，非常流畅，人们无法避免聆听她说话。

他相信她的话。

——他把电话号码告诉了她，但她不把她的给他。

——不，她不给。

——一个月过去了。

就在这期间她说出自己的名字。她告诉他她的名字的字首是 F。

——他说她的声音使人爱听。

他说：这声音相当迷人。

——他们通话。不知疲倦地谈话。

——他们相互没完没了地描述，彼此描述。他们谈到眼睛的颜色、皮肤上的痣、握在手里的乳房的甜蜜、这只手的温柔。在她说这话时，她看这只手。我用你的眼睛来看我自己。

——他说他看见。

轮到他来描述他自己。

他说他随着自己的手在自己的身体上移动。

他说：这是第一次。他说这会给独处带来愉快。把电话放在心上。她听见吗？

——她听见。

——他说他的全身与她的声音同样地跳动。

——她说她知道。她看见。她眼睛闭起听见他说话。

——他说：对于我自己，我是另一个人，我对他一无所知。

——她说在认识他之前她不知自己会激起情欲，她会分享一种情欲。

这使她感到害怕。

——故事实现了么？

——有人说他曾在现实中体验过。是的。

后来别的人叙述了它。

后来有人把它编写成文。

把它写了下来。

她呼唤的是黑夜。

对，她和黑夜一起呼唤。

——黑夜来到她来到。

"我是 F.，我害怕。"

——对话变得很长。好几个晚上。

——对话延长至白日。延长至八小时、十小时不间断。

——他一直不知道她的名字、她的地址、她的电话号码。

——当他拿起电话筒时，他只知她的名字：

"我是 F.，我害怕。"

——他由她支配。是他在等待电话。他没有办法与她会晤。她在什么地方也不知道。

——他不要求知道。在几个月中是这样。

——有一次她让他知道某些事。

——有一次她告诉他：那地方，就是讷伊。

她待着的地方，就是讷伊。

在一座私人住宅里。

在塞纳河和布洛涅森林之间。

——讷伊：讷伊没完没了地围绕着她。

——围绕着黑色的形象……

——讷伊没完没了地围绕着她。

——围绕着黑色的形象……

——在多少晚间，他们拿起电话听筒生活着。他们靠着接收机睡觉。他们说话或沉默。他们彼此相伴。

——这是黑色的性高潮。但彼此不触碰。眼睛闭起。互相看不见脸孔。

只能听见你的声音。

声音的内容说：眼睛是闭着的。

——在情欲的内容中没有任何形象吗？

——什么形象？

——我不知道什么形象。

——那就没有什么要看的了。

——没有，没有任何形象要看。
黑夜号轮船面对着时间的黑夜。

——它盲目向前。
在墨黑的大海上。

——黑夜号轮船刚进入它的故事中。

——是她首先要看见他，遇见他。
她向他提出两种约会。一种被取消了，另一种她没有取消。
他去赴全部的约会。
每次都有没有预见的情况阻碍了会见。

他不奇怪有妨碍见面的事。
他每次都相信这是可能的。

——他相信她所说的。
他相信她。

——很快，他就无法改变故事。是 F.支配着故事。他顶住。他避免不慎。

——这逐渐使他们俩相互习惯。
她呢，她什么都不知道。她杜撰。

她首先变得疯狂。

——几个月过去了。

一年过去了。
——三年过去了。

——故事产生了洞穴，变得深化了。它的背景越扩大，它变得越模糊。

有一天，她让他知道：她生病了，患了白血病。必死无疑。现在还活着，由于照料得好，由于有钱，从十六岁到现在，已经有十年了。现在她二十六岁。

——肮脏的塞纳河围绕着她。
——还有布洛涅森林。
这个悲伤的背景。
轮到触及死亡。

——在一个时期，她拒绝看见他，拒绝想见他。她说他们将永远不相见。他们永远不见面。

——她说她爱他至发疯。她为爱他而发疯。她准备好为他而放弃一切。
为了对你的爱情，我将离开我的家庭，我在讷伊的房子。
但并不因此而需要互相看见。

我能为你离开一切，但并不因此而与你重聚。

由于你，为了你，我离开一切，而不需要重聚。

创造对我们爱情的忠诚。

　　她说她爱他至疯狂。她为对他的爱情而疯狂。她准备好为他离开一切。

　　为了对他的爱情，她将离开她的家庭，她在讷伊的房子。

　　但是不必因此而彼此看见。

　　她能为他而离开一切，却并不因此而与他重聚。

　　由于他、为了他而离开一切，但不需要重聚。

　　创造对他们故事的忠诚。

　　——黑夜号经过的是大海，是不眠之夜的巴黎的领土。这电影，这漂流，人们称之为《黑夜号轮船》。

　　在白日里，看不见黑夜间的行程。

　　白日里什么也看不见。

　　黑夜号的行动证明了在别处发生的其他行动，这些行动是不同性质的。

　　黑夜号的行动证明了情欲的行动。

　　——他坚持。他想要看见。

　　要看见的想法使他越来越害怕想要看见。

　　这是结束故事的一种方法，使它完结的一种方法。

　　——他们两人都知道：在那呼喊黑夜、与情欲的一般性混合、扭曲成为深渊的她，与那他看见了而不认识、只是闭起眼睛在世界的黑暗中才认识的她之间，从此距离再不能度量。

——他不答应在她走近时闭起眼睛，当她披着白色的围巾从讷伊的一条街走下来时。

他没有答应不看她。

——她让步了。

——一个约会定下来。

——这是一九七三年七月的巴黎。

——这一天非常炎热。

约会定在下午三时巴士底广场的一家咖啡馆里。

——他等候她，他说等了一个半钟头。

无疑是更长的时间。

她没有来。

晚上，她打电话来。她说她赴约了。她看见他了。

——他穿着一件夏天穿的轻薄的衬衫。她说出了它的颜色和透明度。

她说她当时不能停下来。

——他没有看见任何像她那黑色形象的东西在他前面经过，这形象是她初识时带给他的。

她坐在汽车里经过他前面。在她后面跟随着她父亲的司机，这是按照她父亲的吩咐做的。这是她所说的。她获得父亲的同意来看他，条件是不停下来。

——司机向她承认曾经接到命令要汇报她服从的情况。因此，她不能停下来而牵累到司机。他了解么？

——他了解。

——从此，她不能再忘记这个她看见过的男人，这人在等待着她。她不能忘记透过衬衫看见的身体、经过的时间，他那瘦削的胸部上乳房的黑色形迹使她发狂。

她因而看见了他，但只有几秒钟，可是形象永远留下了。
我谈的不是你的脸孔的形象而是你身体的形象。

——他想起她在那非常炎热的日子里由于白血病而不能从汽车上下来向他走去。
或者她是从租来的——为看见他——救护车上看见他在等候她。
在巴士底广场的约会后，她每天晚上，每一次都陷入情欲中。
每天晚上都要求为此而死去。
请求为此而死去。

——那些在深渊里在黑夜呼喊的人相互约会。但这些约会从来没有变成真正的见面。只要相互约会就够了。
——是向深渊里发出的呼唤，呼喊引发愉快。
——这是另一种呼喊，回答。
——某一个人呼喊。某一个人回答他听见了呼喊，他做出回答。
是这回答引发出极度的苦恼。

——你说过你记起那个黎明时大声呼喊的人。

——是的。他呼唤。他说他是猫。我是猫……你听见么？猫在呼唤……猫在这里……

——声调命令。

——他指挥着。同时他恳求着。

——他说猫在找某一个人。

猫想要享受。

他说应当回答它。

——回答的是一个男人。声音很温柔甜美。他说他听见了猫。他回答说他听见它。

——他对它说过来。来享受。来，享受。

——对的。

猫的声音在呜咽中逐渐平静下去。

这是在巴黎冬日午夜四点钟。

——又一次。又一次她告诉他另一件事：她有两个母亲。她是私生女。她法律上的母亲不是她的生母。

——她真正的母亲是讷伊房子的一位女仆。现在她已退休，居住在郊外。

——她被监视着。

她周围的人担心晚上她打很长的电话，这会使她十分疲劳。

父亲下令，F.能做的损害健康的事只限于这些电话。

——除了这些电话外，其他不应发生。

——是父亲的司机首先通知她这监视的。司机也像她周围的人一样希望她安好，她幸存。

——有一天。

有一天，讷伊的房子远离了。

他相信人们是说谎。他不再相信人们在那里死去。

要是他还看见讷伊这所房子，在树篱之间停止的分岔，他再也看不见人们在那里死去。

他再也看不见她身处她是唯一的不知名的继承者的传说，她患白血病而且是私生女。她不再身处有关她的情欲的传说。

——他粗暴地怀疑 F.提出的有关疾病的说法。他对她说这太过分。他谈到策略，他对她说她说谎。

这是说谎。

——于是她对他讲到白血病的一个不可否认的证明。她有非常长、非常美、惊人地浓密的金发，她枕着这些头发入眠。要是他能看见的话。

——她感到惊奇。他怎么会不知道一件这样普遍为人所知的事？……白血病会使头发长得很长，很漂亮，无与伦比地金黄？

——他提醒她，在第一天晚上，她自述头发是褐色的。

她对他说是他听错了。

他没有反抗。

——日期变得混乱。

报纸再不是按时出版。

年表再不是肯定的。

——只留下对事件概括的记忆。

以至于，每个夜晚都证明了情欲的全部。

——日子之间的隔板掉落了。

——她说她痛苦，生理上的痛苦，非常厉害。越来越厉害。她说她十分虚弱，越来越虚弱。她虚弱地跌倒，而且经常是这样。她说她伤了自己，她的全身都留下跌倒的伤口和痕迹。

——她说她的欢乐与这种痛苦混合。

——她说：疾病变严重，变厉害。

她说她继续到巴黎医院去工作，在那里她当了几年的住院实习医生。但越来越频繁地卧床输液。只能靠着这些输液和输血活着。

但有时突然复苏，再生。

——在生与死之间摇摆。

这种摇摆消失了

熄灭了。

沉寂不语

死去

接着又活过来

他说他开始爱她。

——这是在讷伊的房子里，人们害怕。

他接到那不合法的母亲、父亲的女仆的电话。她知道戈布兰家年轻人的电话号码。

他不知道是 F.提供的这电话号码还是在她睡着时被偷去的。

那不合法的母亲恳求他让 F.安宁，说是这些在电话里度过的晚上使她的女儿精疲力竭，会使她死掉。这个孩子的生命就会这样离去。

——他问道：他用什么方法能使她安宁呢？他没有什么办法呼唤她，他不知道她的地址、名字和电话号码。

不合法的母亲说，办法是拒绝回答她。

——他这样做了。一旦他认出她的声音，他就切断电话。

——她再打电话来。

她伪装声音。

他认出她来了。

但他再也不能拒绝她。

他回答了。

——有一天，一个女人到他家里，带来 F.的一封信。她说她是讷伊房子里洗涤缝补衣被的女仆。也许是司机的妻子。

——信封里有两张照片。

这是一位少妇。

她的头发是棕色的，很长，很漂亮。

她身材相当高大，瘦削。

他说：她的脸孔平常。

——她是在一个公园里拍摄的。是在一片夹在树木和树篱间的草地上。

——信封里还有一条绣着她名字字母的手帕和一笔现金。

——故事和照片一起结束。

——晚上他单独和这些难以辨认的照片待着。和它们关在一起。绝望。

——黑夜号轮船在大海上停下。
再也没有可能的道路可走。再也没有进路。

——欲望已经死亡，被一个形象杀死了。

——他无法再回答电话。他害怕。
从看到照片开始，他再也不能认出她的声音。
谁是如此难以预料？
谁？
已经太晚了，她不该有一张面孔。
他得交还这些照片。迅速交还。
他不知道如何交还，也不知还给谁。
接着，他记起来。

——他记起来。那位带来信的洗涤女仆对他说，她与 F.的亲生母亲有联系。她说她们两人都居住在巴黎附近的一所廉价住宅里。

——这位洗涤女仆受 F.之命把她自己的电话号码给了他。
小姐命我把我的电话号码给你，瞧，这就是，很难说会用得着。

——分隔的墙已越过。
F.的亲生母亲打电话来说："先生，我能为你做什么？"
他说我想把照片还给您。
她没有问是什么照片。
她说：同意。

约会定了，他将到她家里。

——这是万森旁边的廉价公寓。这所公寓是父亲买来补偿女儿的。

来开门的是她。

——六十岁了。一副女仆的样子。他说，她有一副女仆的样子。她单独住在十四层，人从东郊可以看见。这是在万森-圣-蒙底。是个放逐的地方。

——公寓是工人住宅的款式。家具是欧洲的胶合板制的。床上盖着假皮毛。房里空空，但清洁无瑕。

——她的脸孔光滑，眼神茫然。她一言不发地拿了照片。他不问在公园里的少妇是谁。年轻。棕色头发。她没说这少妇是谁，也不问为什么他还来照片。

他要求她谈谈 F.。

她说在 F. 的父亲与另一位现在冠父亲之姓的女人结婚之前，她已生了 F.。这次结婚之后，她被雇用为讷伊房子里的小孩的奶娘。

——后来当这小孩长大了，人们把她留下当贴身女仆。她说，这是出于善意，使她不用与她的小孩分开，这小孩是她在世上所有的一切。

他对 F. 与她的生母的关系一无所知。

他猜想，后来，当她长大了，F. 才知道她的生母是那个睡在讷伊房子地下室的女仆。

——她父亲唯一喜爱的女人曾经就是她。

——他后来多次见到这亲生母亲。在她女儿的命令下，她回来看他，给他带来另一些礼物，另一些钱。

——洗涤女仆也跟亲生母亲一样，在讷伊的年轻小姐的命令下来看他。她们来把包放着钱银和礼物的信封交给他。

——这是一个金的打火机。一个蜥蜴皮的公文包，但这不是最重要的。

——最重要的是钱银。

她们从来不会没有带着一大笔钱就来。

他拿了钱。

这笔钱的数目在他看来是巨大的。

——她常说要给他一切，给他一辆汽车，一所公寓。

——她再也不给照片了，不论是她的或其他女人的。

对于这些照片，他们之间从来不讨论。

对于那在公园里的少妇的照片，他们之间将永不讨论。

她从来没有谈及。

——他说：我忘记了照片。一切像以前一样重新开始。

——付钱为的是什么？钱付给什么？也许是爱情故事？在故事中，有某些东西是付了钱的。在故事中，每一件东西都有个价钱。

——他拿了钱，因此确认了付款。

——无疑，钱在这里，像在别的地方一样，像在到处一样，具有工资的作用。

——它总是由同样的手发下。在这里，是由讷伊的年轻小姐的手发下。

她付钱使他获得许多欲望。

我曾对你说要在别人之前离开旅馆，我是早上十一点钟到达那里的。我是单独一人，除了两位在雅典机场遇见的法国驻美洲大使的夫人之外。

我在那里停留至下午二时。

你也是这样到那里去的吗？

——是的。

——我曾告诉你应当好好看。好好看。

中午左右，雅典是这样沉寂……炎热逐渐加剧……在午睡时间，整个城空落落的，一切关闭，像在夜间……

我向你谈到恐惧。

我对你说：逐渐地人们思忖发生的事……随着太阳的升起，声音消失……

就是在这里这种恐惧发生。

不是黑夜的恐惧，不是的，而是对光亮中的黑夜的恐惧……在大太阳中黑夜的沉寂……在天顶的太阳和黑夜的沉寂……

恐惧……

这时阴影滑过，积聚在柱子脚下。它堆积起来，变得更为明显。在某一时刻，事物没有阴影。好像是不显眼，你看见么？

消失了……

沉寂到如此地步，它变为乡村的沉寂。一个宁静的山谷。

……这样沉寂，以至于一群蝴蝶搞错了。它们穿过沉寂，城市的深渊。它们到达山丘上。它们穿过庙堂。

它们来自希腊阿提卡的山冈。

它们是白色的。

就是在这个时刻我看见了。当蝴蝶越过时我看见……庙堂不是白色的而是蓝色大理石建成的。

后来，阴影重现。

它使庙堂重新显现在它消失的反面。

起先它像一条黑线。

接着像一支箭。

人们没有那么恐惧。

轮廓重新显现。

逐渐地，沿着庙堂的整块土地都被黑色盖上了。

当其余的人在下午二时到达时，他们参观了庙堂。接着他们一起朝雅典城走下去。

后来什么也没有发生，再也没有发生什么。

没有什么，除了到处总是这些呼喊。这同样地缺乏的爱。

——翌日下午，到雅典的公民博物馆去。

——啊，对……我忘记了……你瞧人们是怎样……对……后来他发现是同一天……我和你谈到另一个故事……其他人的一个故事……①

———————————

① 在《黑夜号轮船》的影片中，这部分文本被放弃了。一些片断在影片的开头。

——首先，他没有发现 F.与她母亲有共同之处。后来，当母亲打电话给他宣布她要带一件礼物来看他时，他突然觉得她们的声音相似。她们声音的声调相似。当她打电话给他时，他时常搞混了。

——是她，那位亲生母亲打电话。他只能通过洗涤女仆、司机的妻子与她会合。

——他好几次要求她把她的女儿的电话号码给他。她没有拒绝。

——她每次都提供一个电话号码，每次都说这号码是真的、有效的。他打了电话。

他落在不真实的事上。

——她与他约会，她与他约会十次。他全都去了。

——这些约会总是定在公共场所，广阔到会迷路。例如布洛涅森林、巴士底广场、共和广场、香榭丽舍、林荫大道。

在交通繁忙的时刻。

黑夜。白日。

——不论黑夜或白日什么时间。

——他相信爽约不是她的责任。

——她是比她更强的对抗力量的牺牲品，支配她的这些对抗力量甚至包括她自己的力量。她屈从的这些粗暴的力量，恰恰属于她自己。

——他总是相信她可能来，正如她直到最后一分钟也相信是可能的一样。

他说： 无疑，她走不出来。这布洛涅森林是那么浓密。

——她和他谈到她的父亲。

她和他谈到金钱。

经常是这样。

父亲。可怕而受到尊敬。被所有人尊敬，为所有人惧怕。拥有重要的地位。国家重要的经济组织的经理。法兰西共和国总统的私人财政顾问。提供钱银的人是他。

这些钱显得深不见底，可笑。

——在焦雷湖上的财产。

——在普罗旺斯的圣玛丽的另一财产。

——在博尔姆莱米莫萨的另一财产。

——在讷伊的房子。

——唯一的继承人是 F.，这个患了不治之症的女儿。

——父亲。

父亲从来不打电话。他通过讷伊房子的妇人们威胁。故事不应扩展到电话之外。

——他相信要是故事保持隐秘，它对 F.的健康危害会少些。

父亲对他的女儿的耽误显示了父亲的为人。从她的病弱到她的欲望。

——有一次，她白天给他打电话，他听见有人在房子里呼唤一个名字。这是那不合法的母亲在呼唤她的孩子。

这样，他便得知她洗礼和身份证上的名字。

——她并不否认。

从此，他用这名字称呼她。

——至于她的姓氏，她说应由他自己去发现。

探索有不同的种类。有主要的探索和次要的探索。

——主要的探索应在拉雪兹神父公墓进行。

她对他说如何到主要探索的地点。它是在死亡的庙堂的一个角落。这地点不大有人来参观。这里的石头是绿色的，巨大，已从土里掘起。大部分难以辨认。

——这是关系到十九世纪初在死亡之地被授予爵位的帝国元帅的垃圾箱，它关系到达尔马提亚和奥斯德利兹公爵，关系到法国和滑铁卢，关系到一系列的蛀虫财政官，关系到一个讷伊的败类由于害怕巴黎公社而移民，关系到他们的妻子和儿女的杂乱。

——就是应当在这垃圾箱里寻找。她母亲的姓氏也在这里出现。由于她的母亲是拿破仑军队的军事领袖和那个朝代的财政官的后代，她也是在这旧货店中。

——在这同样的旧货店中，与她混合在一起的有她祖父的姓氏，因此她父亲的姓氏也在这里。

——她没有解释为什么在他们出生之前，她母亲和父亲的姓氏已经在拉雪兹神父公墓的墓石上出现并结合在一起。

与社会地位低下的人缔结的婚姻后来无疑是由于这些婚姻而得到纠正么？人们不清楚。

——解释白费气力。

——他不到拉雪兹神父公墓去。

——她相信，如果他进行搜索，她会给他指示。

有一个时期，她相信他会根据她的名字知道她是谁。用这个名字，他能找到讷伊的房子。

——他没有告诉她，他没有到拉雪兹神父公墓去。

——我已经告诉过你，她是在两个大厅之间，这大厅是城市博物馆最后的大厅，它们在安放一九六〇年在比雷埃夫斯港口发现的铜马的骨骼的大厅之前。

我想是由于她脸上的伤口，她使我十分震动。这伤口与眼神形成对照……你瞧，这眼神的完整……我再也不清楚……

我长久地看她。

你没有在博物馆找到她？

——没有。

——她的名字是写下的。

——雅典娜。

——对，就是这样……

她左边的脸像受了犁铧、铁器的伤，但她的眼睛完整无缺……白色的杏眼没有任何凸起的部分……

不存在任何复制品么？

——不。

头部很小，可以握在手里。我告诉你这是一个小孩的头。

它在湮没于巨大石碑之间的低矮柱子上，在最后的大厅的杂物堆里。

注意，可能由于这伤口，博物馆官方认为她可以忽视，把她存入了地下室的储藏室里。

使我惊奇的是事情发生在我的访问和你的访问之间，在同一天中……

——为什么不是这样？

——对……为什么不是……

——脸上的伤口十分可怕。它深深地留在眼神里。

——这眼神是朝向你的……

——对，这是看你的眼神……它是朝向观看者的眼神，也是穿过他的眼神……但十分遥远……超出了终结，朝着遥远处……你瞧……人们不能够……不知应给它们什么名字……对一切故事这些名字都是共同的……

——我瞧着但没有看见。

——对，正是这样。

——翌日人们离开雅典，接着什么也没有发生。

再没有发生什么。

除了到处总是这些呼喊声。

这同样地缺乏的爱。

——在巴黎。

在巴黎，永远是爱情。黑夜里，没有出路。

在呜咽中的享受。

在他们之间，这堵不透光的不可逾越的墙。

——有时候，他们彼此难舍难分。他们夜间、白日互通电话。

——有时候他们彼此不能容忍。他们争吵起来，

他们叫喊。

他们分手。

——有一天，妒忌爆发了。

事先没有预料到。

十分可怕。

——她想成为所有女人中受喜欢的人。

单独受喜欢的人。

——她伪装了声音，装作是另外的女人打电话。

——他总是能认出来。

——她派人跟踪着他。或者她跟踪他。他从来不知道。

——他从来不了解怎么可能，怎么发生的。

——晚上，她打电话，她告诉他他在什么时刻下班，他到什么地方去，在回家之前他骑自行车经过什么街道。

他的全部行程。

——他不愿看他身后。他知道，他随时都受到监视。

——他不想知道在他身后是谁。

她怂恿他去玩死亡的游戏。他赞同这游戏，虽然他从未预料如此。

他们两人都知道：要是他回转身来看到是谁，故事就会突然消亡。

——他知道是她，晚上在电话中提供的细节不可能欺骗他。

"当你走瓦尔德格拉斯街时，阴雨天出现暂时的晴朗，你看看天空……"

——他到达家里。他冲入房子的走廊里，他知道：她在那里，看着他消失。他没有转身。他等待着，因欲望而发狂，直至痛哭。

——正是在这期间，他发现孤独的不同寻常的力量，欲望说不出的强烈。

——就是在这里，他拒绝了死亡的故事，以便待在深渊的故事之中。

——他现在说，他从来没有看见有人跟踪他。

——他还说有一次曾注意到一辆有司机的汽车停在他工作地点附近。后座是空的。

——有一次，她在讷伊寂静的夜里给他打电话时，他听见一个男人的声音问她"他是否可以打扰"。在讷伊房子里有一位管家，关于家里的富有她没有说谎。

——在索恩-卢瓦尔河的旅行。

他曾对她说他是出生在那里的。她到那里去，在这地区旅行直

240

至找到那座房子。她找到了。在回来时给他完整地描述。她还找到在邻近城市的他的母亲的住宅。她给她打电话，对她说她对他爱得发狂，她的儿子。

——他知不知道她是否还活着？

——他说不知道，什么都不知道。

——他能够知道么？

——他可以打电话给那位洗涤女仆，住在廉价住宅的那位妇人。但他现在不能这样做。他再也没有她的电话号码。他记不起她的名字。他不能打听消息。

——照他看来，她是否已经死了？

——他说：也许是，但他不知道，没有任何想法……不过……也许……对……她到最后病得厉害。

——到了最后？

——是的，当一切停止时。

好几次她决心不再打电话给他。

后来有一次她做到了。

——有一次，她做到了。

要是她死了，她的坟墓会是在拉雪兹神父公墓里。要是这样，人们应当知道，从石碑新凿的样子和泥土新翻动的情况，人们应当知道这是她。

——在这种情况下，那跟着名字的姓应当是她的。

——他说：我曾经发疯。人们曾经发疯。

——他为什么发疯：由于对她的欲望？

——他说，他不能确切地知道为什么他发疯。他不可能为她而发疯，为渴望她而发疯。

这怎么可能？

——为了形象么？

——为了欲望么？

——他回答他不知道。

——她存在么？

——谁？谁不存在？

他说：她存在。在任何情况下，她存在。不论她过去怎样，不论她现在怎样，她存在。

存在。

——不论她从什么地方来，不论她是否宣布不在现场，她过去存在，现在存在。

即便是万森的廉价住宅里的那位六十岁的妇人，她也存在。他说这个问题无关紧要。

——三年。

——在电话上度过的时间：好几个月。

——有一段时期，有时是一个月，她毫无生命迹象。也许在这时期她病重而不能有所行动。

——后来她打电话。

共同的性高潮是冷漠的。

巨大

裸露

无可比拟的。

——有一天晚上，他问她：在他之前，她是否有情人。有男人曾接近她么？他从她那里只闻到被她的手触过的钞票的味道。

——她说是的，她曾有一位情人。是在火车上遇到的一位教士。她使他为爱情发疯。

后来她离开他。

她交出全部细节。她呼喊细节。

——他们的享受几近谋杀。她大声叫喊，叙述她离开的那个因爱情而发狂的教士的痛苦。

他叫嚷他想知道更多些。

——他们在黎明时看到自己睡在不同的床上。他们痛哭。

——最后的时间里，她几乎总是垂死地躺着。她不断地输液。有时她在打电话时晕倒。

——他从她的声音听出一切，他分辨出她的声音，她那躺着的声音。

她那垂死的声音。

她那布设陷阱的声音，小孩的声音。

——当她谈及她钦佩的父亲时的声音。

她在沙龙里说话的声音，她说谎的声音。

——她那由于情欲而不自然、不响亮的声音。

——她那害怕的声音。

她不能再对他说谎。

——有一次，她给他提供对讷伊房子的提示。那时候，人们正在大花园里建造一个喷泉，在树篱和草场之间。整一天，他骑自行车走遍讷伊的街道。整一天，他寻找的不是大花园里的喷泉，而是喷泉之外的东西。一个无法预料的令人信服的细节。墙壁的颜色。栅栏的颜色。

——房间窗户的某种布局。一种在一切之上的朦胧的光线。一种天上的迹象。

——他没有找到任何东西。他说因为他没有走遍讷伊所有的街道。

——翌日他重新开始。

她让他去寻找。

也不提供任何补充的提示。

——除了这个提示，这一天的晚上，她的房间可以从街上看见，窗户从来没有关闭，她的床是所有的人都能看见的。

——现在他说，他要是想看讷伊的房子，他可以找到。

——对于她，他是否拥有一个形象？

——他说，开始时有，他拥有这黑色的形象，黑色头发的少妇的形象。后来，这形象被两幅照片的形象所代替了。再后来当这些照片被遗忘时，他重新找到她提供的黑色的形象。

他说，现在他再也没有她任何的形象了。

——他是否说他曾说谎？

——没有。他说曾混乱了时间、地点，没有编年表——在这里没有掌握一个明白的理由，没有窥见它的作用。

他说她和他一样，在她在镜子里的形象和在巴士底广场上窥见的这年轻人的形象之间弄混了。在死与生之间。在她的身体与他的身体之间。在她的身体不陌生的部分和一切陌生的事物之间。

她和他一样，不知道她是属于故事的形象，或是在外面观看故事的形象。

——他说她也许是那个年轻的孩子，在她说自己病得很重的晚间，经过她的窗下，看着她死亡。

——这个讷伊的年轻游荡者，晚间经过，看着她死亡。

——有一次，她好几天没有打电话。当她重新开始打电话时，她向他宣布消息。

——她对他说，她病得越来越重，她大概要死了。
她向他宣布她的婚礼。

——她的丈夫是十年来料理她的那位外科医生。他记得起来吗？这人一直认识她，看着她出生，并一直照顾她，保护她。

——不久，一个男人打电话来，他说是她未来的丈夫。
他要求他们中止关系。
他证实她将不久于人世。

——他第一次说出"疯狂"这个字眼。

——第一次这个字眼被说出来：疯狂。

——她最后一次打电话。

——对他说结婚的日期，但没说地点。

——对他说她曾经对他怀着爱情，他是她唯一的情人。
她遗憾不得不死去。

——婚礼在一九七五年夏的一天举行。他不在巴黎。

　　——你也曾谈过大海。

　　——啊，对，也许是……沿着塞萨洛尼基码头死亡的老鼠……茴芹的味道，茴香烈酒的味道……以及淤泥的味道……在大海的末端。

　　——你也曾谈到一部电影。

　　——对……电影……但没有拍摄……在这里有一些人，被发现沉湎于一种使人全神贯注的共同的思索中……

　　——但这种思索突然停止……或者是被死亡中断了……

　　——就是这样，对……或是突然被怀疑打断……属于一般性的怀疑。

凯撒里

凯撒里
凯撒里
地方的名称就是这样
凯撒里
凯撒里亚

剩下的只是历史的记忆和为它命名的唯一字眼
凯撒里
这是全部。
只有这个地方
和这个字眼。

地面。
白的颜色。
是大理石的尘土
混合着大海的沙。

痛苦。
不可忍耐的痛苦。
他们分离的痛苦。

凯撒里
这地方还是这样命名。
凯撒里。
凯撒里亚。

地方平坦
面对大海
大海是在它运行的结尾
总是强烈地
打击废墟
现在，在那里面对着另一个大陆。
蓝色大理石的柱子
被扔在港口之前

一切都在毁坏。
一切都已毁坏。

凯撒里
凯撒里亚。
被囚房。
被绑架。
被带到罗马人船只上驱逐出境，
这位犹太人的王后，
撒马利亚的王后，
被他俘虏。

他。

这罪犯
他毁坏了耶路撒冷的庙宇。

后来他的妻子遭到离弃。

这个地方仍然称作
凯撒里
凯撒里亚。

大海的末尾
大海碰击沙漠。
现在只剩下历史
全部在这里
只剩下脚步下的大理石堆，
这些尘土。
还有被淹没的杜子的蓝色。

大海涌到凯撒里的土地上。
凯撒里的街道既狭窄又阴暗。
它们的阴凉使太阳
为船只的到来
和牲畜掀起的灰尘留下位置。
在这灰尘中
人们还看见，还可以认识
凯撒里的人们的思想
凯撒里的街道和人民的轨迹。

她，犹太人的王后，
回到那儿，
被抛弃，
被驱逐，
为了国家的原因
为了国家的原因被抛弃
回到凯撒里来。
在海上乘着罗马人的船旅行。
她由于离开了那毁坏庙宇的罪犯
而受到难以忍受的痛苦的打击。

在船底摆着守丧的白色细带子。
痛苦的消息爆发，在世界上散布。
消息遍传大海，在世界上散布。

这个地方称为凯撒里

凯撒里亚。

在北部，是太巴列湖，供沙漠旅客歇脚的圣-让-达克勒大
客栈。
在湖和大海之间，是朱迪和加利利
周围是香蕉树、玉米和橘子园。
还有加利利的麦子。
在南部是耶路撒冷，朝东是亚洲、沙漠。

她很年轻，才十八岁，三十岁，两千岁。

他把她带走。
由于国家的原因她被抛弃，
元老院曾谈到这种爱情的危险。

离开了他
离开对他的情欲。
因此而死去。

早上，在城市之前，出现罗马的船只。

她沉默地出现，脸白得像粉笔。
没有任何羞耻。

在天空中，突然间出现灰烬，
在称为庞培、赫库兰尼姆的城市上面。

死亡。
使一切毁坏
因此而死去。

这地方称为凯撒里
凯撒里亚
再没有什么可看的了，这就是一切。

巴黎度过一个很坏的夏天。
寒冷。雾气沉沉。

否决的手

　　人们称为"否决的手"的是在欧洲南部-大西洋的马格德林时期的岩洞中发现的画。这些手的轮廓——这些手展开在石上——涂上了颜色。经常是蓝色、黑色的，有时是红色的。这种做法没有任何解释。

在大洋的前面
在峭岩的下面
在花岗岩石壁上面

这些手

展开着

蓝色
和黑色

海水的蓝色
夜晚的黑色

那人单独地到岩洞里来，
面对着大洋的岩洞
所有的手都是同样大小
他单独一个人
这人单独地在岩洞中观看
在嘈杂声中
在海的嘈杂声中

事物的无限

他呼喊

称为你的人，你具有身份，我爱你。

这些手
有海水的蓝色
天空的黑色

扁平的

分开排在灰色的花岗岩石上

好让人看见它们

我是那个呼唤的人
我是那个呼唤了三万年的人

我爱你
我大声呼喊我想爱你，我爱你

我将爱任何听见我呼唤的人。

在空旷的大地上，在面对着大洋的击拍的花岗岩墙上，留下了
这些手

难以忍受

再没有人听见

没人看见

三万年
这些黑色的手

光线在海上的折射使石壁微震

我是某一个人，我是那呼唤的人，是在白色的亮光中叫喊的人

欲望

这个词还没有创造出来
他在海浪的喧哗中看事物的无限，他的力量的无限

接着他大声叫喊

在他之上是欧洲的森林
没有止境

他站在石头的中央
在走廊中
在石道中
在各处

被称为你的人，你拥有身份，我怀着模糊的爱情爱你。

必须走下峭岩
克服惧怕
从大陆上吹来的风推挡着大洋
海浪与风斗争
它们向前进
它们被风的力量减弱
耐心地到达峭壁

一切都压得粉碎

我爱你比你更甚
我爱任何一个人听见我大声说我爱你

三万年

我呼唤

我呼唤回答我的人

我想爱你，我爱你

三万年以来我在大海前大声呼喊白色的幽灵

我是那个大声呼喊他爱着你的人

奥蕾莉娅·斯坦纳

我一直给你写信，一直是这样，你瞧。

除了这样没有别的。没有别的。

我也许将给你写一千封信，给你写关于我现在的生活的信。

而你，你将做我愿意你做的事，这是说，你愿意的事。

这是我渴望的。希望这是你命中注定的。

你在哪里？

你怎么到达？

我们怎样做才能使这爱情接近我们，取消使我们分离的时间明显的分隔？

这是下午三点钟。

在树的后面还有太阳，天气凉爽。

我现在是在大厅里，面对着花园，在那里我度过夏天。在窗玻璃的另一面，有玫瑰丛，三天以来，那瘦削的白猫走来透过窗玻璃看我，眼睛对着眼睛，它使我害怕，它大声叫喊，它晕头转向，它愿有所归属，但我不愿意。

你在哪里？

你在做什么？

你在什么地方迷失方向？

当我大声叫喊我害怕时，你在哪里迷失了？

人们说你生活在法国海岸的一个岛上和其他地方。

人们说你是在赤道的土地上，在那里你已经死了很久，在炎热中，埋在瘟疫的堆尸处，在战争的堆尸处和在波兰与德国的集中营堆尸处。

对我来说，一切都无所谓。

我看见你的眼睛。

我看见河流上的天空是蓝色的，和你的眼睛的纯净的蓝色一样。

我看见这不是真实的。
当我写信给你时，没有人死亡。
而你还在这荒漠的大陆上。

这里是夏天。

你喜欢夏天吗？
我不知道
对我来说，我再也不知道。

我也不知道除你以外我是否喜欢别的什么。

你记得么？

这个字眼。这个地方，这个黑暗的土地。

你说过：除了这道路外，再没有剩下什么了。
这河流。

怎样再连接我们的爱情？怎样？

似乎亮光落下在树木后面。
起风了。天气应当凉爽一点。

花园里到处是鸟雀，猫儿饿到发疯了。

现在玫瑰将很快枯死。在窗玻璃的另一边，它们将消失。

在河流的上面，天空变黑暗了。

夜来临。

在这患麻风病的惊恐的饿猫身上，在这四周不动的花园中，黑夜来临。我看见这黑夜。

它在你身上，在我身上，在河流上散开。

你是否还看见？

他们说一切在土地上建立起来。

一切都被人民、政府所居住、占据。

在河流的岸上有一些宫殿，在宫殿之间，有荨麻、荆棘的矮树丛，一大群在奔跑的小孩子。还有一些瘦削的妇女。

那里有一些岛屿。

一些庙宇。

那里有一个树林。

对于人民和世界的一般性我一无所知。

在它们之间没有能替代你的东西，没有能替代我对你的选择。没有。

你听着。

在苍穹下，现在出现大海的嘈杂声。

黑暗的岩洞的嘈杂声。

那患麻风病的猫的叫喊声，你知道，它由于饥饿而眼花，它通过时间发出呼唤。

你听见它么？

没听见？

你也许再也什么都听不见了么？

没听见？

你再仔细听听。试一试，再试试。

怎样把我们的爱情坚持到底？

仔细听听。

在苍穹下，发出汹涌澎湃的声音。

仔细听着……

我曾向你谈及的那明显的碎片已消失了。

我们应当一起接近结局。

我们爱情的结局。

不要害怕。

这很奇怪，有时河流在夜间的光亮中迅速流向大海，为了在那里整个地融合……

但你是谁?

谁?

这是怎样做的?

这是怎样完成的?

在伦敦，在瘟疫发生期间? 你相信么?

或是在这场战争期间?

在东德的集中营里?

在西伯利亚的集中营里? 或是在这些岛屿上?

这里，你相信么?

不相信?

我不再知道。

我只认得我对你的这种爱情。全部的，强烈的爱情。

你在那里不是为了将我从这爱中拯救出来。

我永远不会让你离开我们的爱情，永远不。
永远不离开你的故事。

在这里，人们曾经杀戮。

你知道吗？

杀戮，是的。

几乎每天，几千年来，成千上万年来。

血流成河。

人们血洗，监禁，拷打。

几千年来。

爱情，是的，是在那之后发生的。

在很长，很长的时间里，什么都没有发生。

之后，有一次，你的眼睛

望向我。

你纯净、空无一物的蓝眼睛

看见了我。

现在，在这疯狂的瘦猫周围，黑夜已来临。

在我的周围，出现你的外形。

人们说在这些焚尸炉里，朝着克拉科夫，你的尸体会与我的分离……好像这是可能的……

人们随便说什么……人们什么都不知道……

仔细听着……

猫在叫喊……

在黑暗的花园里，饥饿和风把猫吞食了……

仔细听着……

通过眼泪，猫……

在风和饥饿中它叫喊。在阴暗的岩洞里……

仔细听着……

它叫喊……人们说这是呻吟……好像它在说……

仔细听着……

什么？它说什么？什么话？

这是什么荒谬的指示？

愚蠢？

你曾告诉我："这座被淹没的城市是我们阴暗的土地。"

现在只留下那穿过城市的水道。

这条河流。

你忘记了么？

你忘记一切了么？

你说过，这城市很凉爽。

你说过，这第二座城市……

你说过：历史沿着这河流缓步而行，沿着柔和的河流缓步而行，它呼唤着与它一同躺在河流上并一起从这里启程。

对，你忘记了一切。

雾在花园里升起。

它在河流上散开。

我看见了它。

它在你身上散开。在我身上散开。

猫不再叫喊了，
它已死掉。

寒冷和饥饿。

对我来说，这是无所谓的。

我不能与你的身体分离，

我不能让你与我分离。

为了体验这种爱情，怎么办？

怎么办？

为了这种爱情被体验，怎么办？

这是奇怪的事……

通过现在已死掉的疯狂的瘦猫，通过它周围不动的花园，我接触到你。

通过这洁白的无限的雾，我接触到你的身体。

我名叫奥蕾莉娅·斯坦纳。

我生活在墨尔本，在那里我的父母亲是教师。

我十八岁。

我写作。

奥蕾莉娅·斯坦纳

我是在这个我每天写信给你的房间里。这是在白日中。天空阴暗。在我的前面是大海。今天大海平坦、沉重，可以说是像铁那样的稠密度，再没有力量移动。在天空与海水之间，有一条宽阔的黑线，像黑炭似的浓厚。这条黑线遮盖了天边的全部，它是一条整齐的巨大的杠杠，具有不可逾越的与众不同的重要性。它会使人害怕。

在我的房间的镜子里，有我的形象，右边被阴沉的光线所遮盖。我朝外边观望。帆船不动，固定在像铁的海上。它们还在行进途中，今天早上风的消散使它们惊讶。

我观看自己。在镜子的寒冷的玻璃中我看不清自己。亮光这样阴暗，可以说是晚上。我爱你超出我的力量。我不认识你。

瞧，在天边和海滩之间，一种变化开始在海的深处发生。变化很慢，它发生得迟，人们发现它时它已在那里。

靠着我的身体，是玻璃的寒冷，是这没有生命的镜子。我再也看不见自己什么东西，我什么都再也看不见。

瞧，我重新开始看见。

在我前面，产生一种颜色，它是非常稠厚的绿色，它占据了海的一部分，它保持这种颜色，这片海是所有的海中最小的。亮光从海底照射，在它的深沉处溢出颜色，这黑色的背光，不久以前，从海水里涌现出来。大海变为透明，产生一种光泽，一种夜间装置的光亮，可以说不是属于纯绿宝石，也不是属于闪闪发光的磷，而是属于肌肤。

我很快回到我的房间给你写信。我关上门和窗。我在露天的海滩上坚持和你在一起。我远离了镜子。我观看自己。眼睛是蓝的，头发可以说是黑的。你看见么？在黑发下面的眼睛是蓝的。我喜欢你看我。我很美丽，以至于我对自己感到陌生。我向你微笑，我告诉你我的名字。

我的姓名是奥蕾莉娅·斯坦纳。我是你的孩子。

你没有被告知我的存在。

你不可能向我示意，我知道，死亡使你不能看见我。而我呢，我看见你的死亡像你的生命的一时间的幻象，是另一种爱情的幻象。这对我是无关紧要的。我是通过自己而知道你。例如，今天早上，通过大海的活动的暂时的消失，通过没有明显缘由的突然的惧怕，我得知我们在欲望的偶然前具有深切的相同。

有时候别的人到来。他们有人与你过去同岁。

在你已远离的世界里，我把他们作为我们约会的替代。由于我所看见的你那瘦长纤细的年轻的身体，由于你走近时的笨拙，痛苦的烦躁，有时由于眼泪，有时由于在欢乐的边缘上呼唤援助，在他们和你之间并不存在遥远的距离，如果你也在港口街道的停靠站闲荡。

我把我纯洁的身体给他们。他们接受了。

他们对她说话。他们说他们爱她。他们大声叫喊，他们哭泣，他们尝试伤害，我让他们干。他们干了。他们深入，他们大声说爱她。他们哭泣。你可能是他们中的一个，除非你曾看见我。你可能注意到这个被放弃的身体，这种远离你的欢乐，她再也不愿从属于这种欢乐了。

大海，人们会这样说。它在城下发出嘈杂声。

我闭着眼睛问你：你是怎样的？棕色头发么？北方人，蓝色的眼睛么？你也许迟迟才回答我：是的，蓝色的眼睛，但黑色的头发。黑色？是的。

我问：你寻找某一个人么？一个你要谈论的人么？你说：对。你再说：对，就是这个人，这个我无法辨认出来的人，我爱她超出我的力量。

我问：是奥蕾莉娅·斯坦纳么？

他不回答。他远离了我。

他大声说：你怎么知道？

我说我听见停靠站的一些旅客谈到她。他询问。他哭泣。

我说：对，所有的人都是黑头发的。

在海滩的关闭的房间里，我独自构思你的声音。你在叙述，我没有听见故事，只听见你的声音。这是一个睡着千年的人的声音，你的声音从此在书写，它由于时间变得细弱，摆脱了故事。你将奔跑着离

268

开，我将在城里听见呼喊这个没有主人的名字：奥蕾莉娅·斯坦纳。我跟随着这两个字直至它们消灭，逐渐地，我听见大海升起的嘈杂声。那时并没有风。

我一直留在这个面对大海的阴暗房间里。多年来我单独地住在这房子里。所有的人都已离去，为了去向更加安静的土地。因为这里的暴风雨十分可怕。

下午时，在大海绿色和黑色的海水之间产生了一种缓慢的分离。巨大的水洼变蓝。活动又重新显现在表面。大海在颤抖，像突然被风刮起。那时没有风。夜晚来临。

我打开我的房间的门和窗，一道柔和的光线照射进来。

天边重新变为平日的模样，平滑、晴朗。

我的母亲在分娩时死于集中营的隔板下。与毒气室的队伍一起烧死。奥蕾莉娅·斯坦纳，我的母亲望着她前面的集中营院子的白色长方形。她的临终时间很长。在她的旁边，小孩活着。

整个大海又重新变为蓝色。像平常这时刻一样，在夜的淡红反光散布的黑暗降临之前，出现一种强烈的亮光。

我哭泣但不悲伤。你看，晚间总是在人缺席时来临。

瞧那巨大的海滩在大海上的天空映照下显出橘红和金黄的颜色。

大海已退了颜色。

有时候，人们以为达到白日最后的边界，但并不是这样。

瞧，天空的金黄色变为乳白色，接着变为灰色。

我无法反对你最后观看的地方的永恒性，这个地方是集中营的院子的白色长方形。

这是夏天的白日。你受到死亡的感染。

我相信你还能看见，但你已不再感到痛苦，已经没有感觉。

你在我出生的血中洗浴。我躺在你旁边的地上的尘土中。

在你的四周，是那被太阳晒裂的严酷陌生的土地，这亮光，这完美的夏天，这炎热的天空。

在你前面，是那他在其中死亡的白色长方形。

在黑夜中暴风雨来临。午夜后不久，从黎明开始，风刮起来。

瞧，风起来了。

接着是大海。它屈从着风，它跟随着风。

它开始一种野兽似的喧闹。其激烈的程度在人的记忆中从来没有这样可怕。

大海升起袭击城市，它翻越，侵袭。

大海冲破了玻璃，打碎了门窗，吹走了屋顶，使墙壁破裂，城市就这样被风刮开。在突然的平息中，在恢复力量和气息中，可听见人们大声在唱对死亡者的祷告。

在闪电中，人们看见他们站立在他们那被吹开的住所。

我静听着大海的叫喊。

这时人们相信已达到暴风雨的谷坡，正在黎明之前，在白日开始时的苍白的白色中，巨大的盐库在北太平洋的白浪冲击下爆裂了。盐在大海中散开。浓度变得致命。在几秒钟内它从生变为死。

白日升起。

变得沉重和有毒的大海平静下来了。

在院子的白色长方形中，我的母亲奥蕾莉娅·斯坦纳还分辨得出那上吊的盗贼的双腿在绳子的末尾摆动，由于太瘦削，太轻，他无法使自己上吊成功。这是第二天早上发生的事。

十八岁的母亲濒临死亡。在她前面，在绳子的末端他呼唤她，他大声叫喊疯狂的爱情。她已再也听不见。

这里，这是奥蕾莉娅·斯坦纳在世上所在的地方。她只居住在这里而不是其他地方，在远离受保护的社会的所在，大海。

她听见整个世界为反对同样的恐惧而挣扎，她看见在这里发生的恐惧扩散到整个世界上。

她看见恐惧的中心移动，它围着她的四周转。

她看见整个世界惧怕她，奥蕾莉娅·斯坦纳。

第二天早上，城市仍旧湿淋淋的，它从被侵袭的土地、街道、公园、大教堂向后撤退。港口的船只断了桅，侧身躺着。海滩上到处是被盐库里的盐窒息的鱼。教士们从城附近的地域跑出来收拢死鱼给孤儿们吃，他们唱着感恩的赞美歌。

在冰冻的天空，太阳强烈而饱满。整座城市在这暴风雨天空下的鲜明的万里无云的白日中睡着了。在可怕的阳光下，我从睡着的城市里走出来。大海在它的位置上，安置在它的洞穴里。在突然的惊跳中，它还在叫喊，接着睡着了，像做噩梦的小孩那样的睡眠。

城市由于盐而发白，它在大海留给它的混乱中僵化不动。

我向前走去。

在我没有感到有什么来到时，你慢慢地从黑夜的放逐中回到我这里来，从世界的反面而来，从你停留其中的黑影中而来。你穿过城市。我看见你到一家港口旅店。今天，你是一个黑色头发的水手，身材高大，总是保持着青年人的饥饿的瘦削。你转过身来，你犹豫不决，接着你走远了。我知道，黑夜来临时，你将到街道这边来，你将寻找她，那位今早你在城里遇见的她，你曾注意到的她。也许是由于那轻盈的长袍和在黑发下的蓝色的眼睛。

我到深沉的大海上，面对着冰冻的天空躺下。大海还温暖发热。

少女。爱情。小孩。

我用不同的名字——奥蕾莉娅、奥蕾莉娅·斯坦纳——呼唤她。

在她内心深处，她还在精疲力竭和杀人的欲望中间挣扎着。

有时候，动荡不安使她激动，就像牲口的肋部辗转，重新在垫草中找到位置。

爱情，爱情，这一切都是为我们而说的，你、小孩、大海。

我向他叙述城市的情况。

接着我向他谈及历史。

它是在我的背后，厚度有十米？或八百米？

差异不存在。

它的表面完全是虚幻的，是一种没有皮肤的肌肉，一种张开的裂口，一种样子冰冷的绸缎。

我跟他谈了很久。我向他叙述历史。我和他谈到那些面对死亡的白色长方形的情人。我歌唱。我跟他谈话。我歌唱。我聆听历史。我感到它在我身下，像矿物似的，具有上帝不容置疑的力量。

当我回来时，一个卖报人在喊叫大海发怒的标题。他提到损坏的程度，以及人们没有办法使遇害的人减少。

一些人走出去购买报纸。

我回到我的房间。我用淡水洗我的身体和头发，接着我等候黑头发的年轻水手到来。就是在等候他时，我给你写信。

我爱你，抖动着对他的渴望。

我通过你把他们重新集合起来，我使你成为他们的数目。你是没有立锥之地的人，像这样生活着。在所有的人中，你总是显得独一无二，是世界无穷无尽的地方，是始终不渝的爱情。

最后你死了，人们把你松下来，使你躺在地上，蜷缩着，姿态随便，像睡着的小孩。

院子的白色长方形，除了你的身体外，空无一物。

情人们已死去。

你为少女奥蕾莉娅偷了汤。你被发现了。人们把你吊死。

在你的头顶，在三日里，在你的眼前，显现着德国的天空，这充满大量雨水的天空。

你在三天里在你的绳子末端呼唤，你大声叫喊，不停地重复一个名为奥蕾莉娅·斯坦纳的女孩刚在集中营降生，你要求人们抚养她，不要拿她去喂狗。你大声呼喊，恳求大家不要忘记那小奥蕾莉娅·斯坦纳。

在第三天的夜里，人们向你的头部开了一枪，结束了这件丑事。

她，她早上死了。在她身旁，小孩仍活着。

奥蕾莉娅·斯坦纳这几个字再也没在集中营中响起。它们在别的地方，在别的阶层，在别的地区重响。

在这里，傍晚左右，在天边总出现一些亮光，即便整个白日里天气阴沉，甚至下雨，云层也会分开一时，让太阳光照射出来。

还是傍晚。

在沉睡的大海上的亮光中，我看见傍晚。

我闭起眼睛。

我刚闭起眼睛。我表面上停止给你写信。

有时候，我看见吊死在集中营院子的年轻人空洞的眼睛中那透明的蓝色。我还看见青春。

十八岁。他的身高不再往上长了。

我不知道他的名字。

我没有在隔板下看见那位母亲。什么也没看见，除了掩藏小孩的动作。

黑发的水手在敞开的窗子后面。他在观望我。

他问我是从哪里来的。我说我不知道。

他对我说，当我在海里游泳时，他在海滩上。

他已记不清楚今早在城里遇见的那个女人，他说他曾遇见另一个女人。我问他想追求哪一个。他说是早上遇到的那个。

我对他说，那是我。

我对他说：我将把名字告诉你。

你将宣读这个名字，你不理解为什么，但我要求你这样做，重复宣读，不知为什么，但好像有理解的必要。

我告诉他名字：奥蕾莉娅·斯坦纳。

我在一张白纸上写下并拿给他。

他慢慢地辨读，接着他看着我，想知道他是否读对了。

我什么也没说。我躺在他身旁。

他重复那名字。他看到我在听着。

他首先显得笨拙，不知道应用什么语言来说，接着他扔掉那张纸，走到我身旁，望着我，用那名字唤我。

他小心翼翼地脱去我的长袍。他好像有许多时间可安排。

他开始揭露奥蕾莉娅·斯坦纳的身体。

她的眼睛对着死亡的白色长方形，一直不观看。

有时他说出整个姓名。

有时他只说出名字。

有时只说姓。

他不会说其他的字眼。

他在亲吻时，在嘴唇贴着皮肤时说出这些姓名，他低声地说，他大声叫喊，他对着嘴巴、对着墙壁在身体内部呼唤。他同它们对抗。有时他在使他呻吟的神经紧张中动也不动，这时他记不起那些名字，后来，他重新低声在痛苦中用劲说着。

他说：犹太人，犹太人的奥蕾莉娅，犹太人的奥蕾莉娅·斯坦纳。

他坚持进入奥蕾莉娅·斯坦纳的身体内，待在那里，一直十分小心地使酷刑完结。接着他进入身体内。

他动作很慢地，与他的激动恰恰相反，进入奥蕾莉娅·斯坦纳的身体中。

动作的缓慢使情人们叫喊起来。

他重新说出名字，他还低声地重复。

他又说出名字，他又重复，但没有声音，带着一种不自知的粗野，带着一种陌生的口音。

我在黎明时醒来。

黑色头发的水手躺在我房间的地板上，他注视着我。

我重新睡着。我听见他说，由于观看奥蕾莉娅·斯坦纳的美丽，他的眼睛发烧。他的船在中午离开，但他不会在船上，船将没有他而离开，他想留下与她，奥蕾莉娅·斯坦纳在一起，不论他会发生什么事。

我说我不属于任何固定的人。我本身不是自由的。

我的名字是奥蕾莉娅·斯坦纳。

我居住在温哥华，在那里我的父母亲是教师。

我十八岁。

我写作。

奥蕾莉娅·斯坦纳

今天，在玻璃窗后面的树林里，风刮起来了。那里有玫瑰，在这北方的国度，少女并不认识。她从来没有见过现在已死亡的玫瑰，也没见过田野或大海。

少女站在塔的窗户前，凝望着树林。她轻轻地掀开黑色的窗帘，凝望着树林的海洋。雨已停止，在窗玻璃下，在树木上面，天空仍然是蓝色的，但黑夜几乎来临了。塔是方形的，十分高，用黑水泥建的。少女是在最后一层上，她看见远处其他的塔，同样是黑色的。她从来没有下到树林里。

少女离开窗口，开始唱一首外国歌曲，这语言她并不了解。她还没有完全拉闭窗帘，房间里还可以看得清楚。她在镜子里看自己。她看见黑色的头发和眼睛的光亮。眼睛是很深的蓝色，它们随着夜晚褪色，这时它们只显得模糊而无底。少女并不清楚。她说一直知道这首歌，但想不起何时学过。

有人在哭泣。是那位照料少女、为她洗浴和做饭的妇人。房子很大，几乎是空洞无物，一切几乎全卖光了。那妇人待在入口处，坐在一把椅子上，身旁有一支小手枪。少女一直看到她在那里等候射杀德国警察。日日夜夜，少女不知这妇人多少年来一直在等候。少女所知道的是，她一旦听见"警察"这个字眼，就将把门打开，杀掉所有的人，首先是这些警察，接着是她们俩。

少女跑去把双重的黑窗帘重新拉拢，然后朝自己的床走去，把铁制的小灯点亮。在灯下出现一只猫。它在光亮下站了起来。在它的四周，有一些乱糟糟的刊登有关德国军队最近作战情况的报纸，那妇人用这些报纸教少女写作。在猫的旁边，有一只尘土颜色的死蝴蝶，僵硬地躺着，它有一个像狗似的毛茸茸的大头，眼睛突出，对着死亡仍张大着。在被杀害之前的恐惧大概很可怕。

少女坐在床上面对着猫。猫打哈欠伸懒腰面对她坐着。他们的眼睛在同样的高度上，他们相互观望。猫的呼噜声突然变响，它看着少女，变得更响，仿佛充满了全世界。在猫体内，好像关着暴风雨，这暴风雨十分遥远，但有时几乎是从它身上挣脱出的一种疯狂的欢乐的呻吟。听，那犹太人之歌，少女为猫而歌唱。猫躺在桌子上，少女抚摸着它，她的手摸遍猫的身体，突然间，她用力压在活着的猫的扁平的身体上——使它透不过气，使它害怕——猫挣扎着，很想逃跑——于是少女把手放松一点，用爱恋的字眼呼唤猫。猫的呼噜声又重新开始，少女把她的耳朵贴在猫的温暖的腹部。接着她拿起了死蝴蝶，指给猫看，带着开玩笑的鬼脸望着猫，接着扔开蝴蝶，再唱那首犹太人之歌。猫和少女的眼睛相互望着，直至什么也看不见了。

突然间，天空深处，出现了战争，嘈杂的声音。妇人在走廊上大声叫喊把窗帘拉上，不要忘记。层层厚重的钢铁开始压在树林的上空。

——对我说话，那妇人大声说。

——还有六分钟，少女说。她把眼睛闭起。

屋顶上嘈杂的声音逐渐迫近，这是死亡的冲锋号，那充满炸弹的光滑的肚皮即将爆裂。少女说：

——它们在那里。把眼睛闭起来。

少女看看她放在猫身上的瘦削的小手。它们像墙壁、窗玻璃、空气、整座塔和树林一样颤抖。

——来吧，那妇人大声说。

飞机仍在经过。少女话音刚落，它们便到了。蓝色的钢铁肚子里装满孩子，光滑细腻的肚皮。接着，突然又响起另一种嘈杂的声音，这是高射炮尖锐的声音。少女仔细听着，等待着，还细听着穿过利刃的风，接着她对猫说：

——这是朝莱茵河方向去的。科隆。

没有任何东西从天空掉下来，没有任何的降落，没有任何嘈杂。少女很认真地听着。什么也没有。

——它们到哪里去？那妇人大声说。
——柏林。少女说。

妇人大声说话。
——来吧。

少女离开猫去看那妇人，穿过黑暗的房子。她在那里，那里相当光亮，在那里没有窗子，没有朝外面打开的地方。这是朝向入口的大门的走廊末端，他们将从这里来到那房子。一个挂在墙上的灯泡照亮战争。妇人在那里照管着一个小孩的生活。她将她织的毛线摆在膝上。人们再也没有听见什么，除了遥远的高射炮交替轰鸣的声音。少女坐在妇人的脚旁，并对她说：

——猫杀死了一只蝴蝶。

妇人和少女长久地相拥而泣，并且像每天晚上那样轻松地保持沉默。

——我还要哭泣，妇人说，每天我为生活的惊人的错误哭泣。

她们笑了起来。妇人抚摸着少女的头发，那丝似的头发，那黑色发亮的鬓发。嘈杂的声音远离树林。妇人俯下身体，闻闻小孩的头发，尝尝她的头发，她说，在嘴里这些头发有大海的味道。

——听着，它们越过莱茵河了。少女说。

——对。

再也没有任何嘈杂的声音，除了狂风的声音，这些风盲目地吹过，扰乱了，打破了树林的静止状态。

——它们到哪里去？妇人问道。

——柏林。少女说。

——这是真的，妇人说，是真的……

她们笑起来。妇人问道：

——人们将变成怎样？

——人们将死去，少女说，你将杀死我们。

——是的，妇人说——她停止笑——你冷吗？——她碰碰她的手臂。

少女不回答妇人。

——那猫，我叫它阿拉娜沙——少女笑起来。

——阿拉娜沙，妇人重复说。

少女大笑起来。妇人和她一起笑，接着她闭起眼睛，碰碰少女的身体，抱怨地说：

——你很瘦，妇人说，在皮肤下面全是骨头。

对妇人所说的话，少女笑了起来。

接着她们开始唱犹太人之歌。后来妇人让少女单独唱，第一百次向她叙述：

——除了缝在你的长袍里面的长方形白色棉布外，妇人说，头一天我们什么都不知道。在那白色长方形上，有 A.S.两个字母和出生的日子。你七岁了。

少女在寂静中聆听。她说：

——对，这大概是柏林。

她重新站起来，粗暴地推开妇人，接着她无言地大声叫喊，然后再站起来回到她的房间。穿过黑暗的走廊。她是那么瘦削细小，什么也不打扰，什么也不触碰。她大概走到了她的房间。妇人听见她唱歌。

在黑暗的房间里，猫还立着。在灯罩里，有一阵嗡嗡响，那里有一只苍蝇。猫在细听，它不再打呼噜。嗡嗡声停止，猫忘记了苍蝇。它重新看看少女。她细听着天边的多孔的黑夜。她说：

——对，是柏林。

嗡嗡声又重响起来。猫站起来，回到灯罩附近，用它的爪子抚摸它，紧张而克制，企图遏制这嗡嗡声，猫知道嗡嗡声是从那里来的。它静听着，像少女越过黑夜细听一样。

在灯光下，猫的眼睛像矿物质那样完美地发亮，少女一边细听一边斜着眼看它们。猫眼的颜色首先是没有颜色的透明，接着显出一条细小的绿色环带，这环带在发亮，它环绕着一个黑色的洞，经过这洞猫可以看见事物。

瞧，高射炮声又重新响起。它们又重新袭击光滑的蓝色钢铁肚子。它们碰撞，试图开膛破肚。

——听着，少女说。

声音增强，有条不紊，长得像一条河流，一条连续不断的水流。完整的声音，没有过去的那么沉闷。

——没有一架被击中，少女说，它们全都回来了。

一只夏天的老苍蝇从灯罩里摇摇晃晃走出来。接着响起警报，袭击现在已经排空的蓝色肚子的炮声。它们远去了。苍蝇再没有气力飞起，但它终于还是离开桌面，钻入房间深处。猫看不见它了。飞机远离，它的远去使苍蝇垂死的声音更加明显。

——五万人死亡，少女说。

猫再也不打呼噜了。小孩完全不使它发生兴趣。经过一段相当长的时间，嘈杂的声音变得细弱。猫的眼睛定定地望着房间的深处。它知道苍蝇是从那里消失的。飞机一直朝大洋远去。小孩开始唱歌。苍蝇再次尝试飞起，精疲力竭地嗡嗡叫。它尝试着，每次气力用尽时就随处停下来，停止的时间相隔得越来越近。对结局有把握的猫在等待着。它的恼火变得更强烈，但它极力控制着。

——它们经过大海，小孩说，细听着。

高射炮还零星地无用地响了几声。苍蝇飞了一秒钟，身体粘贴在墙上。这是孩子和猫都认得出的一种屠杀的声音。在几秒钟里，人们再也听不见什么了。只剩那站在门口的妇人对孩子们的将来进行思索。猫朝着苍蝇细听了一会儿。由于苍蝇不再回来，它也就忘记了。它重新观看小孩。接着在宁静的黑夜中响起了猫的呼噜声。妇人说所有的小孩都将被杀死。少女笑起来，她把妇人的方向指给猫看。她说：

——她还在哭。

猫伸懒腰，长久地打哈欠。它的灰色的毛分开，嘴巴的内部显现出来，牙齿是白色的，牙齿之间是粉红色的。

——现在那妇人害怕起来，细细地听她。

猫把它的爪子深入书桌的吸水纸中，又用一种克制的手势，把爪子收回。它对苍蝇仍然感到不满足。

——我是犹太人。小孩说。

苍蝇最后一次脱离了昏迷状态。它嗡嗡的叫声更显得空洞、嘈杂、沉醉。这是到了最后，鞘翅徒劳地扇着，扇动的空气已不足以支持身体。苍蝇只能混乱地、精疲力竭地生存着。

——犹太人。小孩说。

苍蝇像陨石似的落在小孩与猫之间的桌子上的吸水纸上。猫站了起来。苍蝇在艰苦的垂死中挣扎，它不能再飞了。猫举起爪子，搁在苍蝇上面。小孩观望着但没有看见。在猫的爪下，苍蝇发出油炸般的声音。猫不用力按下，它的爪子一直玩耍似的保持柔和的、懒洋洋的状态。

——我想起我的母亲。小孩说。

猫从苍蝇身上收回爪子。一只脱落的鞘翅落在桌子上，另一只鞘翅还在苍蝇身上。苍蝇还在摆动，拖着身子在徒劳地打转。苍蝇还在尝试飞起，但它做不到。

——我的母亲是犹太人的王后，小孩说，她是耶路撒冷和撒马利亚的王后。后来白种人到来，把她带走了。

小孩指指在门口的妇人。

——她可不知道此事。

猫看着苍蝇瘦弱的身体在徒劳地打转。小孩重新细听在树林上面的空气的体积。猫打定主意，倾侧头部，轻轻地把苍蝇咬在嘴里，大口地咀嚼——苍蝇是那么小，猫感觉不到它就在牙齿下面——轻轻一响，猫把苍蝇吞了下去。

猫舔舔爪子，重新面对小孩坐着。小孩把手伸向猫，猫朝着这只手进攻，在一种无法改变的爱情的动作中用全身摩擦着。小孩让她的手展开在猫的身体四周。

——有时候我想死，小孩说——她补充说——我不知道我的父亲是谁，可能是从叙利亚来的一位旅人。

猫的狂热再也没有止境。它低着头向小孩撞去，动作几乎是粗野的，在说过想死的小孩的温柔的声音影响下，它的肋部在她胸前轻蹭。小孩细听外面，战争、树林。她说：

——它们又回来了。

在空间的底层，开始响起一种微弱但没有缺陷的嘈杂声。小孩抱起猫，把它放在地上。她说：

——让我干。

在入口处，妇人听见第二次死亡的攻击，一连串炸弹的声音。

——这次是发生在哪里？妇人问道。

——杜塞尔多夫。小孩说。

——这是真的。妇人说。

猫跳回到书桌上，一直由于欲望而发抖。

——让我干。小孩说。

她把她的头搁在书桌上，脸部被遮盖住。在远处，在走廊上的妇人背诵着普法尔茨州的城市的名单，而且要求上帝屠杀坏人，那些德国人。她背诵小孩不了解的祷词。猫用尽全力尝试钻到小孩的脸下，介入她的头发与前额之间。在头发下发出沉闷的声音：

——让我干，让我干。

但是猫不肯。

小孩抱起猫，把它放在地上。

猫再也不坚持。它在书桌的脚下摩擦身子，接着走了出去。它从房间里走出，它在黑暗的走廊里朝妇人走去。小孩听见它脚下的地板发出细微的爆裂声。声音越来越远。小孩听见了一切，接着什么声音也没有了，除了从远处渐渐靠近塔的大量生命的继续死亡。

——它们很多吗？在走廊里的妇人问道。

——一百架。小孩说。

瞧它们在树林上面，几乎击中了塔。小孩把书桌的灯熄灭了。她双手抱着头躺下。她对妇人大声说：

——我希望它们掉下来。

妇人听不清楚。她说有人在大声叫喊，她很害怕，在黑夜中这会是谁？小孩大声说：

——我想死掉。

声音是那么嘈杂，整个头、墙壁和树林都充满了，人们不能呼吸，闭起眼睛，不发一言，除了小孩大声呼唤死亡。小孩双手掩面，哭泣。高射炮又重新开始向饱满的肚子攻击。飞机仿佛放慢了速度。一架装满孩子的肚子仿佛刚刚爆裂开。小孩大声叫喊：

——妈妈！小孩大声叫喊。

妇人听见了。她大声叫喊，她问是什么事。小孩说，塔被触及，她们将死去。接着她笑起来。

妇人不理解。她重新开始数莱茵河的城市并要求上帝灭绝坏人的世界。她不再祷告，她只朗诵儿童时代在德国地理课上学得的东西。她所说的一切，都被高射炮的呼啸声穿过。电灯熄灭了。小孩沉默不语。妇人呼唤她，在黑暗里她害怕。接着，突然响起嘈杂声，坠落时巨大的摩擦声，接着什么也不响了。小孩大声说：

——树林。

空军中队的嘈杂声变弱，显得越来越远的高射炮的声响跟随着这队伍。战争走远了。亮光不再恢复。掉下来的飞机单独留着。小孩跑到窗口，掀起黑色的窗帘。在那单独的塔下面有巨大的火焰。飞机被打中，火光照亮整个树林。天空一片黑暗。

——来，妇人大声叫喊。

小孩跑过去。

——都结束了，妇人说，你还在么？

是的，她说树林在燃烧，正在塔下面。除了火外，一切都变为荒凉。明天，飞机所在的地方会在树林里形成一个黑洞。妇人沿墙拿了一支蜡烛——她在黑暗中看见小孩——她把蜡烛点燃。小孩歌唱犹太人之歌，她坐在地上靠着妇人的脚。她歌唱犹太人之歌，妇人在奥蕾莉娅·斯坦纳的歌声中慢慢地入睡。

——它们从哪儿回来？妇人问道。

——列日，奥蕾莉娅说。

287

——这是真的，这是真的。妇人说道。

奥蕾莉娅重唱犹太人之歌。妇人入睡，开始说话。

——要是我早知道，妇人说，总之我们不再谈了，何况我没有任何事反对这少女……什么也没有……我宁可是犹太人忙着这些事，而且是更年轻的……但怎么办？……在黑夜里，两人一起离开，乘一列十三节车厢的火车离开，到哪儿去？怎样证明她是他们的孩子？怎么办？……要是他们返回，说是的，为什么不呢？……少女长得太快，人们说是缺乏营养……在长方形的白色棉布缝好后七年……

奥蕾莉娅停止唱歌。她细听着叙述故事的妇人。有时她大笑起来，妇人醒了，她问发生了什么事，谁在说话，它们去哪儿。

——奈梅亨，奥蕾莉娅说。它们飞过。

妇人说她很喜欢这个少女，但她不知为什么喜欢她。接着她沉默不语。接着她又说她喜欢她，而且非常喜欢。后来她又沉默不语。这时奥蕾莉娅轻轻地摇摇她。

——叙述吧，奥蕾莉娅说——她等待着，妇人在睡，于是奥蕾莉娅对她口授——"于是她跑上楼来，她带着我？"

——是这样，睡着的妇人说。

奥蕾莉娅等待着。后来她问道：是谁？

——你的母亲，妇人说。

——"收下这小女孩，我有要紧的事要做。"奥蕾莉娅说。

——对，妇人说，"我有一件要紧的事要做，我十分钟就回来。"

——"在楼梯上有嘈杂的声音？"

——是的，妇人说，是德国警察。

——再没有什么了？奥蕾莉娅问道。

——再没有什么了，妇人说。

——永远没有？

——永远没有？

奥蕾莉娅沉默起来。妇人唱奥蕾莉娅唱的犹太人之歌。奥蕾莉娅把头搁在妇人的膝上。她问：

——猫在哪儿？

妇人抚摸奥蕾莉娅黑色的头发。后来她停下手来。她不做回答。她最后一次问道：

——那么，它们在哪儿？

——在列日，奥蕾莉娅说，它们回来了。

——是么？妇人问道。谁死了？

——没有人，奥蕾莉娅说。

奥蕾莉娅紧紧拥在妇人怀里。妇人呻吟起来。

——紧紧抱我，紧紧抱我，奥蕾莉娅说。

妇人用劲抚摸奥蕾莉娅的头发，但后来没有气力了，她更渴望睡觉。在城里响起一阵阵空袭结束的警报声。

——告诉我他的名字，奥蕾莉娅大声说。

——斯坦纳，妇人说，斯坦纳·奥蕾莉娅，警察是这样叫喊的。

猫从侧边的房间走来。它还在瞌睡，打着哈欠。它看见奥蕾莉娅，向她走去，靠着她躺下。

——它们经过大海，奥蕾莉娅说。

奥蕾莉娅开始抚摸猫，起先是心不在焉，接着越来越用力。猫窥伺着奥蕾莉娅的手，乘机咬它，但没有弄痛她。奥蕾莉娅呼唤妇人。

——它还吃了一只苍蝇，奥蕾莉娅大声说。

妇人在睡觉，没有回答。

在窗玻璃上已出现白日，它深入到战争的走廊中。

猫仰卧着，它疯狂地渴望奥蕾莉娅，它在打呼噜。它的黄褐色的肚皮展开来就像黄土。奥蕾莉娅靠着猫躺着，猫舔着她的前额。它打呼噜的声音充满了奥蕾莉娅的头。她像是死掉了一般。猫像刚才玩苍蝇一样摆弄着她，那是夏天的第一只苍蝇。

——我的母亲，奥蕾莉娅说，她名叫奥蕾莉娅·斯坦纳。

奥蕾莉娅把她的头靠着猫的肚子。这肚子很温暖，发出比猫更响的呼噜声，像一片隐藏的大陆。

——斯坦纳·奥蕾莉娅，奥蕾莉娅说，和我一样。

一直是在这个我给你写信的房间，今天，在窗玻璃后面，有树林，风已刮起来了。

玫瑰已在这北方的国度死掉了，逐一被冬天带走。

我还在哭泣。有时候我认为透过我的手看见了你的手，这只手从来没有碰过我。我又看见它在我身上抚摸过，是这样自由、孤独、疯狂地感激，与你的意志分离，与你和我分离。这手碰到了我，它了解我自己都忽略了的东西。

天黑了。现在我再也看不见写的字。我什么都看不见了，除了我那停止给你写信的不动的手。但在窗玻璃下，天空仍然是蓝色的。奥蕾莉娅眼睛的蓝色也许更深，你瞧，特别是晚上，那时这蓝色会失去它的颜色而变为无底的黑暗。

我名叫奥蕾莉娅·斯坦纳。

我居住在巴黎，在那里我的父母亲是教师。

我十八岁。

我写作。

阿加塔

桂裕芳　译

这是在一座无人居住的房屋的客厅。

有一个长沙发。几把扶手椅。从一扇窗子射进冬季的光线。可以听见海的声音。冬季的光线朦胧而阴暗。

除了这个光线以外没有任何其他光线，只有这个冬季的光线。

这里有一个男人和一个女人。他们沉默不语。可以假定在我们看见他们以前，他们已经谈得很多了。他们对我们的在场完全无动于衷。他们站着，或是靠着墙，或是靠着家具，仿佛精疲力竭。他们不看着对方。客厅里有两个旅行袋和两件大衣，但是在不同的地方。因此他们是分别来到这里的。他们有三十岁。看上去很相像。

幕启时是一段长长的沉默，他们一动不动。他们将用一种深沉的、受压抑的平静声音说话。

他：您总是说到这次旅行。总是说。您总是说有一天我们两人中间有一个人该走。

        停顿。她不回答。

他：您说："迟早有一天必须这样。"您记得吧。

她：我们总是谈到离开，当我们还是孩子时，我觉得我们就总谈这个。现在是我要走了。

他：是的。（停顿）您谈起来时仿佛这是一种只取决于我们意志的

义务。（停顿）

她：我不知道。我记不清了。

他：是的……

　　　沉默。

他：您好像说过不论我们两人分手的义务多么遥远，我们必须履行，有一天我们必须确定一个日期、一个地点，在那里打住，然后任谁也阻止不了旅行，谁也控制不了旅行。

她：是的，我也记起来了，是的，我们还应该确定一个名字，某人的名字，他应该陪您旅行，和您一同启程。

他：正是为了使他不让您往后拖？再往后拖？

她：也许吧，是的。

　　　停顿。

她：这是一个很年轻的男人。他的年龄大概与当时您在海滩上的年龄相仿。（停顿）我好像记得是二十三岁。

　　　没有回答。沉默。她看着窗外。

她：大海似乎睡着了。没有一丝风。没有人影。海滩像在冬天一样平滑。（停顿）我仍然看见您在那里。（停顿）您迎着波涛走去，我害怕得叫了起来，您听不见，我哭了。

　　　沉默。痛苦。

他（缓慢地）：那时我以为明白了一切。一切。

她：是的。

他：预见到了一切，一切，在您和我之间可能发生的一切。

她（低声，仿佛是回声）：是的。

他：我以为预见到一切……一切……然后，您瞧……

　　　　沉默。他闭上眼睛。她看着他。

她：痛苦，不，这永远不可能。

他：就是它……永远……我以为像了解自己一样了解它，可是不……它每次回来，每次都很神奇。

　　　　沉默。

她：每次我再也不知道什么，每次……例如面对这种分离……我再也不知道什么。

他：是的。（停顿）你要走了。

她：是的……大概吧……是的……

　　　　沉默。他们相互看着。

他：您一定也撒了谎。（停顿）

她：什么时候？

他：当您给我发电报订约会的时候。（停顿）"你来。""你明天来。"（停顿）"你来因为我爱你。""你来。"

　　　　沉默。他们不再对视。

她：　我只能这样说。我没有撒谎。

他：　您完全可以说："我要走了。你来，我要走了。"（停顿）"你来，因为我要走了，因为我要离开你，因为我要走了。"

她：　不，我不愿意说在动身以前想见您。（停顿）我不愿意说我离开您，不，我是想看看您，没有其他，就是看看您，然后离开您，见面后立刻离开，仿佛一见面就走。

　　　沉默。

她：　一切都这么模糊，是的，我想我决定离开是因为我们之间的这种爱具有十分可怕的力量。

他：　是的。

她：　我无法避免作这次旅行。我希望离开您，同样也希望见到您，我犹豫于这些事之间，不明白是怎么回事。

他：　是的。

　　　他同意她的犹豫不决和惶惶不安。

他：　关于准确的日期这一点，你肯定也撒了谎。

她：　不，我给您写信时，我自己还不知道日期。昨天我才知道，一知道就给您发了电报。

　　　他们又相互看着。

他（低声）：　你什么时候走，阿加塔？

她：　明天。很早。清晨四点钟，还是黑夜（痛苦地微笑）。您是知道这些航班的，过了亚速尔群岛太阳才升起。

他：是的。

她：一个女人有次带您去过那里，当时您很年轻，那是在春天。（停顿）她是我们母亲的一位朋友。

他：我想是的。我记不得了。那是在你以前，我记不得了。

　　　长久的沉默。他们仍然看着对方。

他：这么说您的身体将会远离我，远离我身体的边界，它将难以寻找，我会为此死去的。

　　　没有回答。

他：它将成为乌有。

她：不。

他：它将处于生死之间，这样它将属于我。

她：是的，它属于您。

　　　沉默。

他：这就是您想对我做的。

她：是的。

他：这种痛苦。

她：是的。

他：阿加塔，阿加塔。

她：是的。

　　　他们不再相视。

他： 用这种办法告诉我，这也是您想要的吗？

她（激烈地）： 是的。我打定主意要像此刻这样，与您面对面、眼对眼地向您宣布我将离开。

　　　　他们闭上眼。停顿。

她： 您眼睛里有多么强烈的欲望呀。

他： 是的。（停顿）但是这些欲望将怎么样呢？（停顿）如果您离开了这里，我还剩下什么可看的呢？如果您坚持这个可怕的想法，要远离我？

她： 将仍是同一片天。东方仍然在它现在的地方。还有死亡。您会看到。什么也不会变的。

　　　　他们两个人都面对观众，始终沮丧，昏昏然。她不再激烈，变得温柔。

她： 我看见您十五岁、十八岁的时候。（停顿）您游过泳回来，走出汹涌的大海，总是在我身旁躺下，浑身淌着海水，您游得太快所以心在猛烈地跳动，您闭上眼，因为阳光强烈。我瞧着您。我瞧着您，刚才我惊慌失措地害怕失去您，我十二岁，我十五岁，当时看到您活着就是幸福。我跟您说话，我请求您，我恳求您别再去波涛汹涌的海里游泳。于是您睁开眼睛，微笑地看着我，然后又闭上眼睛。我喊着要您答应我，但您不回答。我不说话了，只是看着您，看着合上的眼皮下的眼睛，我想用手摸摸它们，我还不知道这种欲望叫什么。我想象您的身体消失在大海的黑暗中，漂浮在海底，我驱赶这种形象，再只看到您的眼睛。

　　　　　长久的沉默。

他：您知道，我忍受不了您离我而去的这个念头。
她：我也忍受不了。（停顿）面对这种分离，我们都是一样的。这
　　是您知道的。

　　　　　沉默。

他：您一直说在我们生命更晚一些时候才会出现这种分离。这是
　　您用的词……在这里……在去年冬天。您总是这样说……总是这
　　样……总是这样……您又在撒谎……您撒谎。（停顿）
她：那是在这儿的房间里。（指着别墅其他的房间）
他：是的，一年以前。在您这儿的房间里，对，在那个房间里……
　　（停顿，声音更低）不隔音的那间房……您知道，我不能，我受不了
　　这个……这个日期……您原先打算是再往后推的……即使是这一
　　次……再往后……让这个日子过去吧，回到我这里来，可以换个日
　　子走……只挪后一年，求求您……

　　　　　沉默。她不开口，仿佛晕过去了，一动不动。

她：不。
他：帮帮我吧，求求您。
她：首先，我根本没有计划这次旅行，仿佛真能实现似的……我
　　总是谈起它，但从来没有认真对待它，订一个日期，说出一个外国
　　城市的名字而那里没有您，这是可怕的……（停顿）然后有一次我觉
　　得我可以这样做了……说出这个名字，这个字……不论这个日期，
　　这个目的地有多远，我能正视……将它与我的死亡分开。

　　　　他心痛欲裂，就在观众面前，他变得奄奄一息，用衰弱的
　　　声音说话。

他（低声叫道，抱怨）：您居然能这样做，考虑这件事，远远离开
我，与您的死亡不相干……（停顿）您居然能这样做……仅仅一
次……一次……您居然能……

　　　　女人的声音在这里像是男声的孪生兄妹，与他融合在
　　　一起。

她：这的确发生过。（停顿）只几秒钟。正如我对您说的……看到
的那一会儿。看到您死的那一会儿。看到您死了，而我在您身旁
活着。

　　　　沉默。她在追想这是在什么时候发生的。

她：我记不清了……应该是在清晨，在醒过来的那一刹那。我不
知道是什么使您突然死去。（停顿）仿佛与海有关，始终是您童年的
形象：您迎着浪涛走去。（停顿）而我瞧着您……

　　　　沉默。接着他用同样痛苦的声音说话。

他：可是这几秒钟……不管时间多短、多快，您对我的感情变化
在昨天与今天之间虽然显得多么微不足道，但您很清楚那是完完全
全的结束……您知道这一点，别否认，您是知道这一点的。（停顿）
她：我想我们又弄错了。我们总是弄错。（停顿，温柔地）问题根
本不涉及您说的那种变化，爱您更深还是更浅，加倍爱还是或许相

反地稍稍减少爱，不，不……事实上是始终爱着您但希望不再爱您，尽一切努力不再爱您，忘记您，找人替代您，抛下您，失去您。

　　　　僵直地，他们闭上眼睛，僵直地待着，傻傻地表达自己的爱情。

他（温柔地）：　你看着我……我在叫喊……
她：　我与你一同叫喊。

　　　　沉默。他们动了动，仿佛在梦中，接着又不动了，僵直不动，观众见不到他们的眼睛是闭着还是低下看地。

他（声音很低）：　你走了仍然爱着我吗？

　　　　没有回答。

他：　你走是为了永远爱我吗？
她（慢声地）：　我走是为了在可羡的痛苦中永远爱你，因为我再也不能拥抱你，再也不能让这种爱使我们奄奄一息。

　　　　长久的沉默。

他：　那个男人呢？他知道点什么？他知道吗？
她：　不知道。（停顿）
他：　您是用同样的方式对他说的？（停顿）
她：　是的。

　　　　长久的沉默。他们闭上眼睛仿佛同时昏过去。缓慢地。

他(低声)：　您像对他说一样对我说。

她(低声)：　我爱你。(停顿)

他：　再来一次。

她：　我爱您，以前我不知道会爱您。

他：　您这是在对谁说？

她：　我不知道在对谁说。

　　　　沉默。

他：　你是阿加塔。

她：　是的。

　　　　他们仍然闭着眼，始终很平和，声音因激情而嘶哑，这激
　　　情是无法承受的，无法扮演的，无法表现的。

他：　阿加塔，我看到你了。

她：　是的。

他(闭着眼)：　我看到你了。你很小很小。最初。然后你就长大了。

她：　在哪里？

他：　在海滩上。(手势)在那里。(停顿)你七岁。(停顿)再往后。

她：　在另外一个地方。

他：　是的，在一个封闭的地方。

她：　一个房间里。

他：　对。

他们几乎低声谈论他们过去生活的这一刻，谈到阿加塔的这次午觉。

她：别墅里只有我们两人。

他：是的。

她：我们的母亲在哪里？其他的孩子在哪里？

他：他们在睡觉。那是午睡时刻。那是夏天。那是在这里，就是这个地方。

她：阿加塔别墅。

他：是的。

她突然阻止他，仿佛要阻止一个手势。

她：别说了。

他：好的。

沉默。他们等待这一刻过去。

她（仍然低声）：那是阿加塔的夏天。

他：我们的夏天，是的，夏天。那是在上午，我走出别墅，瞧着海滩，在游泳的人群中寻找我妹妹。不论大海多么远，不论多么远，我总能认出我妹妹。（停顿）我还说不出根据什么我总能认出她来。（停顿）如果不能立刻看到她，我就感到恐惧。（停顿）这种恐惧与她的恐惧，阿加塔的恐惧一样，害怕大海，害怕她被大海吞没。（停顿）阿加塔也一样，她迎着浪涛游去，游得很远，超过了游泳区的标志，超过了一切，再看不见她了，人们叫喊起来，做手势叫她回来。（停顿）只有当我打手势叫她回到我身边时她才回来。她回来了，在我身边躺下，我不责备她，我不跟她说话，我慢慢地从阿加塔的恐惧中恢复过来。她问我是怎么回事。我说我刚才害怕，仅此而已。她请我原谅她。我没有回答。

情人们仿佛恢复了理性，但他们始终显出这种不正常的温和。

他：您知道，这不可能，您的离去我是忍受不了的。
她：这我知道。（停顿）您接受不了。同样，如果是您走，我也接受不了，永远接受不了。绝对接受不了。（停顿）但我们要这样做。（停顿）但我们要对彼此这样做，与我们的生活分离。

沉默。

他（激烈地）：对我来说从来就没有提出这个问题。我从来就没有想象自己离开您。我不能，您是明白的。在我的疆域内我不能没有您的眼睛。在这里我不能没有您的身体。不能没有那个东西……您知道……当别人看着您而我也在他们中间时，您的注意力稍稍从我身上挪开，我也受不了……您很清楚……您的微笑上的阴影使您那么性感，只有我知道它是什么。

沉默。

他：您这次离去，我受不了……我受不了……您明白，我受不了。

沉默。接着他们一直边说话边走动，然后沿着墙走，沿着家具走，站定不动了，于是接着说。

他：再告诉我些事。

她：您想知道什么？

他：在河边的那次散步。在法国。

她：为什么？

他：为了尽量看到您所看到的东西。

她：您做不到。(停顿)您永远也做不到。

　　　　沉默。她慢慢地回忆，慢慢地讲，常常停住，然后又继续
回忆。

她：那是很久以前了。您还和我们住在一起，那些年在假期里我
们一同住在阿加塔别墅。(停顿)那里有一架黑色的钢琴放在朝向海
滩的所谓客厅里，这客厅其实只能叫候见室、门厅……我不知道该
怎么说。后来这架钢琴被卖掉了，板壁也被拆了，好扩大房间……
那是在您走以后的事，您是知道这些事的，您肯定记得这一切。
(停顿)然后哩，多年以后，事情发生在另一个地方，可以说换了一
个地方，换到面朝另一条河的另一个房间里。那不是我们童年时的
那条殖民地的河流，不，在那以后……(停顿)是的……我们全家人
出去野餐，我们的父亲当时还在世，我刚才说是在河边上，对吧，
那是在法国，离阿加塔别墅不远。野餐过后您和我就走开了，我们
这样做过，我们走开了，去到河边看看，然后看见那间旅馆。(停
顿)河岸上一座灰色的长形房子。您说它原本是座别墅，改用作幽
会场所。我们走进旅馆。那时我快满十五岁，您大概十九岁，我们
当时还害怕去冒险。

他：但我们还是去了。

她： 是的。

他： 我想我记起来了。

长久的沉默。

她： 那个旅馆里也有一架黑色的钢琴。我说这是阿加塔别墅的钢琴。旅馆是开着的，所有的门都开着，没有人，钢琴盖也是掀开的。（停顿）我们穿过旅馆就来到河岸上，然后到河边，那条河宽得无边，静静地，满是小岛和杨树，小岛上、河岸上到处都是杨树。这条河在流经旅馆以后就拐了弯，看不见了。您说："这是卢瓦尔河，它多宽呀，你瞧瞧，大海应该不太远了。"您说这条河很危险，虽然看上去没事，您解释说有水坑、眩晕和漩涡，夏天它们把孩子的身体卷进去，埋进河底的沙子里。您还说卢瓦尔河的那些杨树，在初夏的这个时候，和我小姑娘时的头发一样的颜色。您很漂亮但从不显摆，从不，因此您的漂亮显出童年的难以捉摸的风韵。您和我说话时，我突然看到这一点。在此以前我们很少单独在一起，那是头几次中的一次。我从您身边走开，看着您，然后看着河流的拐弯处。后来我又走回来，您还在那里，您还在看我，我明白您看我时与我刚才看您时想的是同样的事，我们在孤独里，远离了我们的弟弟妹妹，远离了教会我们令人惊叹地不修边幅的她。（停顿）关于这个我们什么也没有说，我们和别的孩子一样，相互什么也不说，一段时间以来，由于您和我的年龄差距，我们只谈些例如这条河之类的事。

停顿。

她： 后来我们参观了旅馆，各走各的，您好像是参观那些卧室，我

308

记不清了，我去参观那些客厅，它们在一排饭厅后面连贯成一排。仍然不见人影。我走过去时听到的唯一声音是您在楼上那些卧室里的脚步声。（停顿）然后我面朝河流，再次来到黑色钢琴前。我坐下来开始弹勃拉姆斯的圆舞曲。突然之间我觉得我能够弹下来，可是不，不可能。我弹到再现部就停住了，您知道，那一部分我从来就弹不好，您很清楚，那是我们母亲心痛的事。我停下以后听见您不再在楼上走动了。您一定在听。我没有再弹。我又听见您的脚步声了。

沉默。

他：　您在编造。（停顿）

她：　我不知道。我想不是。（停顿）

他：　您当时弹到主旋律的再现部。（停顿）

她：　是的。我没有继续弹，我最初听到您不再走动了，接着您又开始走动，突然我看见您就在那里，背靠门站着。您看着我的神气只有您才那样，仿佛很难看清，很难看清我。您微笑着，两次重复我的名字："阿加塔，阿加塔，你太夸张了吧……"我对您说："你，你来弹，勃拉姆斯的圆舞曲。"我走开，去到荒凉的旅馆里。（停顿）我在等待。过了一会儿传来琴声，您在弹勃拉姆斯的圆舞曲。您连续弹了两遍，然后又弹别的曲子，一而再，再而三，然后又是这支圆舞曲。我当时在朝向河流的一间大客厅里，我听见您的手指在弹这些乐曲，而那是我的手指，我，永远也做不到的。我看着镜子中的我，一面听着我哥哥只为众生中的我一个人弹奏，我将全部音乐永远给了他，我看到自己因与他相像而无限幸福，因为我们的生命就像这条同时流动的河一样，在那里，在镜子里，是的，就是这样……接着我感到身体灼热。（停顿）在几秒钟内我不再意识

309

到我活着。（停顿）

　　　　沉默。他闭着眼睛叫她。

他：　阿加塔。

　　　　沉默。她也闭着眼睛回答。

她：　是的。我头一次用这个名字叫自己。我在镜中看到的女人，
我这样叫她，就像您刚才叫的一样，您现在仍然这样叫我，特别加
强最后那个音节："阿加塔，阿加塔。"我爱您爱到极致了。

　　　　沉默。说话时仍旧闭着眼。

她：　您一点都记不起那天下午的事了？

　　　　沉默。他仿佛在回忆。

他：　您刚才说的我都记得，但记不得曾经见过。（停顿）旅馆的大
门是朝河流开着的？
她：　对。有两扇平行的大门朝向河流。在这两扇门之间是那架黑
色的钢琴，然后是那条河。（停顿）客厅是在大门的左侧，朝着河流
拐弯的方向。
他：　就是河流消失的方向。
她：　对，您还说："瞧这条河在那里消失，瞧，在阿加塔的方向
消失。"

沉默。

她：后来您就不弹琴了。您叫我。我没有立刻回答。您又一次叫我，这一次带有几分恐惧。接着是第三次，您大声叫。这时我回答您说我在这里，我就来，我来了，再次穿过那些客厅，来到您身边，将手放在琴键上，在您的手旁边。我们瞧着我们的手，估量它们，想看看我的手小多少。我要求你对她，对我们的母亲说我想放弃钢琴。你答应了。

　　沉默。

她：她多半正是在这时从旅馆花园的门进来的。我们突然发现她在那里，她看着我们。她在微笑，说她有点担心，因为我们走开已经一个小时了。我们感到惊奇，已经一个小时了？是的。我们就这样发现她在河流的反光中看着我们两人。（停顿）在她这样的目光以后发生的事我就不清楚了。（停顿）
他：我记得。我对她说："阿加塔不想继续学钢琴了。"我说她应该同意阿加塔的这个决定。我说我将代替阿加塔弹琴，弹一辈子。她久久地看着她这两个孩子，温和的眼神和您有时的眼神一样。我们顶住了这种目光。然后她说行，她同意，阿加塔可以免去学钢琴的义务，这事就算结束了。（停顿）在这以后，在她说了这些话以后，一切都消失了，我也和您一样什么都记不得了。

　　长长的沉默。音乐。刚才的话语，这段插曲，远去了。但情人们仍然不动，一直不动。

他：再给我说说。

她： 还要说？

他： 是的。

她： 这次说什么？

他： 说说您这次离开。

她： 您，您是永远不会走的。您，永远不会走。我们两个人大概很不相同。如此惊人地相似（微笑），所有的人仍然这么说，但各不相同。

　　　　微笑。默契。但仍然不动。

她： 别人如果了解这个故事会说："他，他绝不可能离开她，所以她才会考虑离开他。"他们会说："他是孩子中的老大，比她大五岁，阿加塔是老二，你们想想吧，因此他习惯于为弟妹们做出决定，他怎能想到她不让他事先有任何察觉就离他而去呢。"

　　　　模仿片段过去了。他们仍然不动，但慢慢地回到一种觉醒，回到讲述这种爱情而感到的幸福。

他： 另一些人会问："即使是有罪的爱情，她也不让他事先有任何察觉？"（停顿）

她： 是的。另一些人会回答："是的，即使在这种情况下。"

他（重复）： 罪恶的爱情。

她： 是的。

　　　　这个字勾起了强烈的欲望。

他： 你的身体，阿加塔……你的身体……白白的。

她：我的身体。

他：白白的，是的……白白的……

她：是的，是这样，我想是的……

他：我也这样想，我不太清楚，对什么都不再确定……

她：她说："他们都同样脆弱，眼睛、皮肤，同样白。"

　　　　长久的沉默。

她：你，你永远不会走……我早就知道……永远不会……你永远不会离开我。

他（低声）：永远不。过去永远办不到。将来也永远办不到。

她：我们就会停留在目前的状态，在阿加塔别墅相见。

他：是的。我们会留在这个地方，面对着大海。

　　　　沉默。越来越缓慢。

她：我突然有个想法，在您和我之间应该发生点别的事。仿佛故事有了一个新的改变。

他：离开？

她：不。（停顿）

他：那么改变并不意味着离开？

她：不。您有时总是不真诚。您知道离开只是将阿加塔别墅挪到大海对岸或别处。不，离开不是改变的办法。我希望能告诉您怎样改变，但是我不知道。

他（温和而谨慎地）：臆造？（停顿）

她：什么？

他：例如畏惧……？

她： 是的。畏惧。

他： 畏惧大海。畏惧诸神。

她： 是的，畏惧。（停顿）

他： 那么怎样才是改变呢？

她： 仍然留在这份爱情里。

　　　　沉默。两人都感到同样的激动、惶恐。

他（瞧着别墅）： 它是在你出生的那一年买下的。起名叫阿加塔，阿加塔别墅。（停顿）家里把它的名字给了你。

　　　　沉默。

他： 我们是在她去世时最后一次来到别墅。那是在八个月以前。

她： 是的。（停顿）她要死在别墅里。

　　　　沉默。

她： 您是怎样进到阿加塔别墅的？

他： 在夜里，用她给的钥匙。

她： 她留下来的？

他： 不，是她在临终前给的，给了我，阿加塔的哥哥。

　　　　沉默。他们相互看着。

她： 她从来不对这个人说她对另一个人说的话。

他： 从不。她谈到过去时仿佛说的是一件将来的事，期盼中的、

314

仍然模糊不清的事。（停顿）她说："迟早有一天阿加塔会放弃音乐的。"而此前某一天，在卢瓦尔河上，她已经允许她放弃了。

　　　长久的沉默。

她：　您有时独自来阿加塔别墅。
他：　是的。您也独自来。（停顿）
她：　我们从来没有谈起过。
他：　从来没有，没有。
她：　每次您来后房间里有点凌乱，所以我才知道。
他：　我哩，我知道您来过，因为不再那么凌乱了。

　　　沉默。闭着眼睛。

她：　您睡过觉后留下怎样的眩晕呀。
他：　你的气味，阿加塔，那种空虚。

　　　长久的沉默。

他：　您呢，您怎么看我的不愿离去？
她：　我与您一样。我不指明原因。
他：　求求您了，帮帮我。
她：　我在帮您。我离去，我在帮您。
他：　的确。
她（微笑）：　在这一点上，我们完全一致，对吧？
他：　是的。（微笑）公认的、典范性的一致。
她：　无法改变的一致。（痛苦的微笑）没有这种痛苦我们该怎么办？……没有这种分离……这种痛苦……

他：没有空气……没有光……我们该怎么办……

她：我们该怎样用空气……用光……如果没有这个知识，就会一同屈从于它们。

他（停顿）：我的爱。阿加塔……我的妹妹阿加塔……我的孩子……我的身体。阿加塔。

   他们在流泪。

她：她的眼睛怎么样？

他：蓝色的。

她：与他的眼睛一样……

他：是的。

她（幸福地）：呵，这种巧合……

他：这种幸福……

   他们流泪。他们闭上眼睛。我们又进到不可能被看到的事物中。

他：那天您穿着一件蓝色连衣裙，海滩上穿的连衣裙，您把它扔到床脚的地上。

她：等一等……我想……对，深蓝色……是我们母亲的衣服……旧的……有白色条纹……她有时借给我穿。（停顿）您记得那个颜色……那种蓝色。

他：是的，我记得地上的那个蓝点，根据它我猜到赤裸的身体多么白。

他们沉默了很久，然后动起来，恢复了曾暂时被放弃的明显的力量。谈话再次继续。

他： 您最近交上的、爱上的那个男人，许多人向我谈到他。

她： 他们说什么？

他（笑着）： 他们说："您妹妹真丢脸，和他公开露面，亲吻他，说话时靠得那么近。哪里都能看见他们，在大路上、汽车旅馆里、剧院里、夜里在巴黎酒吧里……"

沉默。他们相互看着。笑声停止了。

他： 听我说……听我说……有时爱情会死亡。

他们相互稍稍靠近。他们停在近处但彼此接触不到。她不回答。

他： 如果您爱他……哪怕只是很短的时间，几个星期，几个夜晚，而不是在几个夜晚仍然爱我……那您要告诉我。（停顿）

她： 我爱他。

沉默。他闭着眼睛。她转过身去。

他： 我要叫喊了。我叫喊。

她： 叫喊吧。

欲望的所有阶段都在那里，在同等的温和中表现出来。

他：我要死了。

她：死吧。

他：好的。

　　　　停顿。音乐，也许是童年末期的那支勃拉姆斯圆舞曲。

她：自从我们分别以后，我对爱情再一无所知。（停顿）它把我又还给了您。

　　　　沉默。可怕的平静。

他：浓重的阴暗又回到了我们周围，平静地接受禁忌，它是我们的命运。（停顿）这么说您来是为了告诉我您在远离我的地方所做出的决定，为的是使这个禁忌更受到禁戒。

她：是的，使它更危险，更令人畏惧，更可怕，更吓人，更陌生，受诅咒，荒诞，难以容忍，难以容忍到极致，爱到极致。（停顿）

他：我明白。我真疯了。（停顿）

她：您真明白了？

他：我只肯定爱。

她：您对其他一切都不肯定。

他：其他一切。

她：我也可能做出您这样的回答，您不相信吗？

他：您指的是哪个回答？

她：您的回答和我的回答是无法区分的。

　　　　他们突然动起来，接着又一动不动。然后是长长的沉默。她从窗口望出去，海滩，大海。

她(几乎漫不经心地)：真怪，突然是这种天气……这么暖和……突然……几乎是好天气……几乎炎热(停顿)仿佛夏天又回来了……

　　他一动不动，再次心不在焉，闭着眼睛。沉默。她仿佛突然感到不安。

她：我在跟您说话哩。(停顿)我刚才在跟您说话。

　　沉默。

他：我听见您了。(停顿)那时您的确很天真，还那么年轻，对您的优美所产生的影响一无所知，对您的身体的无限魅力一无所知。那时您很美，人们说您美，您看巴尔扎克。您是海滩上的光彩，而您对这光彩并不在意，就像孩子对自己的傻事不在意一样。(停顿)天气的确非常舒服，尤其是冬天就要来了，我们的爱情将作痛苦的远行，痛苦会使它死亡。

她：我觉得问题正在这里。

　　沉默。他们闭上眼睛。

他：我也这样想。

她：自从您和我，我们偶然生在这个家庭里，出自那个女人……无法认识的……陌生的……

他：我们心爱的人……

她：我们心爱的人……

他：在她之前，还在前，还在前……

她：是的。

插入往事。他们来回走，走开又回到往事上。沉默。

他：海水很暖和。十分平静。孩子们在别墅前游泳。

她：是的。有些孩子躺在波浪的边缘上，让海水淹没他们，他们笑着，叫着。

他：您几天前满了十八岁。

停顿。他们都转过头去，彼此承受不了对方的目光。

他：突然间来了这个消息：我妹妹长大了。我妹妹阿加塔十八岁了。

沉默。

他：我们的母亲告诉我这件事。她写道："你应该回来看看她。她突然间很美，你简直不敢相信自己的眼睛，看来她自己并不知道。你知道，她好像愿意后知后觉。她小时候有时避开我们，你记得吗，现在她避开她自己。"

沉默。他们仍然不看对方。仍旧是那种平和。

她：您和夏朗特的一位姑娘订了婚。当时您二十三岁，刚念完大学。您一个人住。夏天您再来阿加塔别墅时只住几天。

沉默。缓慢。

他：那个夏天我来看阿加塔。我看见了您。（停顿）我比预计的多待了几天。

> 沉默。

他： 那是一个美好的夏天。（停顿）是阿加塔式的夏天。

她： 七月份一个午睡时刻。花园是在房子的另一侧，在海的另一侧。

他： 我们的父母躺在棚架下。从我房间的窗口，我看见他们。他们躺在别墅的阴影里。

> 沉默。

她： 我们的两个房间朝向花园。

> 沉默。

他： 没有什么可怕的。没有目光。没有干扰。没有什么能打乱炎热中的安宁。（停顿）

她： 没有。

> 沉默。

他： 那个夏天，弟妹们都去了多尔多涅省我们祖父母的家里。（停顿）我们的母亲生病了……您还记得吗……是突发的抑郁症……那个夏天，她要求单独和您及父亲待在一起。（停顿，恳求地）帮帮我。（停顿）

她： 我们听见大海的声音，平静而缓慢。下午我去休息。两年来都是这样。医生说这是学习疲劳，您记得吗？（停顿）"她必须休息。"

他： 记得。

她： 我睡得离您不远。（停顿）我们的房间隔着一道不隔音的板墙。（停顿）您是知道的。（停顿）

他： 在那个夏天以前我不知道。

他们闭上眼睛。行动与对话完全相符。

他： 我回到幻觉的房间。（停顿）我以为她睡了。（停顿）

她： 她没有睡。

他： 我瞧着她。她知道吗？

她： 她知道。

他： 她也许不知道是谁？

她： 不，她听出了您的脚步声。她知道是谁来到她的房间。

沉默。

他： 我妹妹的身体在那里，在房间的暗处。（停顿）我不知道我妹妹的身体和另一个女人的身体有什么区别。（停顿）眼睛是闭着的。（停顿）但她知道我来了。

她： 是的。

沉默。交换角色。

她（闭着眼睛）： 再讲讲。（停顿）

他： 好的。（停顿）区别在于我自以为了解她，却发现她对此一无所知。了解与无知之间的差别是巨大的。

沉默。缓慢。两人都闭着眼睛，回到无与伦比的童年。

她：再讲讲。求求您了，讲讲她。（停顿）

他：海浪声传到房间里来了，低沉而缓慢。（停顿）您身体上有阳光描绘的图案。（停顿）乳房是白的，生殖器上是儿童游泳衣的线条。（停顿）她这淫乱的身体具有神的华丽，仿佛海浪声在用柔和的深浪来覆盖它。（停顿）我再只看见这个，看见您在那里，成熟了，您从黑夜中出来了，那是爱情之夜。

沉默。他们相互走开，不说话，接着继续说。

他：我久久地看着她的身体。她知道吗？

她：她发现了。

沉默。

她：有时我听见您在不隔音的板壁后面的动静……偶尔别墅里只有我们两个人。您领些姑娘们回来，我听见您说您爱她们，有时还听到她们在您给予的享乐中哭泣，我也听见在这种情况下的那种辱骂和喊叫，因此我感到害怕。（长久的停顿）我不晓得您不知道那堵板壁是不隔音的。（停顿）

他：您的房间总是那么安静，所以很久我都不知道它不隔音，一直到那一次……那一次……您知道，有一个男子进来占有您，您也同样地欢快和恐惧地叫起来。

长久的沉默。他们无言地动了动，接着又站住不动，说起话来。他们做动作时从来不说话。

他：那是我的一个朋友。（停顿）很大的享乐。

她：我好像记得是这样，是的。（停顿）

他（克制住粗暴）：完事时您都快死了，对吧？（没有回答）完事时我的妹妹阿加塔都快死了？

她：我想是的。也许死了一会儿……（停顿）可是在那天上午以前，在海滩上……在那个下午以后，在河边，我不知道我出了什么事。

沉默。

他：您是知道的，我明白您那声喊叫的含意，您不必说谎。

她：真的是喊叫？

他：是的。可恶。很可恶，但是在海滩上的那个上午之前，在阿加塔的午觉之前我是不知道的。

沉默。他们相互避开。

她（低声）：我记得更清楚的是我哥哥瞧着我赤裸裸的身体，而不是头一天发生的事，就是您说的那种死亡，您妹妹阿加塔在完事后的死亡。

他们都转过身去。她又变得幼稚。

她：我不知道我哥哥看着我赤身露体和另一个男子看着我的身体，这两者有什么不同。对这些事，对我哥哥，对这些禁忌，我一点都不懂，也不知道这些事很可爱，您明白，我也不知道它们深藏在我的身体里。

沉默。极度缓慢。凝止不动。

她(低声哀求)：　指引我去到白色的身体。(停顿)

他：　眼睛是看不见的。全部身体都被关在眼皮之下。(停顿)您是我妹妹。身体是静止不动的。皮肤之下可以看到心。

她：　您碰了碰身体。(停顿)您挨着它躺下。(停顿)我们沉默。

他：　我想手可以摸到乳房，嘴可以亲到乳房。

　　　沉默。

他：　我们的父母醒了。我不再知道您的名字。

　　　长久的沉默。语气改变。

他：　两年以后您嫁出去了。一切都被掩盖了。(停顿)我爱您，像那天下午，在大西洋别墅里的最初时刻一样爱您。(停顿)我爱您。(长久的停顿)您有了几个孩子。据说婚姻幸福。

她：　是的。(停顿)据说：　与您一样。(停顿)

他：　是的。

她：　我们从来没有离婚。

他：　我们彼此忠诚。我答应过您忠诚。您也回报我忠诚。直到那一天。

她：　那一天一切重新开始。

他：　是的，没有其他的爱。

　　　痛苦的主题再次出现。它消失了。

他： 那天上午我看见您在海滩上。和每天一样我走去和我妹妹在一起，我们一同游泳，然后我们躺在沙滩上。天气很好。有阳光和清风。（停顿）突然您说："怎么回事？其他人还没有来……"我们朝有着白色楼梯的别墅望过去，一切看上去都很正常。然后我看到绿廊里的挂钟，发觉我们弄错了钟点，我们比平时早一个小时来到海滩。

　　　　沉默。

他： 头一天您就问过我钟点，您说您的表停了，我告诉您钟点，那是在晚饭后，在我们卧室俯瞰的走道里，您还记得吗？我大概没看清楚钟点。
她： 大概吧。
他： 走道里的光线从来就不好。
她： 对，我们的母亲总不放在心上。

　　　　沉默。

她： 然后您没有纠正错误。（停顿）
他： 实际上我发现了错误，但您已经该睡觉了。
她： 然后您就忘了。第二天早上您也忘了。（停顿）
他： 是的，是这样。

　　　　沉默。缓慢。

他： 那天的后一天，您知道，就是那位朋友来占有您，您叫喊的第二天。（停顿）我记得我对您说我的第一个欲望就是要您死。（停顿）您没有回答。那是在海滩上。

    沉默。

他：我们比别人早来一个小时。只有一个小时。（停顿）这就够了。我对您讲头天晚上发生的事。（停顿）我告诉您在您的白色泳衣上有一点浅浅的血迹。我们相互看着。

    沉默。他接着说。

他：我说了您儿时的名字。（停顿）您哭了。（停顿）您请我原谅您。

    沉默。

他：在这以后，我只记得那个目光，它在我们全身挖了一道伤痕，很大的伤痕，比身体还更大的、灼热的伤痕。

    沉默。

她（恳求地）：再讲下去。
他：不，我不讲了。
她：求您了。
他：不。（停顿）
她：您是对的。别再讲了。（停顿）说点简单的事吧。说吧，求求您。
他：好。（停顿）听着，我说这件事。我说："家里人让我们在后来几年里结了婚。一切都被遮掩了。"

      长久的停顿。影射在阿加塔午睡时分她与哥哥之间发生的事。

她：您也告诉我，我不清楚……告诉我，我一直不知道……

他（犹豫）：不……我想不行……不，我记不得……记不得……我只记得看到您，没有其他，只是……看到您而已。瞧着您。（停顿）

他：看着您直到发现您惊人的完美……发现我是您哥哥，我们相爱。

      沉默。

他：听我说，听我说……有时爱情不会死亡，但必须消灭它。

她（接过话题）：但必须做点什么事仿佛它是可能的。

他：是的。

      沉默。

她：在海滩上，我问过您："出了什么事？告诉我……"（停顿）

他：是的……您一直这么害怕……害怕……尤其是夜里……害怕什么您也不知道。您五岁、七岁、十二岁时常在走廊里流泪，不知所措、全身发抖……（停顿）那天我不得不像往常一样回答您……别担心，放松自己，听其自然，还说了什么，去睡吧……

她：不。（停顿）那天你说以前你什么都不知道，你说在"今天"以前。"在今天以前。"

沉默。

他（背诵）：……"在今天以前我什么都不知道。"（停顿）

她（缓慢地）：是的。我问你对什么事不知道。

他：我说："对一切。对你。"

她：对，就是这句话。

　　　　长久的沉默。他们走动，站住。然后又说起来。

她：这时我们的弟妹们和父母从阿加塔别墅的白色楼梯上下来。这第一次一切就被掩盖过去了。

　　　　他们仍在走动，然后站住，说话。

他：您动身去哪里？

她：远离您。就是这样。和他一同远离您。

他：我会来的。

她：是的。

他：那您还会离开那里？

她：是的。

他：那我还会再一次来。

她：是的。

　　　　沉默。

他：那您会再一次离开？

她：是的。我离开是为了躲避您，为了让您在我躲避的地方见到我，然后我从您在的地方又走开，始终如此。（停顿）这是我们唯一的选择。

　　他在长沙发上躺下，姿势有几分暧昧，但还得体，这可能令人想到她的身体靠近他的身体。于是她转过头去。他们说话的时候几乎总是背过脸去，仿佛他们无法面对面，否则就有成为情人的无法挽回的危险。他们两人仍然在童年的爱情中。

她（低声）：　他和您同岁。

　　沉默。

她（低声）：　身体可能很美，我不是很清楚。我觉得跟您的身体一样，仍然很笨拙，仿佛还没有长开来，您知道，可以说软弱，应该再长大，再长大。（停顿）

他：　眼睛呢？

她：　蓝眼睛，很蓝。很亮。我亲吻闭着的眼睛下的蓝色。我从来没有碰我哥哥的眼睛。（停顿）他说："你瞧瞧我们周围这么辽阔的景色……一直到大洋大海的尽头，你闭上眼睛，看看地球……"（停顿）于是我看到您童年时的脸，它在太阳下半闭着眼睛寻找地球。

　　沉默。

她（缓慢地）：　那时你说："你瞧，阿加塔，往眼睛后面瞧。"总是海滩……你将双手放在我眼睛上，用劲按。这时我看到……我告诉你我看到什么……红色……火灾……和黑夜……我恐惧起来……可你还叫我说，我说通过你两手的红血也看见了你的手……（停顿）你的双手。那么漂亮。那么长，仿佛碎了，断了……按在我身旁的沙土上。（停顿）

他：　阿加塔的手……如此相似……

她（喃喃地）：　是的……

他：　那么长。也仿佛碎了……

她（同样）：　是的……

他：　仿佛断了……

她（同样）：　是的……

他：　勃拉姆斯的那支圆舞曲……

她（同样）：　是的……

他：　……她从来不会完整地弹出来……

她（同样）：　从来不会……

他：　而我们的母亲总在抱怨……

她（同样）：　是的……

他：　"这个小姑娘不愿意练琴……白长着那双手，她不肯学钢琴……"

　　　沉默。

他（喃喃地）：　直到见到河流的那一天。

她：　那时她把音乐永远送给了他，她被幸福载走，就像河水流走一样。

他（喃喃地）：　是的。

　　　沉默。

他：　而她还不明白。（停顿）"我的头两个孩子，两个大孩子，长着一模一样的手，是弹琴的手，但是那个姑娘不愿意。"

她："她是老二，是男孩下面的第一个女儿，第二个孩子……她很懒……"

他："我不该这么说，我应该说她仿佛把这事托付给了哥哥，他弹得十分好……仿佛她就不必费事……去弹……去生活了，您明白，既然他弹琴，他，弹得那么神奇，她说：只凭他这种姿势，把手放在琴键上，屏住呼吸……等待……她说她不必弹琴了……因为他……他在弹。"

长久的沉默。

他：您说身体……

她：您的身材。（停顿）这是一个十分平和的男人。（长久的停顿）我呼叫的是我的名字。

他：阿加塔。

她：阿加塔。（停顿）

他：他不惊奇。

她：我对他说：这不是我的名字。我叫他用另一个名字称呼我：迪奥蒂玛。您知道，他对我的生活一无所知，他只知道我的婚姻。

他：您对他是怎么讲阿加塔的？

她：我说这是一位叫乌尔里希·海默的情人给我起的名字。这个人读书不少，但没有读到这个程度，这些读物。

他（接上）：您会怎么说：无止境的读物？

她：也可以说：私人的读物。

他：关于您和我。

她：是的，关于您和我在一起。（停顿）您开玩笑地说过："这些故事是我们写的。"（停顿）那是在殖民地房子的花园里，大概是在父亲带妻子和孩子们去加蓬的两年中。花园沿着另一条河，在午睡时刻。

他抬起头。他们相互看着，不说话，然后他们转过目光。他们说话。此时只有对话在动，在进展。

他：我忘了那时我们多大。

她：您十七岁。

他：我忘了。

停顿。

她：您记得吧，我们读到那是在欧洲的夏天，情人们躺在花园里一动不动，相距很近又很远，整个夏天他们都被关在那个花园的围墙里，他们避开了全城的人。我们读到他们就这样一动不动地躺着，直到不再意识到他们是分离的，而且其中一人的些微动作会使另一人难以忍受地惊醒。当他们说话时他们只谈他们的爱情。

停顿。

她：您记得吧，在面对河流的炎热中，我们读到在那个暮色里，情人们沐浴在冬季的光线下，而当诱惑力十分强烈时，他们不知不觉地流泪。

长期的沉默。

他：是的。我们想法不同……您说："阿加塔是敢于面对死亡的

333

女孩。"

她：　而您，您说她阿加塔不能死，她，她面对死亡而没有死亡的危险。

他：　我同样说他是要死的。

她（回声）：　他，是的。

他：　他失去她就会死的，他可能遭遇到这些意外。（长久停顿）我们的母亲当时在听。

她（同样）：　是的，我们的母亲当时在听。

他：　可我们当时并不知道……她在听……她在听我们关于阿加塔的谈话。

她（同样）：　是的。

他：　她后来还听见她的孩子们突然以"您"相称。

她：　在七月份的那天以后，您记得吧……就在那天傍晚，我们决定以"您"相称。

他：　我们说那是做游戏，人们觉得有趣……也许她除外，这位如今去世的、可爱的母亲……这个女人……我们心爱的人。

她：　我们心爱的人……我们的母亲。

　　沉默。

她：　我想告诉您，她去世的那天说过话。她说："我的孩子，永远别离开他，别离开我给你的这个哥哥。"（停顿）她还说："有一天你必须把我现在对你说的话告诉他，他不应离开阿加塔。"

　　沉默。

她：　她还说："你们很幸运，能感受持久不渝的爱情，将来有一天你们会幸运地为此而死。"

　　　　沉默。缓慢。

他：　您明天黎明就走。
她：　是的。
他：　不再回来，是吧？
她：　是的。直到您来到新大陆的边疆内，在那里除了这份爱情外
什么都不会再发生。

　　　　他们转过头去。

他：　阿加塔。

　　　　他们仍然转过头，眼睛闭着。

她：　是的。
他：　这个夏天真如我们说的那么美好？
她：　是的，这是一个可爱的夏天。回忆十分强烈，胜过我们这些
保持回忆的人……胜过您，胜过您和我加在一起……这个夏天比我
们更强，比我们更有力，胜过我们，比你的眼睛更蓝，它超过我们
的美和我的身体，它比在阳光下按在我皮肤上的那个皮肤更柔和，
比我没碰到的那张嘴更温存。

　　　　沉默。他们闭着眼睛，僵直得令人恐惧。

萨瓦纳湾

马振骋　译

你不知道你是谁，你以前是谁；你知道你演过戏，你不知道你演过什么戏，你演戏，你知道你应该演，你不知道演什么，你就是演。你不知道演过哪些角色，哪些孩子死去或活着。不知道在哪些地方、哪些舞台、哪些都城、哪些大陆，你喊出了情人们的激情。只知道剧院付了钱，戏就得演。

　　你是舞台的演员，人世的丰采与完满、终极与浩气。

　　你一切都已忘怀，除了萨瓦纳湾，萨瓦纳湾。

　　萨瓦纳湾，就是你。

玛·杜

少妇：二十至三十岁之间。她爱玛德莱娜，严格说来就像爱自己的孩子。玛德莱娜也像孩子那样让她爱。

玛德莱娜：我看她最适宜穿黑衣服，除了在台上试穿的白底浅黄花长裙以外。

《萨瓦纳湾》中玛德莱娜这个人物，只能由一个达到仪态万方年龄的女演员扮演。

《萨瓦纳湾》这部剧本是为这种风致韵绝的女性构思和创作的。

任何青年女演员都不能扮演《萨瓦纳湾》中玛德莱娜的角色。

舞台上是两块相连的场景：左侧有一个类似墙角沙发的家具，不太明显，中央有一张桌子和三把椅子。

墙上空无一物。几块舞台大幕。

一把椅子上摊放着一袭花长裙。

舞台像客厅那样亮着。灯光昏沉，使人想起酒店大堂的灯光。

玛德莱娜在这样的灯光中进场。她走向舞台中央，走向桌子和椅子。她坐上客厅中最显眼的一把椅子。

她一出场，幕后就传来遥远的人声。

她坐定后，灯光打在她身上，她是世界的中心。灯光在她身上扩大，然后又停住。场面已做好演出准备。背景处于相对幽暗的黑暗里。只有玛德莱娜在舞台灯光下。

她侧身对着观众。她不说话。墙角沙发那边的天幕后始终人声嘈杂。声音听起来年轻自然，一个少妇和一个青年的声音，也可能有一个孩子的声音。小孩说一句话（听不清），别人可以发出笑声，只一次。

玛德莱娜非常专心听。她并不试图听明白说什么。这些人的嘈杂声她听了害怕。

这样过了好一会儿，这时玛德莱娜面向观众，让观众看到她的孤独，孩子般的迷惑，雍容华贵。

然后，还是从幕后响起有乐队伴奏的唱片歌曲，一个声音唱埃迪特·皮亚夫①的《情话》。声音很远，也很闷。

343

这也引起所有的回忆。

副歌部分持续两分钟，玛德莱娜始终坐在观众面前。她似乎认出这名歌星的声音，但是她的记忆是破碎的，断断续续，若隐若现。玛德莱娜站起身，努力回忆，既惊讶又平静，伤透了心后倒也无心可伤了。

这时从舞台右侧进来本剧中的第二个人物，一名少妇。她就叫少妇。她没有名字。

少妇走到玛德莱娜身边，在她的脚旁就地坐下。她们没有看对方。少妇微笑。玛德莱娜似乎感到害怕。少妇把面孔放到玛德莱娜的膝盖上。玛德莱娜指幕后。

玛德莱娜：什么事？

少妇：这是让和埃莱娜。他们给您带来了一张唱片。（停顿）他们又走了②。

玛德莱娜：那好……

    少妇抚摸和吻玛德莱娜的双手。歌声停止。

少妇：这首歌您听出来了吗？

玛德莱娜（犹豫）：这是……有点儿……

    长时间停顿。

---

① Edith Piaf(1915—1963)，法国女歌星。

② 戏中来拜访的还有罗贝尔、苏珊、让-皮埃尔、克洛德等人，都是玛德莱娜的小辈。他们仅仅经过，留在幕后，不出现在舞台上，只听到他们在远处的声音。——原注

少妇： 我来唱，您跟着重复歌词。

     玛德莱娜没有回答。她微微撅一下嘴。少妇神情严肃地看着她。

少妇： 您不愿意吗?
玛德莱娜： 愿意……愿意……我愿意……

     少妇神情严肃又好奇地继续看着她。玛德莱娜把手放到少妇脸上。

玛德莱娜： 您是我的小女儿?
少妇： 可能是的。
玛德莱娜(回忆)： 我的小女儿? ……我的女儿? ……
少妇： 是的，可能是的。
玛德莱娜(回忆)： 是这样吗?
少妇： 是的，是这样。

     停顿。静默。
     玛德莱娜闭上眼睛，像盲人那样抚摸少妇的头。少妇由她抚摸。后来玛德莱娜放开她的头，两手下垂，颓然无力。

玛德莱娜(停顿)： 我要一个人待会儿。
少妇： 不。

     少妇拿起玛德莱娜的手，放在自己头上，让她继续抚摸"那缺席的第三个人"。玛德莱娜的手又放下，还是颓然无力。少妇不再尝试。两个女人的手都不动。

少妇：您无聊吗？
玛德莱娜：不。
少妇：从来不？
玛德莱娜（简单地）：从来不。

　　　静默。少妇哼《情话》一歌。玛德莱娜好似在寻找声音是
　　从哪儿来的。歌声停止。
　　　然后，少妇开始唱歌，拍子放慢，歌词唱得很清楚。

少妇（唱）：
　　　我对你发疯地爱
　　　爱上了你好几回
　　　好几回我想叫喊……
玛德莱娜（瞧着少妇，像个学生那样慢慢跟着唱，没有明确停顿，
像在做听写）：
　　　我对你发疯地爱
　　　爱上了你好几回
　　　（停顿）
　　　好几回我想叫喊……
少妇：是的。（静默）
（唱——节奏放慢）：
　　　我从来不曾爱人
　　　像爱你那么深切
　　　我可以向你发誓……
玛德莱娜（神情愈来愈专注）：

346

　　　　我从来不曾爱人
　　　　像爱你那么深切
　　　　我可以向你发誓……

　　　　　　停顿。

少妇：　唱得对。

　　　　　　停顿。少妇一时不说话，然后她又开始唱。

少妇(唱)：
　　　　你若以后走了
　　　　走了，离开我了
　　　　我相信我会死去
　　　　我会死于爱情
　　　　我的爱，我的爱……

　　　　　　静默。

玛德莱娜(歌词里的强烈感情使她惊呆不动)：　不。

　　　　　　静默。

少妇(语调相同)：
　　　　我会死于爱情
　　　　我的爱，我的爱。
玛德莱娜：　不。

静默。少妇不说话。玛德莱娜好像后悔，又唱。

玛德莱娜：　我的爱，我的爱……
少妇(非常温柔地纠正)：
　　我会死于爱情
　　我的爱，我的爱。
玛德莱娜(温顺地重复)：
　　我会死于爱情
　　我的爱，我的爱。

　　少妇等待，然后非常缓慢地唱，玛德莱娜重复歌词。两人
面对观众。最后两句歌词玛德莱娜还是记不住，她在少妇唱时
非常专心，听着，但是不跟着唱。

少妇：
　　我肯定我会死去
　　我会死于爱情
　　我的爱，我的爱……

　　玛德莱娜又一次惊呆，仿佛这些歌词是对着她说的。少妇
向她转过身去。
　　停顿。
　　然后少妇非常缓慢地念歌词，玛德莱娜努力去记，念歌
词，十分含糊，缓慢，没有节奏。

玛德莱娜：
　　他发疯地跟我说

像是美丽的情话

当他跟我说时……

不是真心诚意

虽是情意绵绵

还是他离开了我……

没有留下一句话

尽管要说的话

还有许许多多……

（她慢下来，把歌词重复两遍，仿佛一下子被回忆触动。少妇等待她。）

还有太多太多……

少妇重念那个叠句，玛德莱娜听着，始终怀着激情。少妇没有把歌词全部念出。

少妇(哼乐曲)：

我对你发疯地爱……

啦啦啦啦啦……我的爱，我的爱……

玛德莱娜听了曲子点头，表示"是的"、"是这样"，仿佛少妇在念歌词，曲子停止。

曲子一唱，零零星星的回忆好像袭上玛德莱娜的心头。两个女人俱不作声。

歌曲使玛德莱娜处于迷茫状态。少妇非常注意玛德莱娜，简直在窥视她，这不但由于她俩的关系，还因为她渴望了解玛德莱娜瞒着的一些情况。她们互不看对方，但是在交谈。

少妇(语调深思熟虑)：　我在世界上最爱的是您。（停顿）胜过一切。（停顿）胜过我所见过的一切。（停顿）胜过我所读过的一切。（停顿）胜过我所有的一切。（停顿）胜过一切。
玛德莱娜(迷茫，几乎害怕)：　我……？
少妇：　是的。
玛德莱娜：　啊。

　　　静默。
　　　玛德莱娜皱眉头，像有危险临近那样疑虑重重。她试图理解，理解不了，由于不理解变得有点滑稽。

玛德莱娜(低声)：　为什么今天对我说这些话……
少妇(停顿，谨慎)：　今天又怎么啦？

　　　玛德莱娜看别处，好像惭愧。

玛德莱娜：　我说过大家不用这样常常来看我……总之……来得少些……

　　　少妇没有回答。

玛德莱娜(歉意地微笑)：　我要一个人待在这里。（她指周围）一个人。（突然激动，喊）谁都不用再来了。
少妇(温柔)：　是的。
玛德莱娜(态度完全转变，假意怜悯，含情)：　但是你……没有我你

350

怎么办呢？

　　　　少妇没有回答。

玛德莱娜(含情中闭上眼睛)：　我的孩子……我的孩子……我的美人……不愿再吃了……不愿再活了……这很聪明……什么都不要了……什么……

　　　　少妇好像不愿意听到。玛德莱娜谈起在她以前很久的事。
　　静默。

少妇(唱两三句歌词作为回答)：
　　我对你发疯地爱
　　爱上了你好几回
　　好几回我想叫喊……

　　　　少妇停唱。她看着玛德莱娜。

玛德莱娜：　我不会死。(停顿)你知道吗？
少妇(点头表示知道)：　是的。
玛德莱娜：　我若死去，人人都会死去，那时……这就不存在了……
少妇：　这没错。
玛德莱娜：　不可能人人……人人……

　　　　静默。然后迷茫。

少妇：　不，这不可能的。

玛德莱娜：　不可能的。

　　　停顿。

少妇（看着她，发慌）：　您的声音变得犹豫了，哑了。

玛德莱娜：　这来了，这来了，我听到了。

少妇（温柔）：　人家跟您说的，您只听懂很小一部分。

玛德莱娜：　是的，很小一部分。（停顿）有时一点不懂。

少妇（缓慢）：　您叫人害怕……

玛德莱娜：　叫人害怕……

少妇：　是的。

玛德莱娜：　那非常可能。我不再怕死了。（停顿）区别大约是这么来的。

　　　静默。

少妇（温柔）：　有一天，有一天晚上，我将让您永远留在那里（她指客厅）。我关上门，这样（姿势），这就结束了。我吻您的双手。我关上门。这就结束了。

　　　静默。少妇做个手势，她吻玛德莱娜的双手，玛德莱娜由着她做。少妇停止吻玛德莱娜，望着她。

玛德莱娜（害怕）：　有人每天晚上来看……来点灯吗……？

少妇：　是的。（停顿）总有一天灯光也会没有的。没有必要点什么灯。

　　　　静默。

玛德莱娜：　是的，是这样。听一听。呼吸已经停止了。

　　　　静默。玛德莱娜看着少妇。

玛德莱娜：　那么你，你又在哪儿呢？
少妇：　走了。从此不同了。与人交往。从此没有您了。

　　　　舞台掠过一阵恐惧。玛德莱娜环顾四周，凝视少妇将来走
　　后留下的空虚。

玛德莱娜（停顿）：　是的。（停顿）死亡是从我的身外过来的。
少妇：　从很远的地方。（停顿）您不会知道在什么时候。
玛德莱娜：　是的，我不会知道。
少妇：　世界一开始死亡就出发了，是找每个人来的。
玛德莱娜：　是的。一出生、在生前就注定了。
少妇：　是的。

　　　　停顿。

玛德莱娜：　这些事你怎么知道的？
少妇：　我看见您。我就知道了。

　　　　静默。少妇凝视玛德莱娜。

少妇：　您时时刻刻在想，在想。

玛德莱娜(不回避)：　是的。

少妇(粗鲁)：　在想什么？这次可以说一说吗？

玛德莱娜(同样粗鲁)：　你自己看就知道在想什么了。

　　　　静默。气氛再次变得温柔。

少妇：　这来得像光一样快。这去得像光一样快。中间根本没有时间说话。

玛德莱娜：　对，没有时间。

少妇：　随时随地都会来的，无法预见。

玛德莱娜：　无法预见，就像无法预见死亡。

　　　　静默。少妇把头放在玛德莱娜的膝盖上。气氛再次变得又温柔，又痛苦。

　　　　静默。

　　　　远处可能有歌声，也可能只是曲调。

　　　　曲子结束。静默。随着这次静默开始剧本的第二部分。

少妇：　要不要试一试你的花裙子？

玛德莱娜：　可以……可以……这是个好主意……

　　　　少妇慢慢从玛德莱娜的膝盖边站起。玛德莱娜也站起。费力气试衣使她好像有点烦，但她由着少妇给她试。少妇给她脱去舞台服装，递给她(摊放在椅子上的)花长裙。一穿上花长裙，玛德莱娜就朝一面假想的镜子转过身子去照。这样她一下子进入了强光区，仿佛身上受到镜子的反光。镜子是看不见的。聚光灯把反光打在她身上，但镜子是永远看不见的。玛德莱娜在聚光中照自己的身子。少妇过来,进入聚光区,也朝镜子的方向瞧玛德莱娜的身体。她们的目光朝着同一个方向。

静默。在剧本中有一种长时间的静默,但是这种静默可以称为"受到干扰"的静默,这时候两个女人好似在窥伺台上形成的气氛,这一切都是无心的,不是事前决定的。在这些静默时刻,其他人——还是那些亲属——在幕后经过,他们的嘈杂声引起玛德莱娜的警觉。

停顿。少妇听。

少妇: 这是让-玛丽,他大约带了小吉尔贝一起来的。雅克跟他说了我不在。
玛德莱娜(茫然): 好的……好的……

这些人过去了。又是静默。静默中少妇凝视玛德莱娜。

少妇(直截了当): 你跟我说……
玛德莱娜(像知道所指的事): 是的……我曾是……我曾是个演员。这是我的职业。演员。

静默。然后说如下的话:

少妇: 舞台演员。
玛德莱娜: 是的。
少妇(停顿): 没做别的。
玛德莱娜(停顿): 没做别的。

静默。

少妇：　把故事再给我说一遍吧。

玛德莱娜（镇静）：　还要听。

少妇：　是的。

玛德莱娜：　你天天要听这个故事。

少妇：　是的。

玛德莱娜：　天天说，说多了，我会弄错日期……人……地点……

　　　　两个女人的笑声。

少妇：　你愈错愈多。

玛德莱娜：　这就是你要的？

少妇（笑）：　是的。最叫我感兴趣的是你。

　　少妇笑。玛德莱娜也笑。她俩都笑，不说一句话，笑了好久。玛德莱娜笑时稍感不安，她没有把握是不是该笑，她不敢肯定，而少妇则开怀大笑。笑声停止。静默。

　　玛德莱娜又坐下。

　　少妇在玛德莱娜脚边躺直身子，她闭上眼睛。这在她们两人是一种习惯，跟她们从前生活中的一件重要的往事有关。这件事，玛德莱娜或许记得。少妇则不。也可能少妇的出生跟这件事有悲剧的巧合。但是我们不能确定。这件事上什么都不能肯定，它所依凭的玛德莱娜的记忆已经崩溃，玛德莱娜和少妇的共同往事中这一处已无从达到，无从探测。一人太年轻没有回忆，另一人太年老区分不了这件往事和往事描述之间的不同。少妇只有听信玛德莱娜颠三倒四的叙说。她在玛德莱娜的衰退的记忆上建立自己的童年和出生。

　　戏剧开始了，遥远，痛苦。

356

少妇： 那是一块巨大的白石礁？

玛德莱娜： 是的，那是一块巨大的白石礁……这事可以不说了吧。

　　　　缓慢。

少妇： 那是夏天。

玛德莱娜： 那是海边的夏天。

少妇： 你什么都不能肯定了。

玛德莱娜： 我几乎什么都不能肯定了。（停顿）白石礁，我是可以肯定的。

　　　　静默。

玛德莱娜（喊叫）： 别来烦我……

少妇： 我求你啦。

玛德莱娜（喊叫）： 不……

　　　　静默。然后玛德莱娜谈起那个传说，由少妇补充。

玛德莱娜： 他们先是在那个地方认识的，那块大平台，海中央的那块巨大的礁石……

少妇（重复玛德莱娜的叙述）： ……那块礁石刚浮出水面，清澈的波涛在上面滚过，然后阳光又照上了，只几秒钟工夫就又把它晒得像炼狱般火烫，那是夏天。她非常年轻，刚刚中学毕业。她游得很远。别人不知道。不知道。别人不知道她会不会回来。有几次……真以为她不回来了……有好几分钟……以为她回不来了。（停顿）她回来了。(停顿)他们先是在那个地方认识的。他看到她伸直身子躺着，面带微笑，隔一会儿波涛在她身上滚过……然后他看到她跳入海中，游远了……(停顿)她用身子在海水中戳了个洞，接着消失在水洞中。海水又合拢了。一眼望去看不到别的，只有平坦赤裸的海面。她找不到了，成了个幻影。这时他在白石礁上一下子站起身，他叫喊，一声尖叫，是没有名字的一声尖叫。(停顿)她应着叫声游了回来。在远处地平线上有一个小点子在移动，是她。(停顿)当他看到她回来……他微笑了……她也微笑了，而这个微笑……

玛德莱娜(迷茫)： ……这个微笑，这么个微笑……可以使人相信……会有一次……即使是在一个非常短促的时刻……仿佛这是可能的……人是可能去爱的。

  静默。

  玛德莱娜不说下去了，吃惊，刚才她自己说的话听起来像由另一个人说出来似的。

  少妇同样也在听她叙述。少妇低下头，感情激动，但是试图掩饰。

  静默。

玛德莱娜(胆怯)： 我说错了吗?

少妇(温柔，手势表示没关系)： 这没关系。

玛德莱娜： 我相信那是一九三〇至一九三五年在蒙彼利埃。市府剧院。作者的姓名不知道。我相信是个法国人。

  静默。少妇等着，不相信她说的回忆。

少妇： 不是。

玛德莱娜：啊。那样的话应该是那位先生，这位老爷子，你知道，那时他们订了婚……

少妇：你相信是这样……

玛德莱娜（疑惑）：那么是那个朋友？

少妇：不，朋友是在这事以前。也不是我的老爷子。

玛德莱娜（停顿）：啊。（停顿）这是可能的，注意……所有这些本子……里面的一切都要记住，一切……还要……

少妇（低声，几乎听不见）：是的。（停顿）你记起来了？

玛德莱娜：都记起来了。是的……从头至尾。都记起来了（手势）。都记起来了……但是记起了什么呢？……这个……（手势表示：我不知道了）

少妇：可能不是你……也不是。

玛德莱娜：那是我记错人了……

少妇：是的。

玛德莱娜：是的。

少妇：那不是在一家剧院。

玛德莱娜：不。那也是在一家剧院，因为那些年，以及后来几年，我每天晚上在舞台上演出。（停顿）大家可能以为我在演不同的东西，但是事实上，我演的只是这个，通过一切所演的就是那白石礁的故事。我总是演到那个份上。

少妇：是的。

玛德莱娜：你有点懂了吗？

少妇：懂了。（停顿）你是有意这样演的？

玛德莱娜：是的。

少妇：你撒谎。

玛德莱娜：没有。

少妇：我的爱，我钟爱的宝贝。

玛德莱娜： 是的。

　　　静默。玛德莱娜低下眼睛，不说话。她既真诚又虚假，既
　吃惊又平静。她说话。

玛德莱娜： 我记起了一些事……是的……是的……但是这些是隐
蔽的。我不知道记起的是什么，也不知道是谁，是什么时候，但是
都在这里……（她指自己的头）

　　　长时间静默。然后故事开始。

少妇： 一块巨大的白石礁……
玛德莱娜： 是的。是一块巨大的白石礁。这事可以不说了吧。

　　　停顿。

少妇： 可以说其他的事。
玛德莱娜： 是的。可以说其他的事。说什么呢？
少妇： 我不知道说什么。给我说其他的事吧。
玛德莱娜： 好的。

　　　静默。她们相互对看。

少妇： 我不会抛下你的。

　　　少妇搂住玛德莱娜。这时玛德莱娜在她的怀抱中说话，也
　可说在编故事。少妇搂紧她不让她难过，好似人们有时对待受

惊的孩子那样。玛德莱娜说话。

玛德莱娜(很慢,同时颠三倒四): 大家都不知道……没有人、没有人知道……大家不能完全确定……大家不能完全相信她会同意活下去……她会让我们看到她……听到她……等待她又一次愿意从海里回来……

少妇: 童年以来就是这样的。(停顿)大家说她从幼年以来一点没有改变。

玛德莱娜: 没有。

　　长时间停顿。喘口气后故事又开始。少妇放开玛德莱娜,走远,离开她。由她接着说故事。少妇叙述过程中,玛德莱娜从未低下眼睛。她保持僵硬姿态,决心不表露任何痛苦的痕迹。

　　大家不用知道这时候戏演到了哪里。可以相信戏完全包含在两个女人的"表演"中,但是又完全排斥在通过第三个女人联结她俩的强烈爱情之外;第三个女人不在,无疑是死了,无疑是白石礁上的那个女人——也是作为玛德莱娜的孩子的那个女人,而玛德莱娜又是少妇的母亲①。

少妇: 故事怎么说的?

玛德莱娜: 故事说当她笑的时候,可以相信她还在那里,她还是一直在那里。

少妇: 但是有人又说,这种轻快的笑声像空气似的在空间弥漫渗透,这已经预示死亡不太远了。(停顿)并不是人人都同意这个

---

　　① 我本人同意这种说法。——原注

看法。

　　　　静默。

玛德莱娜：她穿了黑色游泳衣，身材很瘦。
少妇：金色头发？
玛德莱娜：那我就不知道了，也不知道眼睛的颜色。
少妇：他大喊大叫，要再见到这个穿黑色游泳衣的少女。
玛德莱娜：是的。

　　　　静默。

少妇：她辛辛苦苦游了回来，在浩瀚的海水中她显得更加瘦小，她的面孔朝着他，微笑，一种精疲力竭、有所哀求的微笑——由这种哀求引出了以后的故事。他也向她微笑，而他们相互交换的这种微笑，可以让人相信，这两个人在那么短暂的时刻——只要真的发生这样的事——是能够为爱情去死的。

　　　　静默。

玛德莱娜：那一天非常炎热。是个大伏天。我记得剧院内座无虚席。我记不得什么时候、什么地方。是在一座大都市。我那时红得发紫。海是不能搬上舞台的。我就叙述故事，海是那么蓝，那么沉重。

　　　　静默。

少妇：这不完全是同一个故事吧？

玛德莱娜： 不完全是。海是一样的蓝。但那块白石礁不存在了。海边筑了一座平台。

　　　　停顿。

少妇： 您刚才说……她向他微笑，精疲力竭地微笑……
玛德莱娜： 是的。
少妇： 他也同样微笑？
玛德莱娜： 是的，同样微笑，向她，向我。在她与他之间，在他与我之间，有这个沉重的海洋空间，负载着人的身体，非常深，非常蓝。
少妇： 然后他走到水边，伸着双臂迎着您。
玛德莱娜： 是的。当他抓住她的双手，当他把她拉出海面，他的皮肤发烫了，晒裂了。然后接吻……接吻……
少妇： 接吻时，他还不认识她，还叫不出她的名字……
玛德莱娜： 在戏里名字不一样。我相信这是出于避嫌，或许也没有什么理由，名字是不一样的。

　　　　少妇不开口。她们相互不说话。
　　　　少妇回到玛德莱娜身边，把她的花长裙往下拉，动作像个舞台服装师。玛德莱娜说到"接吻"时闭上眼睛，然后她照镜子。她们的目光交织在一起。就这样交织着，她们在镜子的反光中说话。

玛德莱娜： 那样的时刻不会有第二次。
少妇： 会的。
玛德莱娜： 啊。

少妇望着长裙，走开，走出聚光区。玛德莱娜慢慢转身，像在试衣。

静默。玛德莱娜旋转时，少妇说话。

少妇：　他沿着河边的路回来，将近中午，天气最热的时刻。他一出河口，在望得见海洋的地方看到了她，在那块白石礁上，他看到在那块白石礁上一团黑色小影子，波涛隔一会儿把它盖没。

玛德莱娜：　他到达她的身边；当他站到礁石上时，她在最后一分钟才看到他。他瞧了她好久，然后说看到她在这里很惊奇，在这个天涯海角，在这块白石礁上，那么远。

少妇（缓慢）：　他跟她说了一些她可能已经等了好几年的话。

玛德莱娜：　可能从童年就等着、但不知道究竟是什么的一些话。他们一起离开那块白石礁。慢慢地，他跟她说的是她。

她们像其他人那样说话，像情人那样说话。

玛德莱娜（停顿）："您没有累着吧？"

少妇："您游得真远。（停顿）比如说今天早晨。""您要注意阳光，这里阳光很可怕，您好像不知道。"她说："我在海边习惯了。"他说："不。这怎么可能呢。"她说这是真的。（停顿）他说："这不是因为您美。我不会对着您看。（停顿）这是另一种更神秘、更可怕的东西，我不知道是什么。"

玛德莱娜：　她笑了，那种清亮疯狂的笑，那种天真的疯笑。她说："我不知道怎么回事，我不知道您在说什么，我从来没有那么接近过男人。我十六岁。"

少妇：　他闭上眼睛不去看她，他赶快游走不去理她。然后他又游了回来："我回来了。"这时她对他说："您要的话我可以把自己交给您。您若喜欢我会这样做的。我已到了可以做的年龄，这里，您看，没有人会看见。我们已经在马格拉河河口了。"

　　　她们代替其他人在说话，没有看对方，拘束腼腆，仿佛成了两个互不相识的人。

玛德莱娜：　他问她为什么希望讨好他。她说这是一种谈话方式……
少妇：　……说她不知道向他建议的内容究竟是什么，她就是这样冲口而出的。

　　　停顿。

玛德莱娜：　他说他接受她把自己交给他。（停顿）他说他害怕。
少妇：　他还要求她猜一猜他害怕什么。她说自己心里一直存在一个可笑的欲望——死的欲望。她还笑着说自己找不到别的词才说这个词的；还说他可能看到她提出要求时笨拙的样子，猜到了她有这个欲望。这样他就害怕了。
玛德莱娜：　他问她是不是因为他害怕了才选择了他的。她说："无疑是这样，是这个原因，但是我不能肯定，因为我不知道自己在说些什么，我也不知道这种害怕的性质是什么。"
少妇：　他说："但您还是提到了它。"她还在笑。她说："是的，我谈起了这种害怕，但是并不因此我对害怕就有所了解，就能说清内中的神秘，尤其如果这是由我引起的。我跟您说起过那个可笑的理由，这个困难也属于理由的一部分。"

　　　静默。

少妇： 他们到了马格拉大沼泽地。这里海风被河风挡住，刮不起来了。随河水淤积而成的软土地淡而无味，乡野弥漫着一种河流的清香。土地很厚，泥淖发烫，一切行动都在这里停滞。到处是灯心草、海鸟窝。他对她说他不认识这个地方。她对他说："在这里我就不再害怕死了。"

玛德莱娜： 她对他说："我一直很愿意到这里来。"（停顿）他不回答。

少妇： 不回答。

    静默。
    远处皮亚夫的歌声结束。她们像观众那样听着。
    静默。
    然后玛德莱娜在镜子的反光里转身。她展示长裙。

少妇： 您穿了很合适。

玛德莱娜（专心想自己的事）： 既然这样的事可能永远不会来了……这样的事不会有第二次……

少妇： 会有的。

玛德莱娜： 啊。（停顿）我看这不必再说了……

    少妇继续谈长裙。

少妇： 长短正好。

玛德莱娜（停顿）： 你为什么给我做长裙？

    玛德莱娜动作连贯地又默默转了一圈，然后停止。

少妇： 我不是一直给你做的么。

玛德莱娜：　这是真的。(停顿)但是没有这么多的花。

少妇拥抱玛德莱娜。

少妇(无限温柔)：　我的小女儿……我的女儿……我的小娃娃……我的宝贝……我的亲亲……我的爱……我的孩子，我的孩子。

玛德莱娜认出了这些话，很高兴。玛德莱娜又开始小步旋转，展示长裙，她说话。她说话，由少妇补充；她又叙述这个故事，关于他们的爱情中不可验证而神秘的双亲渊源。

玛德莱娜：　是的，那些日子很热。阳光明亮。非常明亮。回想起来就像今天一样。小船经过时，波涛打到白石礁上，都是避暑的人，都是阳光。他只看到这个青春少女小小的身影正朝礁石游去。(停顿)时间过去了。她十七岁。

少妇：　在她与他之间还横隔一片海，海水像岩石一样扁平、壮丽、不长生命。她不必用力气，顺着海水朝他游去。

玛德莱娜：　十七岁。有一个他的孩子。藏在她体内的孩子。她怀着孩子浮游在深邃可怕的蓝色海水中。他在这块不长生命的白色平台上，心悬在那两个生命上。他向着他们微笑，朝她张开两臂，像第一天一样。他害怕。

少妇：　这次他喊她的名字。他害怕，他总是害怕。他喊她的名字，这个女人除了他以外对谁都永远是陌生的。他把她拉出了水面。她笑，她大叫他的皮肤发烫，贴着他的皮肤自己身上也发烫；她的胳臂让他拉着，像条鳗鱼，往后一躺，直着身子躺在礁石上，躺在矿物上，把身体和心和全身皮肤都贴在发烫发白的礁石上。他给她脱去湿游泳衣。她一丝不挂。她一丝不挂，而他在她的身上到处吻，吻，吻，吻遍了她的躯体、腹部、心、眼睛。（停顿）孩子在腹中躁动。

少妇： 孩子在腹中什么都不知道。

玛德莱娜： 是的。

少妇： 有个人哭了，因为他们以后在相爱中死去。

玛德莱娜： 孩子活了下来。

> 叙述结束。玛德莱娜不说话。少妇也不说话。
>
> 长时间停顿——时间不妨稍长。
>
> 她们在这段口述舞台剧的"想象"中凝神不动。
>
> 后来渐渐又动了。玛德莱娜又开始旋转，速度更慢。少妇转身向她。她们谈起长裙。

玛德莱娜（微笑）： 是的。（停顿）这条长裙是为纪念日而穿的。

少妇： 纪念您生命中的每一天。

玛德莱娜： 是的，说得对。

> 缓慢，沉重的缓慢。

少妇（吃惊，庄重）： 是不是有一天什么事都没有发生？

玛德莱娜（神情严重错乱）： 是的。（停顿）有一天下雨，天色阴暗。

少妇： 整天这样。

玛德莱娜： 是的。那是夏天，那是在海边。

少妇： 天空灰蒙蒙的，空气、树都这样？黑夜来得很快？

玛德莱娜： 是的。

少妇： 没有人说话？（停顿）灯点上了吗？

玛德莱娜：点上了。

少妇：谁死了？

玛德莱娜(停顿)：我不知道了。应该说：是谁我不知道了。(微笑)应该说这条长裙是为纪念这次死亡穿的。

少妇：是的。

　　　　静默，玛德莱娜照镜子，指指脖子。样子可以很怕人。

玛德莱娜：我喜欢在脖子上有一条小褶裥……这里(手势)。

少妇：也许要比长裙的颜色还浅？

玛德莱娜(突然戏剧性的，可笑的)：是的，接近裙子泛黄的白花的那种颜色……这样……要是太费时间，您知道，那就算了，服装师太太，我不会介意的……添上一点生动些，您看，原谅我，服装师太太，我要求您做这道小褶裥，因为……说实在的……

　　　　两个女人微笑，心里很痛苦。

少妇：夫人，请注意，给您在脖子上加一道小褶裥对我来说没什么，一点不麻烦，一点不麻烦，还可以说恰巧相反；因为您跟我的看法不完全一致时，您认为我能够改正这个分歧，而在您的脖子上加上一道褶裥就能满足您的欲望，这只叫我满心喜欢……怎么会嫌麻烦呢……夫人，相信我，我请您相信我，我很高兴……

　　　　静默。少妇一下子动都不动。她强烈希望通过玛德莱娜的生活，通过专门的文章，去窥知过去历史中不认识的东西。没有成功。两个人的声音变了，还很痛苦。没有成功。突然哭泣。她们用手捂住面孔，不出一言地哭。然后她们颓然无力地

搂在一起。然后分开。然后互看。然后又搂在一起。静默。剧
本的第三部分开始。

少妇：在那个阴暗天是谁死了？

玛德莱娜（撒谎）：我不知道了。

少妇：一个年轻女人，法国的还是德国中部的？

玛德莱娜：都可能……

少妇（停顿，呢喃）：很年轻？

玛德莱娜：为什么不能是呢？年轻人也有死的，为什么不呢？

少妇（呢喃）：为什么不能是呢？

玛德莱娜：是的。她属于年轻人。

少妇：我看到过照片，是的。她很有个性，谁都不能代替，她。
（喊了起来：）她。

玛德莱娜：为什么不能是呢？

少妇：是的。（停顿）你总是跟我说起某个没有太阳的日子。死亡
那天关闭着的护窗板。马格拉的沼泽地。房屋四周的树林。一个男
人叫喊了三天三夜。

　　　玛德莱娜沉默不言。

少妇：我看到过一张度假的照片。上面有一个年轻女子。

玛德莱娜：度假的照片上面总有年轻女子。

　　　静默。

少妇：我看到那张照片上有我……那个年轻女子在一个高大的金
发男子右边，男的携着她的手……

玛德莱娜：　是么……

少妇：　是的。上一次的照片上也有一个年轻女子。（停顿）但是另一个。另一个年轻女子。那是戏剧里的场景。

玛德莱娜：　一切都是可能的。那上面是我。那么像……日期是不重要的。

　　　　静默。少妇不回答。她固执地不接受她所说的回忆。

少妇（恳求）：　你总是跟我谈到有一天很长，很阴暗。关闭着的护窗板。沼泽地，那条大河。房屋四周的树林。那个叫唤着死人的男人。

　　　　静默。

玛德莱娜：　这是真的，马格拉河口有几片大沼泽地。

　　　　静默。

少妇：　还有叫声，也是真的？
玛德莱娜：　这怎么知道呢？但是我相信，是的，有人向着河塘叫唤。

　　　　静默。非常阴郁的时刻。

少妇（低声）：　从来没有见过这样的爱情？
玛德莱娜：　没有。

　　　　静默。

少妇(叫喊)：　那是什么样的爱情呢？你给我说说……
玛德莱娜(望着她)：　谁也说不出来，谁也没法说。
少妇(绝望地怪叫)：　我求求你啦……
玛德莱娜(缓慢)：　每时每刻的爱情。(停顿)没有过去。(停顿)没有未来。(停顿)不移的。(停顿)不变的。
少妇：　每天早晨太阳走出黑暗，而每天晚上他们相爱，胜过世界上的一切，怀着一种完全的爱，在时间的单调中走向死亡的爱。

　　　　玛德莱娜没有回答。

少妇：　那时的人是这么说的？后来一部书中也是这么写的？
玛德莱娜：　是的，我相信还有一部影片也是。

　　　　静默。

少妇：　小女儿出生了……
玛德莱娜(明确)：　是的。恰在这之前。这段记忆是明白的，闪闪发光的，至少我相信这段记忆是明白的。但是谁知道呢？至少在我给您的那部书里是这样写的，那时您十五岁。后来我不知道了。
少妇：　不，停一停，我求您啦。(停顿)再说一遍：　小女儿的存在没有阻止死亡。
玛德莱娜：　什么东西都阻止不了死亡。(停顿)她离开她的产房向池塘走去。这天夜里，天下雨，这个地区八月底经常下雨。

　　　　静默。少妇又搂住玛德莱娜。还这样靠着她。

玛德莱娜(停顿): 我要走了。

少妇: 不。我求求您,再待一会儿……

玛德莱娜(停顿): 这个故事还有什么我就不知道了。

少妇: 那也没关系。

  静默。

少妇(低声): 还有什么?

玛德莱娜(低声): 多余的幸福……可能孩子,就是多余的幸福。

  静默。

少妇: 那个男人朝着池塘……叫唤死人……

玛德莱娜: 是的,是这样。是他。(停顿)大家没有去看。(停顿)办公室的一扇门开着没有关上。(停顿)他有可能回来的。(停顿。叹气)但是究竟在哪里呢?……我不知道了。

少妇: 他找不到回家的路了。

玛德莱娜: 可能。别的事我们就不知道了。大家都不知道了。

少妇: 尸体从来没有找到过。

玛德莱娜(停顿): 我就不知道了。

少妇: 你还知道什么?

玛德莱娜: 我还知道他们这样相爱的故事我还从来没见过。(停顿)我还知道不应该难过。

少妇: 这种难过是无药可治的。

玛德莱娜(停顿): 我不再难过了。

  静默。玛德莱娜站起身。

玛德莱娜突然一反常态，变得很快乐。

玛德莱娜（突然清醒）： 喂，太太，要么不做，要做就用乳白色蝉翼纱做小褶裥。

少妇： 好的，夫人，就照这样做。您很有道理。再说这没什么，今天晚上就可以做成的。（停顿）做成备着。

静默。

玛德莱娜： 备着随时可以穿。

少妇： 是的。随时可以穿。

玛德莱娜（停顿）： 是啊，是这样，应该这样做。

少妇： 是的。

玛德莱娜脱下花长裙。少妇帮助她。静默。然后玛德莱娜又穿上舞台服装。然后她俩相互淡淡一笑，没有说话。然后她们镇静下来。歇了一会儿。

少妇（停顿）： 那么没有人愿意给您写这出戏？

玛德莱娜（停顿）： 从来没有人愿意。没有人。理由很简单……为了不唤醒痛苦，你看。还有因为我不能再奔过去勾住他的脖子……奔过去再走得远远的，因为……（她指自己的身子，摹仿虚弱的样子）……最后你看到……

少妇： 好像听到有一支歌……

玛德莱娜： 是的，那张唱片，你知道，那张《我的爱，我的爱》。

少妇： 是的。

停顿。

玛德莱娜： 剧本永远不会写成。那就好比死亡。

少妇： 也好比活着。

玛德莱娜： 这倒也是一种想法。

静默。

少妇(停顿)： 这样说来，这是一出绝不会演出的戏？

玛德莱娜： 绝不会演出。(停顿)但是这次我应该说，戏里几乎永远演不出什么来的……一切总是好像……好像可以……

少妇： 喔……

玛德莱娜： 可以说出来似的……(单纯高尚：)"夫人，您好……今天这样的天气，耀眼的阳光……蔚蓝的天空……缠绵的爱情……真让人想死……您好……"

少妇："您好，您好……"

静默。

少妇： 你上哪儿找到他的？

玛德莱娜： 我没有去找他。我到的时候他已经在那里了。

少妇(指身边的舞台)： 也像这么一个地方？……

玛德莱娜(犹豫)： 但是这里是舞台。

少妇： 我的意思是说，像舞台一样没有墙的地方……

玛德莱娜： 是的，是这样。

静默。

玛德莱娜：大家休息一会儿吧。

少妇：好的。

　　少妇在玛德莱娜脚边坐下。她们两个人都闭上眼睛几秒钟。仿佛在这段时间里当着观众面睡着了。平静。幕后有人经过。日常的平静的杂声。玛德莱娜和少妇眼睛始终没有睁开。玛德莱娜闭着眼睛，指身后的幕布，像初次那么惊奇。

玛德莱娜：那是谁？

少妇：雅克，跟几位朋友。

玛德莱娜：啊。

　　幕布后有杂声，声音渐大，远去，消失。

少妇：他们走了。

　　两个女人很长时间一动不动。然后少妇唱那首歌的副歌部分，她只唱出一半的歌词。

少妇：
　　我对你发疯地爱
　　啦……啦……啦……啦……
　　好几回我想叫喊
　　我从来不曾爱人
　　像爱你那么深切
　　我可以向你发誓
　　你若以后走了

啦……啦……啦……啦……

我的爱，我的爱。

　　玛德莱娜怀着同样的注意力、同样的惊恐听着这首歌，仿佛第一次听到。少妇停止唱。对白缓慢。

玛德莱娜：《我的爱，我的爱》……（停顿）这张唱片是谁唱的？
少妇：　一名死去的女歌手。
玛德莱娜：　啊。（停顿）什么时候？

　　不知道玛德莱娜是知情不说，还是记不起了。

少妇：　有十五年了。（停顿）名字对你说了也没用。
玛德莱娜：　可以说她还活着。
少妇：　她就是活着。（停顿）在马格拉度假时这首歌是谁唱的？

　　又回到痛苦的气氛。

玛德莱娜：　我不知道了。
少妇（呢喃）：　她唱的。
玛德莱娜（撒谎）：　我不知道了。

　　静默。

玛德莱娜（停顿，思索）：　唱这首歌的人我认识吗？
少妇：　肯定认识的。（停顿）你把她忘记了。（停顿）她的声音你听不出来？

玛德莱娜： 我什么声音都听不出来了。除了你的。(停顿)你要是对我说出她的名字，或许……

少妇： 我不会跟你说的。

玛德莱娜： 可是，声音里的……这种力量我以前是听到过的……但是……

少妇： 这是你的力量。这是你的声音。一模一样。

玛德莱娜(惊奇)： 哦……这可能的……(停顿)这真奇怪……你说得不错，她还活着，(手势，指周围)你不认为吗?(停顿)这名歌手是自杀的吗?

少妇(犹豫)： 是的。

玛德莱娜： 我并不为此感到惊奇。(停顿)从她声音中的力量可以猜到，猜到另一种力量……

少妇： 死亡的力量……

玛德莱娜： 可能是的。(停顿)死亡。(停顿)我知道这愿望是怎么来的。有好几个月，我每天晚上要在舞台上死一次。(停顿)这是一个非常痛苦的时期。那个时期不论我演什么，角色中总掺入这份痛苦；她也在表演，她向我展现人是如何做到什么都能演的，即使是这份令人伤心欲绝的痛苦也能演。

　　　　静默。温柔。

少妇： 你记起来了?

玛德莱娜(撒谎)： 没有。

少妇： 你撒谎。

玛德莱娜： 是的。(停顿)你这么小，这些事怎么知道的?

少妇： 我是从你那里知道的。我也从我这里知道的。你对我说过，痛苦可以作为痛苦的解药，可以作为第二种爱情。

　　　　停顿。

玛德莱娜：　是的，有人开始怀疑发生了什么，谁死了，谁还活着，是哪一部书，在哪座城市，是哪个人，是哪个人难过，是谁知道这件事，是谁把它写了出来……

少妇(粗暴)：　突然你喊了起来，她在那里，电光照亮了那个年轻的死人……娇小的面孔在波涛下荡着笑容，心却被残酷的事实震裂了。

玛德莱娜：　是的，恰在大家相信把她忘记的时刻，她又露面了。(停顿)十七岁。人为了礼貌才没有去死。剧院坐满了观众；它付了钱，就应该为它演出。

　　　　非常不同的静默。少妇大声说话，使每个人听到，几乎有点放肆。

少妇：　人们开始逐渐明白一切了。这些难以置信的事：比如说她死了。死了。痛不欲生的事。上帝对她的恩宠居然是死的恩宠。外界看来永远高深莫测。永远。哪儿都看不出来。

　　　　本剧准备进入第四部分。
　　　　少妇唱《情话》，面对观众唱得很响。

少妇：
　　我对你发疯地爱
　　啦……啦……啦……啦……
　　……
　　……

我的爱，我的爱。

　　静默。第四部分将按照传统的舞台演出进行。大家再也不会感到迷惑。
　　幕间休息很短，其间两个女人移动桌子和椅子向观众靠近。镜子的反光照在桌子、椅子和两个女人身上，明亮，几乎过度。
　　然后少妇站起身。她在玛德莱娜左边，面对观众。玛德莱娜看着她。大家不知道正在酝酿什么。玛德莱娜好像被少妇撇在一边。然后少妇说话，从她向玛德莱娜转身移近一步的方式，从她全身对着玛德莱娜的姿势，还有从她有点倾向于朗诵的声调，大家应能立刻明白她是在为玛德莱娜说话。代替玛德莱娜。为了带着她远离死亡。

少妇(几乎机械缓慢的语调)：　有一次在一家咖啡馆里，那是下午，咖啡馆的门对着一座街心花园，花园中央是一个水池。这可以发生在法国西南部的一个小镇。
　　可以在某个欧洲城市的一个街区。
　　也可以在其他地方。
　　在中国南方的那些小城镇。
　　或是在北京。
　　加尔各答。
　　凡尔赛。
　　一九二〇年。
　　或在维也纳。
　　或在巴黎。
　　或在另外其他的地方。

这些都是故事可能发生的地方；听到这些城市名字，玛德莱娜渐渐恢复了生气，好像不由自主地开始激动，大声说出其他城市的名字，比如"加尔各答、西贡、曼德勒、新加坡、横滨"。她说这些地名时也可声音很低，或者不发声，或者对少妇的叙述默默地点头同意："是这样"，"是这么回事"。很明显，不论叙述什么，不论次序如何，玛德莱娜总是同意，她"认出了"故事。

玛德莱娜(呢喃)：

或者在其他地方。

西贡。

新加坡。

曼德勒。

横滨。

谁知道呢？

谁知道呢？

少妇：是的。(停顿)反正不是发生在地球的热带地区，就是发生在北方国家的夏季。

不论在哪里，这种事总是发生在一个下午。

玛德莱娜(应声)：那可能发生在一个北方国家的夏季。下午。

少妇：是的。白天快要结束，黑夜即将来临之际。

这时开始舞台对话。谁说什么都要清清楚楚。

少妇：白天快要结束，黑夜即将来临之前。但是夜色显露时，夕阳已经西斜，光线淡薄，在完全消失以前到处弥漫。就是在落日余晖的时刻，非常短暂。咖啡馆里的那个男人，坐在靠水池的玻璃窗前。他从口袋掏出一封信。他读了起来。接着又是一遍，又是一遍。我一直看着他。（停顿）然后他把信放回口袋。而我，我始终看着。后来他又把信掏出口袋，又再读了一遍。而我，我看到他在哭。（停顿）他读完之后，没有折叠，而是把信一团放进口袋。（停顿）我始终看着。他没有再读。他待在那里，像死了似的，面对着黄昏。

玛德莱娜（看着少妇，仿佛少妇在给她听写台词，始终不敢肯定的样子）：　是的，直到夜色深了，他都没有动一动。他望着水池。我不是整个时间都看着他。我一会儿看水池，一会儿看他。我要看他的眼睛。

少妇：　他的眼睛，是的。（停顿）我要看的是他的眼睛。突然这事发生了。他不再望着水池，突然他看起我来了，我。

　　　　玛德莱娜说这句话时声音响亮，似有决定意义：

玛德莱娜：　他的眼睛明亮。

少妇：　他在问自己，这算什么意思，这样的目光盯着他不放。他一定在想：多么鲁莽，多么失礼……

玛德莱娜：　但是我没有低下眼睛。

少妇：　这样做的是他，是他低下了眼睛。他又开始望那个水池。

玛德莱娜：　他把我忘了。

少妇：　是的，是这样。（停顿）然后他记起来了。（停顿）他又望着我的目光。

玛德莱娜：　然后他又忘了。（停顿）但是我始终盯着他看。

　　　　停顿。

少妇：　然后一下子，一切都改变了。

玛德莱娜: 一切。(停顿)当他最后一次转过头,一切就已经改变了:他知道的。他知道有一个人卷入了他的可怕的故事。

停顿。

少妇: 是的,他知道那天晚上世界上有一个人看着他可怕的痛苦的过程。

玛德莱娜: 是谁?他不知道。但是这样的目光他以前见过。

少妇: 是的,他可能已经明白了这样的目光。他不再去看水池。他转过身,毫不犹豫地直朝着我看。

停顿。缓慢。

玛德莱娜: 他的表情改变了,从他的举止来看,那一刻,人们会以为他准备离开咖啡馆,准备逃离那个坐在吧台一隅死死盯着他看的女人。

少妇: 为了让这一切停止,你明白,我是这么认为的。(停顿)但是我错了。

停顿,缓慢。

玛德莱娜: 这次不是他了,而是我低下眼睛,为了不去留住他,为了让他自由地走开,离开我,使我伤心……使我断魂……

少妇: 但是在他面前,像这样突然闭上眼睛,这只是证实我确是爱上了他,那么意外,那么强烈。

玛德莱娜: 这很清楚。这很明显。

少妇: 他明白了这个情况。突然把自己的故事置于脑后而朝着我看。

玛德莱娜：他看着这段爱情的形成，显而易见，这个年轻女子除了他以外，还没因别的男人感受过这样的深情。

停顿。

少妇：是他的痛苦引起的……？

玛德莱娜：是的，是他的痛苦引起的。

少妇：是的。是他为另一个女人的痛苦引起的，她剥夺了我们——他与我——的爱情故事。

玛德莱娜：我要对您说，好好听我说，听我说，我要纠正一下：是他为另一个女人的痛苦引起的，这个女人是他所爱的，她成全我们——他与我——去经历一份爱的感情，而不是一个爱情故事。

停顿。

玛德莱娜：他的眼睛明亮吗？

少妇：我相信是的。您说过是蓝的？

玛德莱娜：不，我说的是明亮。（停顿）我也说过眼睛……我不知道了。（停顿）今天我说：眼睛明亮。金黄头发。我不再改了。

少妇：眼睛明亮……

玛德莱娜：是的……

少妇：大家以为眼睛看得清楚，看得很远，看到过去的事。

玛德莱娜：是的，但这是错的，眼睛并不能看到一切。

少妇：眼睛不让另外的故事来替代那个沉落在死亡中的故事。

玛德莱娜：是这样。

少妇：眼睛可能什么都看不到，它被亮光弄瞎了。

玛德莱娜： 看不到。眼睛看到的只是不朽的事。

　　　静默。她们相互对看。少妇哼曲子，玛德莱娜念最后一段
　歌词。

少妇(唱)：
　　情话情话
　　许许多多
　　许许多多
　　太多太多
　　……
玛德莱娜： 是的。

　　　静默。

少妇(唱)：
　　啦……啦……啦……
　　啦……啦……啦……
　　我的爱，我的爱。
玛德莱娜： 一个他再也看不到的人，却叫他爱得发疯。
少妇： 他失去了她，失去了那另一个女人，陷入这样的痛苦，我就
是为此而爱上了他。对这个失去另一个女人的男人的身体，我有一
种强烈的欲望。我泣不成声，这真是一种强烈的欲望。

　　　静默。幕后有人走动，像一种威胁。嘈杂声消失。

少妇： 他又开始看水池，现在水池在咖啡馆的玻璃后面已经模糊

不清。

　　　　　少妇看着玛德莱娜。静默。缓慢朗诵。

玛德莱娜：　这不是一个水池。这是一片海。
少妇：　是的。
玛德莱娜：　这不是法国。这是暹罗。
少妇：　是的。
玛德莱娜：　这是萨瓦纳湾。
少妇：　是的，这是萨瓦纳湾。这是暹罗。这是一条热带河流的
河口。

　　　　　静默。然后少妇悄声唱《情话》。

玛德莱娜(在歌声中插入)：　这是亨利·方达，这是萨瓦纳湾，这是
在一出戏里。戏名叫：《萨瓦纳湾》。演员：　亨利·方达。

　　　　　长时间停顿。

少妇：　他站了起来。我从玻璃上看到他的动作，还看到他的几乎
被遮着的面孔。

　　　　　停顿。

玛德莱娜：　夜色已经降临萨瓦纳湾。(停顿)远处看见灯光明亮的
码头。(停顿)渔船正纷纷出海。
少妇：　吧台的灯亮了。他转过身。对我看。

玛德莱娜： 他站了起来。向我转过身，无疑等待我向他做出表示。谁知道呢？这时我做了个几乎不可觉察的手势，向他表示到我这里来。

少妇： 他站了起来。

玛德莱娜： 是的。

少妇： 他走近来。

玛德莱娜： 是的。

      两个女人改变视线，仿佛在看第三个人。她们像萨瓦纳湾的情人那样交谈。

少妇： 他穿白色柞丝绸套装。他对我微笑。我向他示意坐下。

玛德莱娜： 是的。（停顿）他说："我是萨瓦纳湾的一个欧洲人。"

少妇： 这时我感到奇怪。我说："这里的人说欧洲人？这真有意思……"

玛德莱娜． 他说这里就是这样称呼的。"欧洲人，"他说。

少妇： 他说这是从殖民帝国时期开始的。"所有的白人都被称为欧洲人。"然后他看着我，"您住在暹罗？"

玛德莱娜（猝不及防）．"这是说……"

少妇："暹罗？"

玛德莱娜（猝不及防，仿佛忘了台词）："这是说……"

少妇："先生，她在这里拍一部影片。她在萨瓦纳湾拍片子。跟亨利·方达。爱情片。一部爱情片。"

玛德莱娜（摆脱记忆的重压，神情可爱）："是的，是这样，我跟亨利·方达在萨瓦纳湾拍一部片子，片名叫《萨瓦纳湾》。"

少妇："这里常拍电影，都看上萨瓦纳湾的光线。"

玛德莱娜："啊……萨瓦纳，萨瓦纳湾。"（停顿）"光线柔和。"

少妇："是的。总是不强不弱。几乎从来不下雨。最多在春分秋分时节刮几场台风。"

玛德莱娜(赞美)："气候真好，机会真好。"

　　　　又回到原来地方。

少妇："我不知道。我没有去想。"他不再看我了，他注视海的方向，不说话。

玛德莱娜：这个人非常真诚，这很少见。

少妇：是的。是个失落的人。

玛德莱娜：他没有什么可以失落了。没有什么可以得到了。

少妇：是的。

　　　　静默。回到无个性的语调。

玛德莱娜："先生，您遇到了不幸，是么？"

少妇(做手势)："是的。"

玛德莱娜："因为您的妻子？"

少妇："是的。"

玛德莱娜(悄声)："请告诉我……发生什么啦？"

少妇："他看着我，他说：这种事天天发生，您知道，既不重要又非常可怕。"

玛德莱娜："这是真的……您说的……是真的。"

少妇：他又朝大海转过身。她整个身子向着他，眼里含着泪水。(停顿)他说："这真可怕，想不到要摆脱竟会这么难。只有时间才能减轻这种痛苦。"他边说边流泪。

玛德莱娜："先生，她死了吧？"

少妇："是的。"

玛德莱娜："死了？先生，死了？"

少妇："是的，她造成了自己的死亡，这里，有一个夜里，在这里萨瓦纳湾。"

玛德莱娜："造成了自己的死亡……先生，这是多么怪的说法啊。"

少妇："本来如此。如果我说：遇到了死亡，那就没有这么确切了。"

玛德莱娜："这倒是的……"

      静默。

玛德莱娜："多大啦？先生，她那时多大？"

少妇（犹豫）：还不到十八，才十七，我相信还差几个星期。

玛德莱娜："上帝。"

少妇："是的。"

玛德莱娜（害怕，声音嗫嚅）："这有很多年头了吧？"

少妇："也就是孩子这个岁数。二十五年。"

      静默。

玛德莱娜："在萨瓦纳湾这个海区里？"

少妇："是的，是这里。是暹罗。"

玛德莱娜："我不知道萨瓦纳湾是在暹罗。我以为是在意大利南部呢。"

少妇："也是在意大利南部。您去过哪儿就在哪儿。"

玛德莱娜（停顿）："我明白了。"

静默。玛德莱娜转身背向少妇。

玛德莱娜："先生……先生，这太可怕了，您应该把它忘掉。"
少妇："是的，我应该把它忘掉。"

少妇向玛德莱娜转过身。

少妇："夫人，人家总是跟我说，您以前是风致韵绝的一代佳人。"
玛德莱娜(深信不疑)："是的。"

静默。玛德莱娜从少妇身边走开。

玛德莱娜："这样的话，先生，我看出来您没有死在马格拉沼泽地。"
少妇："夫人，我不认识那个地方，对不起。在别的地方大约用另一个名字。"
玛德莱娜(惊呆)："是的，很可能。(停顿)但是别的什么地方呢？"
少妇："我不知道。"(她转身)他看着大海，光线暗了下来。他好像把一切都忘记了。那时我叫了他一声。
玛德莱娜：他没有朝我转过身来。

少妇又低声唱歌。她们在灯光和歌声中静止不动。然后少妇走出，关上身后的门，就像她说过她总有一天会这样做的。玛德莱娜一个人留着，不知道她离去。
黑暗中音乐渐弱，停止。

萨瓦纳湾

一九八三年九月二十七日
圆形广场剧院演出本

导演	玛格丽特·杜拉斯
助理	扬·安德烈亚
布景	罗伯托·普拉特
布景助理	西蒙·迪亚梅尔
玛德莱娜	玛德莱娜·勒诺
少妇	比勒·奥吉耶
照明	热纳维耶芙·苏比鲁
舞台监督	让-皮埃尔·马蒂斯
音乐	菲利普·普鲁斯特

插曲

埃迪特·皮亚夫《情话》

柔板，选自弗朗兹·舒伯特 C 大调弦乐五重奏 D
956 op.163

舞台几乎是空的。有六张椅子和两条盖上浅色罩布的长凳，还有一张桌子。地面是光的。这一切占舞台空间十分之一。这里将演出《萨瓦纳湾》。

在这个演出空间后面，竖着一块罗伯托·普拉特为《萨瓦纳湾》制作的背景。舞台要很大，可以营造空旷荒凉的景色。两块漆木架红丝绒幕布在巨大的舞台前升起。舞台中央的空间一直通到圆形广场剧院的围墙。在这块地方的两边是一扇深绿色大门的两块门扉，使人想起波河河谷地带的大教堂。这扇门后面有两根大柱子，跟剧院一般高低，浅黄色大理石花纹。门边的柱子后面有一块近乎黑色的暗光区，然后是海。照到海面上的光是变幻的，有时"冷"，有时"暖"，有时暗，根据海的规律。

《萨瓦纳湾》布景就是这样，跟萨瓦纳湾是分开的，萨瓦纳湾的女人不住在萨瓦纳湾，萨瓦纳湾自生自灭。

第一场

首先听到埃迪特·皮亚夫所唱的《情话》一歌，声音响亮。

唱到第四段，玛德莱娜出现在舞台的暗影中。她从布景中出来。在她后面不久，少妇也进场。她走到玛德莱娜身边。她们在暗影中止步，听歌。

歌声渐弱。

她们说话。

玛德莱娜：这是什么？
少妇：给您的一张唱片。

　　　　少妇和玛德莱娜听女歌手唱。

少妇：这首歌您认出来了吗？
玛德莱娜(犹豫)：这是……有点……是的。

　　　　唱片继续放。玛德莱娜始终专心听歌。

玛德莱娜：谁唱的？
少妇：一个死去的歌手。
玛德莱娜：啊。
少妇：十五年前的事了。

玛德莱娜(听)： 可以说她还活着。

少妇(停顿)： 她还活着。（停顿）您在马格拉时应该唱过这首歌……唱了好几个夏季。

玛德莱娜： 啊，可能的……可能的。

少妇(肯定)： 是的。

玛德莱娜(听)： 她很有天赋。

少妇： 是的。（停顿）家里一直有这张唱片。后来打碎了。

玛德莱娜(几乎没有说出声)： 啊，是的……（静默，唱片声音放低。她指歌声方向。）唱歌的那个人我认识吗？

少妇： 姓名对您说了也没用。

玛德莱娜： 没用。

少妇(停顿)： 她的声音您听出来了吗？

玛德莱娜： 声音听不出……声音里某个东西，可能是某种力量……这个声音很有力量……

少妇： 这是您的力量。这是您的声音。

玛德莱娜(不在听)： 这个女人是自杀的。

少妇(犹豫)： 是的。（停顿）您原来就知道的。

玛德莱娜(停顿)： 不。我是随便说说的。（停顿）可能是她唱的歌使人有这样的想法。（静默。唱片结束。）有好几个月，我每天晚上都要在舞台上死一次。好几个月，每天晚上。（停顿）这是一个非常痛苦的时期。

　　　静默。

少妇： 我来唱这首歌，您重复歌词。（玛德莱娜微微噘嘴。）您不愿意吗？

玛德莱娜： 愿意……愿意……我很愿意。（静默。她注视少妇。突然她惊奇：）您是谁？（停顿）您是哪家的女儿？（静默。玛德莱娜站起身。害怕。）我总是记不清楚……

　　　少妇走到玛德莱娜面前。

少妇：　您看着我。我是天天来看您的。

玛德莱娜：　啊，是的，是的……一起玩纸片……？一起讲故事……？

少妇：　是这样……一起喝茶……做许多事……

玛德莱娜（停顿）：　是的……有一天……是您教我数数……是这样……数数。

少妇：　是的。

玛德莱娜：　很大的数目，巨大的数目……

少妇：　是这样。

玛德莱娜：　我把您认出来了。（长时间停顿）您是那个死去的孩子的女儿。我的死去的女儿。（长时间停顿）您是萨瓦纳湾的女人。（静默。她闭上眼睛，抚摸空中。）是的……是的……是这样。（她放下她在想象中抚摸的头，两手下垂，颓然无力。）我要一个人待会儿。

　　　少妇走去坐在玛德莱娜面前。她开始唱歌，拍子放慢，歌
　　　词唱得很清楚。

少妇：　看着我。（停顿，唱：）
　　　我对你发疯地爱
　　　爱上了你好几回
　　　好几回我想叫喊……

玛德莱娜（瞧着少妇，像个学生那样慢慢跟着唱，没有明确停顿，像在做听写）：

我对你发疯地爱

爱上了你好几回

（停顿）

好几回我想叫喊

少妇：是的。（停顿。更慢：）

我从来不曾爱人

像爱你那么深切

我可以向你发誓……

玛德莱娜（愈来愈专注）：

我从来不曾爱人

像爱你那么深切

我可以向你发誓

少妇（停顿）：是这样。（她一时不说话，然后她又开始唱：）

你若以后走了

走了，离开我了

我相信我会死去

我会死于爱情

我的爱，我的爱……

玛德莱娜（歌词里的强烈感情使她惊呆不动）：不。

静默。

少妇（同样声调）：

你若以后走了

走了，离开我了。

玛德莱娜：

你若以后走了

走了，离开我了。

少妇： 是的。

我相信我会死去

我会死于爱情

我的爱，我的爱……

玛德莱娜： 不。

少妇(停顿。说白)： 我相信我会死去。

玛德莱娜： 我相信我会死去。

少妇： 我会死于爱情，我的爱，我的爱。

玛德莱娜(温顺)： 我会死于爱情，我的爱，我的爱……

少妇： 是的。

少妇重念那个叠句，玛德莱娜听着，始终怀着激情。少妇
没有把歌词全部念出。

少妇(哼乐曲)： 我对你发疯地爱……啦啦啦啦啦……我的爱，我的
爱……(静默。语调深思熟虑：)我在世上最爱的是你。(停顿)胜
过一切。(停顿)胜过我所见过的一切。(停顿)胜过我所读过的一
切。(停顿)胜过我所有的一切。(停顿)胜过一切。

玛德莱娜(迷茫，但是自然，由她说)： 我?

少妇： 是的。

静默。

玛德莱娜。高尚，孤傲。她不思理解。少妇像我们一样看
着她。

玛德莱娜： 为什么今天对我说这些话……

少妇(停顿，谨慎)：今天又怎么啦？

玛德莱娜(望着别处，好像惭愧)：我说过大家不用这样常常来看我……总之……来得少些……(静默。含歉地微笑：)我要一个人待在这里。(她指四周)一个人。(突然激动，喊)谁都不用再来了。

少妇(温柔)：是的。

玛德莱娜(态度完全转变，假意怜悯，含情)：但是你……没有我你怎么办呢？……(静默。她闭上眼睛，叫唤另一个人)我的孩子……我的孩子……我的美人……不愿再活了……不愿……不……什么都不要了……什么……

     少妇好像不愿意听到。玛德莱娜谈起在她以前很久的事。

    静默。

少妇(唱歌作为回答)：

    我对你发疯地爱

    爱上了你好几回

    好几回我想叫喊……

玛德莱娜(回到过去)：是的。

    静默。

少妇：我要跟您说的是，我看见过唱这首歌那个年代的一张照片。他们都在游艇门前。(停顿)有个很年轻的女子。

玛德莱娜(停顿)：度假的照片上面总有年轻的女子。

少妇(停顿)：在她右边有一个男人，高大，也很年轻，他携着她的手。(静默)后来还有一张女人的照片。她用手捂住面孔。她在哭。(停顿)那是一张剧照。

玛德莱娜：　那是我。在舞台上，那是我。

　　　静默。少妇看着玛德莱娜。

少妇（粗鲁）：　有几次我认不出您的声音来了。
玛德莱娜：　这来了，这来了，我听到了。
少妇（温柔）：　人家跟您说的话，您只听懂很小一部分。
玛德莱娜：　是的，人家跟我说的话中的很小一部分。（停顿）有时一点不懂。
少妇（缓慢）：　有时全部都懂。
玛德莱娜：　有时全部都懂。

　　　静默。

少妇（温柔）：　有一天，有一天晚上，我将让您永远留在那里。（她指门）我关上门，这样（姿势），这就结束了。我吻您的双手。我关上门。这就结束了。
玛德莱娜（做仪式似的）：　会有人每天晚上来看……来点灯吗？
少妇：　是的。（停顿）总有一天灯光也会没有的。没有必要要什么灯光。

　　　静默。

玛德莱娜：　是的，是这样。听一听。呼吸已经停止了？
少妇：　是的。

　　　静默。玛德莱娜看着少妇。

玛德莱娜： 那么你，你又会在哪儿呢？

少妇： 走了。不同了。从此不同了。从此没有您了。

玛德莱娜： 没有我，没有谁？

少妇： 您。没有您。

　　她们喝茶。

玛德莱娜(停顿)： 死亡是从我的身外过来的。

少妇： 从很远的地方。(停顿)您不会知道在什么时候。

玛德莱娜： 是的，我不会知道的。

少妇： 世界一开始死亡就出发了，是找每个人来的。

玛德莱娜： 是的。一出生就注定了的。多么荣幸，出生前就注定了的。

少妇： 是的。

玛德莱娜(指舞台)： 最后到了这里。(静默)这些事你怎么知道的？

少妇： 我看见您就知道了。

　　静默。少妇凝视玛德莱娜。她们喝茶。

少妇： 有一件事您时时刻刻在想，在想。

玛德莱娜(不回避)： 是的。

少妇(粗鲁)： 想什么？这次可以说一说吗？

玛德莱娜(同样粗鲁)： 你自己看就知道在想什么了。

少妇： 您在想萨瓦纳。

玛德莱娜： 是的。我相信是这样。

　　静默。气氛重又变得温柔。

少妇： 萨瓦纳来得像光一样快。去得像光一样快。这中间没有时间说话。

玛德莱娜： 对，没有时间。

少妇： 随时随地都会来的，无法预见。

玛德莱娜： 无法预见，就像无法预见幸福。

    静默。少妇朝玛德莱娜走去，指长裙。

少妇： 您看……这就是您在《暹罗游记》一片中穿的服装。

玛德莱娜： 啊，是的……是的……您穿了很合适……很合适……

    少妇扶着玛德莱娜走向一面看不见的镜子的反光区。她们一齐看镜子里的玛德莱娜的"映像"。

少妇： 您看……

    静默。

玛德莱娜(很单纯)： 我觉得自己很美。

少妇： 我也觉得……您很美。

    静默。

玛德莱娜： 我穿红的很合适……一直这样……还有这条长裙也是……

    玛德莱娜看着长裙，在镜子前转身。

少妇：哪儿来的？

玛德莱娜(手势)：在那边的衣柜里。我早晨拿出来的。

少妇：您穿着这件衣服演过许多戏……

玛德莱娜：哦，是的……很优秀的戏……悲剧……喜剧……
都有。

少妇：啊，是的……这没错。(停顿)别瞒我，您从前是演员吧？

玛德莱娜(好像有所发现)：是的……是的……我是演员。这是我的
职业。演员。

少妇：演员……

玛德莱娜：我是舞台上的演员。

少妇(停顿)：除此以外没做别的。

玛德莱娜(停顿)：没做别的。

        少妇在玛德莱娜身边转。

少妇：把这个故事再给我说说吧。

玛德莱娜：你天天要听这个故事。

少妇：是的。

玛德莱娜：天天说，说多了，我会弄错……日期……人……地点……

        两个女人突然发笑。

少妇：是的。

玛德莱娜：这就是你要的？

少妇：是的。

        笑声。然后笑声停止。

第二场

戏开始，背景慢慢放上。

少妇：　那是一块巨大的白石礁，在海水中央。

玛德莱娜：　平的。像客厅一般大。

少妇：　像宫殿一般美。

玛德莱娜：　也像海一般的模样。

少妇：　海水冲过时岩石跟山分离了。

玛德莱娜：　岩石就留在了那里。太重了海水无法带走。

少妇（停顿）：　它有海的纹理，水的纹理。

玛德莱娜：　它有风的狂暴。（静默）这事可以不说了吧。

少妇：　说吧。（静默。缓慢。）那是夏天。

玛德莱娜：　那是海边的夏天。

少妇：　您什么都不能肯定了。

玛德莱娜：　我几乎什么都不能肯定了。（停顿）白石礁，我是可以肯定的。（停顿）要游泳才能到达那里。她跳进了海。（停顿）他们先是在那个地方认识的，在海水中央的那块大平台上……

少妇：　……那块礁石刚浮出水面，船驶过时，清澈的波涛在上面滚过，然后阳光又照上了，只几秒钟工夫，又把它晒得像炼狱般火烫。（停顿）那是夏天。是学校放暑假的时候。她非常年轻。刚刚中学毕业。她游得很远。

玛德莱娜（停顿）：　有几次……真以为……有好几分钟……以为她回

不来了。她回来了。她回程游了很久。

少妇：他们先是在那个地方认识的。在那里他看到过她伸直身子躺在石头上，面带微笑，隔一会儿波涛在她身上滚过。

玛德莱娜（停顿）：她走池塘旁的那条近路，而他是沿着河边的那条小道过来的。将近中午的时候。

少妇：那几天非常热，您已经忘了。

玛德莱娜：没忘，我记得，那几天非常热，夏季中最热的几天。

少妇（手势）：他一出河口，就在望得见海洋的地方看到了她，在石礁处。他看到那块白石礁上这团小小的黑影。（较长停顿）然后他看到她跳入海中，游远了。

玛德莱娜：她用身子在海水中戳了个洞，接着消失在水洞中。海水又合拢了。

少妇：海面上再也看不到东西。（停顿）于是他叫喊。（停顿）他在白石礁上一下子站起身，他叫喊。他叫喊说要再见到这个穿黑色游泳衣的少女。（停顿）她应着叫声游了回来。

玛德莱娜：她辛辛苦苦游了回来，浩瀚的海水中她显得太瘦小了，我的孩子。

少妇：当他看到她回来……他微笑了……这个微笑……

玛德莱娜（迷茫）：……这个微笑是可怕的，是不能久视的，它使人相信……会有一次……即使是在一个非常短暂的时刻……仿佛这是可能的……人是能够为爱情去死的。（静默）我相信那是一九三〇至一九三五年在蒙彼利埃。在市府剧院。作者的姓名不知道。我相信是个法国人。（静默）那些年，以及后来几年，我每天晚上在舞台上演出。到处，世界各地。（停顿）大家可能以为我在演不同的剧情，但是事实上我演的只是这个，通过所有大家以为我在演的戏，我演的只是白石礁的故事。（长时间停顿）你有点懂了吗？

少妇：懂了。（停顿）您是有意这样演的么？

404

玛德莱娜：是的。

少妇：您撒谎吧？（静默）不，您没有撒谎。

玛德莱娜：没有撒谎。

少妇（停顿，温柔）：她就在您所在的地方。

玛德莱娜：她就在我所在的地方。

少妇（停顿）：她在出生以前就在那里了。

玛德莱娜：出生以前她就在那里了，是的。

少妇：是的。（停顿）也随着您被封闭在世界各地的剧院里。

玛德莱娜：世界各地。

少妇：然后就是那个夏天的日子。

　　　　她们转过脸，把双手捂在面孔上，声音里未闻哭音，眼睛
　　里未含泪水。

少妇：我的爱。

玛德莱娜：是的。（停顿）我的爱，我的宝贝，我的亲人。亲人。
（静默）我回忆，但这不再有形状，是隐藏着的。当我回忆她的时
候，我不知道我回忆到的是什么，但是都在这里。

　　　　静默。

少妇：我绝不会把您留下的。

玛德莱娜（依然迷茫，没有听见）：我的爱，我的小孩……

少妇：是的。（停顿）故事是怎么说的？

玛德莱娜：故事说当她笑的时候，可以相信她还在那里。她还会
一直在那里。

少妇：并不是人人都同意这个看法。有人反而说，她轻快的笑声

是死亡的预兆，他们说：笑声像空气似的。

玛德莱娜：那些人是这样说的？

少妇：是的。

少妇(停顿)：您，您又怎么说呢？

玛德莱娜：我，我说当她笑的时候……

      突然停止，痛苦，然后她开始凝视少妇。

少妇(帮她摆脱痛苦)：她穿黑色游泳衣。

玛德莱娜(重复)：她穿黑色游泳衣。

少妇：身材很瘦……

玛德莱娜：身材很瘦。

少妇：金色头发。

玛德莱娜：我不知道了。(她走近少妇，手放在她的脸上，看她的眼睛颜色。)眼睛，我知道，根据光线有时蓝有时灰。在海里眼睛是蓝的。(静默)在她与他之间，有这种蓝的颜色，这个浩瀚、深邃、蔚蓝大海的空间。

少妇(停顿)：他走到水边，拉她的双臂。(停顿)他拉她，把她拉出了海面。

玛德莱娜：他抓住她的双手，拉过来。当他抓住她的双手，当他把她拉出海面，他的皮肤发烫了，晒裂了。

      静默。

少妇：他把她拉出了海面。(停顿)他把她放在礁石上，望着她。(长时间停顿)他望着她。可以说他很惊讶。(停顿)她，她游泳后休息，由着波涛盖在自己身上，在两次波涛滚过之间呼吸，闭上眼睛。

玛德莱娜： 他抓住她的双肩，把她一提，一下子提出了波涛，吻她闭着的眼睛，叫她。（停顿）这些吻……这些吻……上帝……他还不认识她，还不知道她的名字……他用别的名字叫她，也叫她萨瓦纳。

少妇： 她张开眼睛，看见了他。（长时间停顿）他们对看了好一会儿。（长时间停顿）他们第一次看见了对方。他们看见了。在对方的目光下，他们看出去一望无际。

玛德莱娜： 然后他跟她说话。

少妇： 他跟她说话，这样（手势），对着她的面孔。

玛德莱娜： 他说话就像他看人，他跟她说话时并不想着她。

少妇： 他说的话也是大家说的话。

玛德莱娜： 在认识之前，在接触之前，在倾情相与之前，说的总是这些话。（停顿）他会对她说看到她在这里很惊奇，在这个天涯海角，远离他以前熟悉的一切，她是那么不一样。

少妇（停顿）： 您，您又在哪里？

玛德莱娜： 我留在房子里，因为天热护窗板都关上了，人待在黑暗里。房子昏暗且令人窒息。我知道她到白石礁去了。

少妇（停顿）： 您听到他们说什么了。

玛德莱娜： 是的。有风。

少妇： 是风把声音传过来的……

玛德莱娜： 是的，是河上的风把声音传过来的。

少妇（停顿）： 他捧起她的头，用胳膊托住，背着阳光对她说。（停顿）他说："您没有太累，您游得那么远，您的力量是从哪儿来的？要注意阳光，这里阳光很可怕，您好像不知道。"

玛德莱娜： 她说："我在海边习惯了。"

少妇： 他说不，说这不可能，永远不可能。她说这是真的。（静默）他说："我不会对着您看。这不是因为您美，这是另一种更神秘、更可怕的东西，我不知道是什么。"

玛德莱娜： 她说："我也不知道您在说什么，是怎么回事。我从来没有那么接近过男人。我十六岁。"

少妇： 他们离开白石礁。他们非常缓慢地沿着沙滩游。突然他闭上眼睛不去看她，赶快游走不去理她。然后他又游了回来。他说："我回来了。"

    静默。

玛德莱娜： 这时她对他说："您要的话我可以把自己交给您。您若喜欢我会这样做的。我已到了可以做的年纪，这里，您看，没有人会看见。我们已经在马格拉河河口了。"（长时间停顿）他问她："您为什么希望讨好我？"

少妇： 她说这是一种谈话方式，她不知道向他建议的内容究竟是什么，她就是这样冲口而出的。

玛德莱娜（停顿）： 他说："我接受您把自己交给我。只是我害怕。我要您说我为什么害怕了。"

少妇： 她微笑。她说："我心里一直存在一个可笑的欲望——死的欲望。我说这个词是因为找不到别的词，但是您，您可能看到我提出要求时笨拙的样子，猜到了我有这个欲望。因此您就害怕了。"

玛德莱娜： 他问："是不是因为我害怕，您才选择了我？"

少妇： 她说："无疑是这样，是这个原因，但是我不能肯定，我不知道自己在说些什么，我也不知道这会引起什么性质的害怕。"

玛德莱娜： "可是您提到了死。"

少妇： "是的，我提到了这个词引起的害怕，但是并不因此我对它就有所了解，就能说清其中的神秘——既受到诱惑又感到害怕。我跟您说起过那个可笑的理由，那种死的欲望，这个困难也属于其中的一部分。"

玛德莱娜："您对死有所了解吗？"

少妇：她微笑，她说："还一无所知，只知道生命，死亡从生命中来。"（静默）他们走向马格拉大沼泽地。这里海风刮不起来了。夏天的声音、一切行动都在这里停滞了。有的是灯心草和海鸟窝。

玛德莱娜：她对他说："我一直很愿意到这里来。"

少妇（停顿）：她说："您若愿意，我们可以相爱了。（停顿）在这里我就不再害怕死了。"

静默。

玛德莱娜：房间的天空变成黑的。暗影从墙上消失。（停顿）我失去了记忆。

长时间静默。听到舒伯特的五重奏。

玛德莱娜：我打开了房子里所有的门，马格拉的门，船的门，房间的门……让一切进来，让一切毁灭……沼泽地、泥土、河流……这是那么强烈的一场爱情……

她们闭上眼睛，一动不动。柔板。歇息。

然后少妇带着玛德莱娜到镜子前，在舒伯特的音乐声中，她缓慢地把项链套在玛德莱娜的脖子上。玛德莱娜任她做。她还帮助少妇细心地装扮她自己。她微笑。

少妇把所有这些项链拴在颈上，少妇像对待自己的孩子似的搂住玛德莱娜，怀着一种疯狂的爱呼唤她。

少妇(无限温柔地微笑)：我的小女儿……我的女儿……我的小娃娃……我的宝贝……我的亲亲……我的爱……我的小女儿，小女儿。

玛德莱娜(应声)：我的小女儿……我的小女儿……宝贝，宝贝……(停顿。响亮：)那是大热天。(停顿)阳光明亮。(停顿)非常明亮。(停顿)都是避暑的人，都是阳光。(停顿)都是游艇。小船。欢乐。

少妇(响亮)：都是叫声，笑声。(停顿)歌声。(停顿)海水。(停顿)蓝。

玛德莱娜：都是阴凉的树阴。阳光。白石礁。

少妇：都是她。(停顿)都是白石礁和白石礁上面的她。(静默)她笑。她大叫他的皮肤发烫，贴着他的皮肤自己身上也发烫，她的胳臂让他拉着，像条鳗鱼，往后一躲，直着身子躺在礁石上，把身体和心和全身皮肤都贴在发烫的白石礁上。

玛德莱娜：他给她脱去黑色游泳衣。她一丝不挂，一丝不挂，而他在她身上到处吻，吻遍了她的躯体、腹部、心、眼睛。

　　　　　静默。明亮的天色暗淡下来。

玛德莱娜：有人看见他们而落下了幸福的眼泪。

少妇：有人落下幸福的眼泪，是因为他们要在相爱中死去。(静默)孩子。

玛德莱娜：孩子到了晚上开始哭叫。大家痛苦得顾不过来，居然把孩子忘了。

少妇：一个小女孩？(停顿)她饿了？(笑)

玛德莱娜(微笑)：是的……是的……一个小女孩……她饿了。

静默。少妇带着玛德莱娜在台上走。首先走向背景深处，海之门，像对着海和光线的一座祭台，根据回忆的强烈或温和，光线一时暗淡，一时红得发白。这两个女人回忆起在萨瓦纳湾灼热的海水里死去的少女。然后她们走向远离舞台的地区，面向舞台幕布和门边的大柱子。

　　这样走了约四五分钟。她们不说话。她们凝望远方的大海后，瞧一瞧四周。然后她们止步，看着大厅，大厅里的观众。走的过程中皮亚夫的歌曲悠悠扬扬不断。

第三场

少妇：　然后有一天什么事都没有发生。（停顿）有一天下雨，天色阴暗。（停顿）整天这样。（停顿）看不见天空了，光、空气、树都这样。黑夜来得很快。（停顿）灯点上了。没有人说话。（静默）在那个阴暗天是谁死了？（长时间停顿）在那个阴暗天是谁死了？您从来不曾说过。您从来不曾说有谁死了。（静默）为什么不是她呢？（停顿）为什么不是她呢？她……不可代替……她，死了，跟其他人一样，为什么不是呢？（静默。玛德莱娜目光恐惧。）您总是说起有一天长得过不完，您说那天简直有一百年那么长。说房子里一片黑暗。一切都是静悄悄的，除了那个男人的叫唤声。您不记得了吗？

玛德莱娜：　不记得了。

少妇（停顿）：　您总是说起那个没有太阳的日子，很长。那些人得到了消息，赶了过来，围在房屋四周。（停顿。玛德莱娜手势：不。）您总是说起这个男人，他不懂什么是死，他向着马格拉河叫唤一个死人。（停顿。玛德莱娜手势：不。）您不记得了吗？

玛德莱娜：　不记得了。

少妇：　那您记得什么？

玛德莱娜：　马格拉河口的大沼泽地。森林。都还在那里。（停顿）海。（停顿）礁石。（停顿）时间。

少妇：　叫声。

玛德莱娜：　不。故事。

少妇（停顿）：　这样的爱情从来没有见过？

玛德莱娜：　没有。

　　　静默。

少妇：　那是一种什么样的爱情？
玛德莱娜：　一种爱情。（停顿）每时每刻的爱情。（停顿）没有过去。（停顿）没有未来。（停顿）不易的。（停顿）一种罪孽。

　　　静默。

少妇：　每天早晨太阳走出黑暗，而他们相爱，怀着一种完全的爱，在时间的单调中走向死亡的爱。
玛德莱娜：　在时间的单调中，是的，这种爱……很不一般……

　　　静默。

少妇：　那时的人是这么说的？后来一部书里也是这么写的？
玛德莱娜：　我相信是的。还有一出戏里也是。然后还有一部影片。（停顿）影片是以后的事，是很久以后的事。影片里谈的只是他。（停顿）我那时发现他还活着。我在暹罗的一座城市萨瓦纳湾遇见他。（静默）告诉我，在您说的……那些可怕的日子里，一个女婴诞生了……？
少妇（停顿）：　在那个死亡的日子里，是的，一个女婴诞生了。（停顿）这段记忆是明白的，闪闪发光的。您要记住，这是报纸里说的：她离开她的产房向池塘走去……
玛德莱娜：　啊……是的……她离开她的产房向池塘走去。（停顿）这是大家的说法。大家就是因为这件事强烈谴责她：她抛弃自己的孩子。

少妇：可能孩子也是多余的幸福？（停顿）可能孩子无足轻重。（停顿）可能他们的爱情不能容忍另一种爱情。（停顿）可能没有东西可以阻止死亡。（停顿）那时夏天快要过去了，是在夜里，天下雨了吗？

玛德莱娜（停顿）：那是在黑夜里，天下雨了。这个地区夏天快要过去时经常是这样的。（停顿）她也离开了自己的母亲。（静默）他们希望在他们之间什么也没有。他们要一个空的世界，在这个空的世界里只有他们俩。（停顿）对他们来说，日子不需要有所不同，不需要有冬天，不需要有夏天。（长时间停顿）在舞台上，是的，那个男人朝着池塘叫唤："您听……有人叫……从池塘那边传来……您听……"（长时间停顿）大家没有去看。（停顿）办公室的一扇门开着没有关上。他有可能回来的。他没有这样做。（停顿）可能他找不到回家的路了……可能……应该说我们什么都不会了，不会说话，不会哭。（停顿）我不知道尸体是不是找到了。我从来没有问过这件事。（停顿）我不知道了。（静默。她寻找，她怀疑）毫无疑问就是白石礁上的那个男人，但是……谁知道呢？（停顿）可能是白石礁上男人中的一个……是那个她自己选择的可以去爱去死的男人。

　　静默。

少妇：第三天……

玛德莱娜：第三天，当太阳升起时，那个人不再叫了。哪儿都不在了。（停顿）谁知道呢？（停顿）他可能选择了活下去……选择了离开。（长时间停顿）这些事我肯定……真是怪……黑夜的黑暗。（停顿）雨。（停顿）叫声。（停顿）次日太阳升起。（停顿）海水的这种颜色……（停顿）声音的语调。（停顿）声音之间的静默。（长时间停顿。迷茫：)他对着海面呼喊："萨瓦纳。"偶尔他嗥叫。偶尔他悄声对她说。没有人懂。(停顿。发怒)他们只在永恒面前对彼此说话，这样的人您怎么会理解呢？怎么会呢？

　　静默。

少妇：大家可以叫他们……

玛德莱娜：大家可以叫他们……恳求他们回来。但是大家没有这样去做……大家没有这样去做……这是情人之间的一桩事……(停顿。缓慢)他们大概游得很远。这是应她的要求，她的。这是可以肯定的。后来……这大概就像睡眠来了一样。(长时间停顿)这件事对她来说大约是容易的，她那时那么累……就在分娩的同一个夜里……对他来说就不是这样，这大约是不可能的，他精力充沛，他不投入水中游就无法把精力释放出来。(停顿)到处都是这么说的，这么写的，到处都是这么演的，到处。

少妇(遮住面孔)：您在说什么，您？

玛德莱娜(像判决那么明确)：我说那一时刻白石礁是多么白。上面没有一个人。突如其来。

少妇：围绕白石礁的只有海水。(停顿)只有叫声。(静默)这是戏里的一个时刻。

玛德莱娜：这是无限痛苦的一个时刻。

　　少妇走近坐在桌子旁的玛德莱娜。舒伯特的乐曲结束。

少妇：场子是满的。人为了礼貌才没有去死。观众等着。戏就得演。

玛德莱娜：场子是黑的。(停顿)有人告诉他谁死了。(停顿)谁还活着。(停顿)谁曾叫喊。(停顿)有人跟他说那时海有多么蓝。(停顿)天有多么热。(停顿)礁石有多么白。

少妇： 痛苦有多么长久。(停顿)又怎样改变的。(停顿)现在又怎么样了。(停顿)第二次旅行。(停顿)对岸。(停顿)第二次爱。

玛德莱娜： 第二次爱。

　　海之门被照亮了。所有的灯光在两个女人周围变化。

　　玛德莱娜旋转身，看着向光而开的门；她待在那里，望着门。

　　少妇朝这扇门走去，在光的边缘站了很久。她手遮着眼睛，向海的方向寻找。然后她又安静地走向玛德莱娜。她拿起一条围巾，盖在她的肩上。可以认为是夜来了。

　　她们两个人离得很近。

　　乐声很响，偶尔减弱，甚至消失，但是直到剧终乐声都不停止。

少妇： 没有人愿意给您写这出戏？

玛德莱娜(停顿)： 从来没有人愿意。没有人。理由很简单。(停顿)为了不唤醒痛苦，您看。还有因为我不能再奔过去勾住他的脖子……奔过去再走得远远的……(停顿)最后您看到……

少妇： 好像听到有一支歌……

玛德莱娜： 是的，《我的爱，我的爱》。(停顿)您听过吗？

少妇： 听过。

　　静默，欢乐。

玛德莱娜： 剧本永远不会写成。那就好比死亡。

少妇：也好比活着，这一样……

玛德莱娜：这一样……归根结底没说错。

少妇：这样说来，是一出从来没有演过、也没有写过的戏。

玛德莱娜：没有……对这出戏来说，没有。（停顿）最后……这出戏也不会完整地演出。（停顿）戏里没有什么可以被完整和恰如其分地演出的……戏里……演什么时就以为在演什么……我就看到过那些大演员一下子把整出戏都演错了……还没有人发现。（停顿）戏里一切都是相通的，所有的本子彼此相串，但是没有东西是真正演得出来的，大家总表现得好像这是可以……但是……

少妇：可以……？可以什么……？

玛德莱娜：嗯……可以说出来似的……（单纯高尚：）"夫人，您好，您好……今天这样的天气，耀眼的阳光，夫人……蔚蓝的天空，夫人……缠绵的爱情……真让人想死……您好，夫人……"

少妇："您好，您好。"

轻声笑。

笑声停止。

她们回到桌旁，又拿起茶杯。

少妇：在戏里，您也是在暹罗的一座城市里遇上他的？

玛德莱娜：是的，在一家酒吧里。（停顿）是我把他认了出来。

少妇（停顿。叙述）：白天快要结束，（停顿）黑夜即将来临之际，（停顿）夕阳已经西斜，（停顿）回光返照，还没有消失。

玛德莱娜：这是落日余晖的时刻。（停顿）海水漫无边际。（停顿）漫无边际的海水和漫无边际的彤云融成一片。

静默。

少妇：有一个男人在落眼泪。

玛德莱娜：这个男人失去了一个女人，伤心不已。（停顿）像他这样失去爱情目标的男人，我爱他，一如我爱我的情人。我一见到他，就对这个失去了"她"的男人的身体产生一种强烈的欲望。（停顿）我哭了，这真是一种强烈的欲望。（停顿）他有一双明亮的眼睛。

　　静默。
　　突然到了暹罗。

少妇：夫人，您住在暹罗？

玛德莱娜：这是说，先生，偶尔我会忘了自己在哪里……对不起。

少妇：她来这里是为了拍一部影片，先生。她在萨瓦纳湾拍片子。跟亨利·方达。

玛德莱娜（高兴）：是的，是这样，我跟亨利·方达在萨瓦纳湾拍一部片子。片名是《萨瓦纳湾》。

少妇：这里常常拍电影，因为都看上萨瓦纳湾的迷人的光线。

玛德莱娜：迷人的……迷人的……

少妇：总是不强不弱。几乎从来不下雨。最多在春分秋分时节刮几场台风。没别的了。

玛德莱娜：没别的了。

少妇（停顿）：夫人，一部爱情片？

玛德莱娜：当然，先生，当然……

　　舒伯特的音乐。
　　玛德莱娜满脸戚容，用手指拭去两行泪水。

少妇："夫人，为什么突然这样悲哀？"

玛德莱娜(缓慢):"因为……我不知道了,先生,我不知道为什么哭……"(静默)先生,以我的看法,有一天夜里她可能是在这里自杀身亡的。在萨瓦纳湾。为爱情而死。(静默)您可能就是她的情人。(停顿)她可能试图要您一块儿死。(停顿)您却没有死掉。(停顿)她十七岁。(停顿)有一个女孩是由这段恋情产生的。(停顿)是由这起发生在萨瓦纳湾灼热的海水里的溺亡事件产生的。谁知道呢?(长时间停顿)先生,我相信我知道的就是这些。(长时间停顿)这有很久了;先生,有人说年头不少了。(停顿)因此,先生,说多了我就会记错……日期……人……地点……(停顿)她到处死。(停顿)她到处生。(停顿)萨瓦纳湾处处由她死。(停顿)处处由她生。在萨瓦纳河。

少妇: 他对您说她爱过的不是他。(停顿)"夫人,经历这段爱情的不是我,对不起。"

玛德莱娜:"这一样,先生,这一样……"(静默)我走了,我离开了暹罗。

少妇: 您重新开始寻找。

玛德莱娜: 是的。到处寻找。到世界上的海滨城市。

少妇: 上海……加尔各答……仰光……(停顿)或者其他地方……(停顿)孟买……杜盖-巴黎滩……曼谷……雅加达……新加坡……拉合尔……比亚里茨……悉尼……

玛德莱娜: 西贡……都柏林……大阪……科伦坡……里约热内卢……(停顿)谁知道呢?(停顿)谁知道呢?

少妇: 谁知道呢?

静默。语调不同,仿佛换了一天。

少妇: 孩子出生以后没有取名字,这事我跟您说过吗?

玛德莱娜：　以后自会取上名字的。

少妇：　是这样。她取名叫萨瓦纳。

少妇(停顿)：　火的名字。

玛德莱娜：　海的名字。

MARGUERITE DURAS

Détruire dit-elle
© Éditions de Minuit, 1969

L'Eden Cinéma
© Mercure de France, 1977

Le Navire Night
© Mercure de France, 1979

Agatha
© Éditions de Minuit, 1981

Savannah Bay
© Éditions de Minuit, 1983

图字：09－2007－276 号　　09－2012－780 号　　09－2010－687 号　　09－2007－282 号
09－2007－281 号

图书在版编目（CIP）数据

伊甸园／（法）玛格丽特·杜拉斯著；马振骋等译.
—上海：上海译文出版社，2020.12
（杜拉斯全集；9）
ISBN 978－7－5327－8697－8

Ⅰ.①伊…　Ⅱ.①玛…②马…　Ⅲ.①电影文学剧本
—作品集—法国—现代　Ⅳ.①I565.35

中国版本图书馆 CIP 数据核字（2021）第 012969 号

伊甸园：杜拉斯全集 9
Détruire dit-elle. L'Eden Cinéma. Le Navire
Night. Agatha. Savannah Bay.

Marguerite Duras
玛格丽特·杜拉斯　著
马振骋　金龙格　林秀清
桂裕芳　译

出版统筹　赵武平
责任编辑　张　鑫
装帧设计　UN_LOOK LAB

上海译文出版社有限公司出版、发行
网址：www.yiwen.com.cn
200001　上海福建中路 193 号
杭州宏雅印刷有限公司印刷

开本 890×1240　1/32　印张 13.25　插页 6　字数 141,000
2021 年 6 月第 1 版　2021 年 6 月第 1 次印刷

ISBN 978－7－5327－8697－8/I·5369
定价：64.00 元